U0472633

CHEN DANYAN'S SHANGHAI

陈丹燕的上海

陈丹燕 著

上海文艺出版社
Shanghai Literature & Art Publishing House

自序

川流不息

2017年的一个下午，我去了黄浦江沿岸公平路上的一座旧日客轮码头。少年时代，我放暑假时就从这里出发，坐一天一夜的海轮去青岛。1976年，我父亲创建了青岛远洋公司，他平时住在青岛。这里是上海最早的海轮码头，站在码头上等船开闸，不一会，海风中沉重的盐分就把裸露在外的手臂和小腿都变得湿答答的了。这是我对上海这座城市就在大海边上的第一个直观的认识。

那座码头教会我的还有很多，只是要等待岁月和机缘慢慢揭示出来。作为十九世纪通商口岸城市最重要的码头之一，它是早年获得庚子赔款资助的清华留美幼童赴美学习的出发地，它也是怀抱救国梦想的留法勤工俭学青年前往法国的出发地。它是洋行大班进入上海的第一站，比如沙逊家族和嘉道理家族，它也是二十世纪，许多来亚洲谋求更好的人生的欧洲青年，在数月海上旅行后，见到的东亚第一张脸。日后，他们中的一些人在回忆起这座城市时，说出了自己对这座城市开放性的认识："世界上没有一座城市，如同两次世界大战之间的上海那样，教会我如何做一个世界公民。"（劳伦斯·嘉道理爵士）。以及，对这座城市的倔强与自强的判断："日本人一定会

（在太平洋战争中）夺取上海，但上海人最终会将所有外国人都赶出去，上海终是上海人自己的城市。"（维克多·沙逊爵士）。

在2017年的那个下午，夕阳将滨江公园上的那堵透明的玻璃幕墙照亮，我发现玻璃幕墙里有半透明的旧照片，照片里的人，正是曾在这里走向世界的留美幼童们。

现在，这里已经不是我少年时代空旷的旧码头，而是上海城市最重要的公共空间：滨江岸线公园。

从1865年，外滩建成公家花园和一小块滨江绿地开始，超过一百年以来，上海一直只有一公里左右的滨江岸线，供整个城市作为客厅来使用。人们来到上海，如果不到外滩来拍一张照片，就好像去旧金山却没与金门大桥合影，去伦敦却没到伦敦塔下拍张照片一样。如今，黄浦江滨江一带，已成为有四十五公里之长的水岸公园了。

在四十五公里长的滨江公园里，有时路灯是二十世纪的工厂旧钢管改造的，纪念中国工业的发源地。有时草地里的石板路上，刻着十九世纪的海运时代旧仓库和海运公司的名字，纪念将上海与世界联系在一起的历史。现在，上海已经是世界上年货物吞吐量最大的港口。江边的美术馆是1950年代的煤码头和仓库改建的，门口还留着橘红色的行车架子，纪念这座城市的工业历史。有时红色的慢跑道绕过了2010年世博会的场馆，纪念为了欢迎世界博览会来到上海，我们为此经历过的八年城市更新，六个月城市狂欢，那是热烈爱世界的滋味。

在滨江的四十五公里岸线上走一遍，我心中谦卑而欣喜：上海看上去，像是一个有来历，有脑子也有雄心的城市了。2019年，上海滨江水岸计划要从四十五公里岸线扩展到九十公里，这就比伦敦泰晤士河八十公里水岸步道还多了十公里。

诚然，上海并没有伟大的自然，连海水都不够蔚蓝，因为我们在扬子江的最末端。上海也没有璀璨的文明，我们只有一座宋朝时候的古塔，四十米高，塔里并未封存着重要的古籍和珍宝。但是，我们也可以成为一座伟大的城市。

陈丹燕

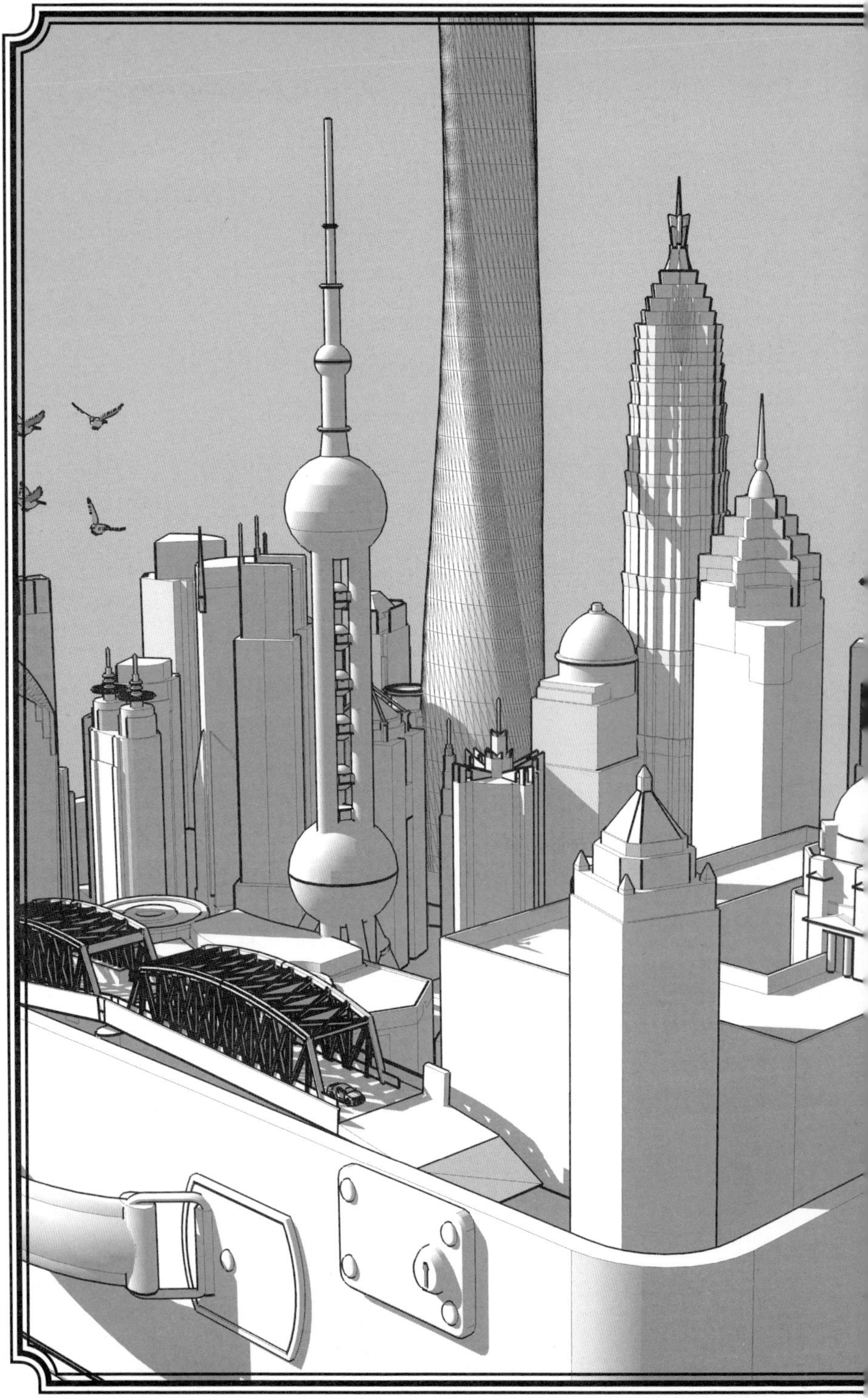

CHENDANYAN'S SHANGHAI

第一章 不是故土，却是家乡

- 2- 一、我家的箱子
- 9- 二、我家的墓地
- 15- 三、生活记
- 36- 四、上海的永久居民
- 50- 五、自蓝色马赛克下的深深处
- 58- 六、桂花酒

第二章 川流不息

- 90- 一、我家乡的河流简史
- 115- 二、不可能的世界
- 172- 三、1:20的纪念
- 194- 四、爬上高楼
- 219- 五、2019年的咖啡闲谈

第三章 永不拓宽的街道

- 228- 一、从愚园路到江苏路：江声浩荡
- 249- 二、从宝庆路到复兴中路：琥珀内的气孔
- 264- 三、南京东路：传真
- 298- 四、五原路：姚姚
- 318- 五、湖南路：戴西
- 337- 六、武康路：永不拓宽的街道

外一章 海上国潮，沪申摩登

注释1960-1990年代的上海时尚

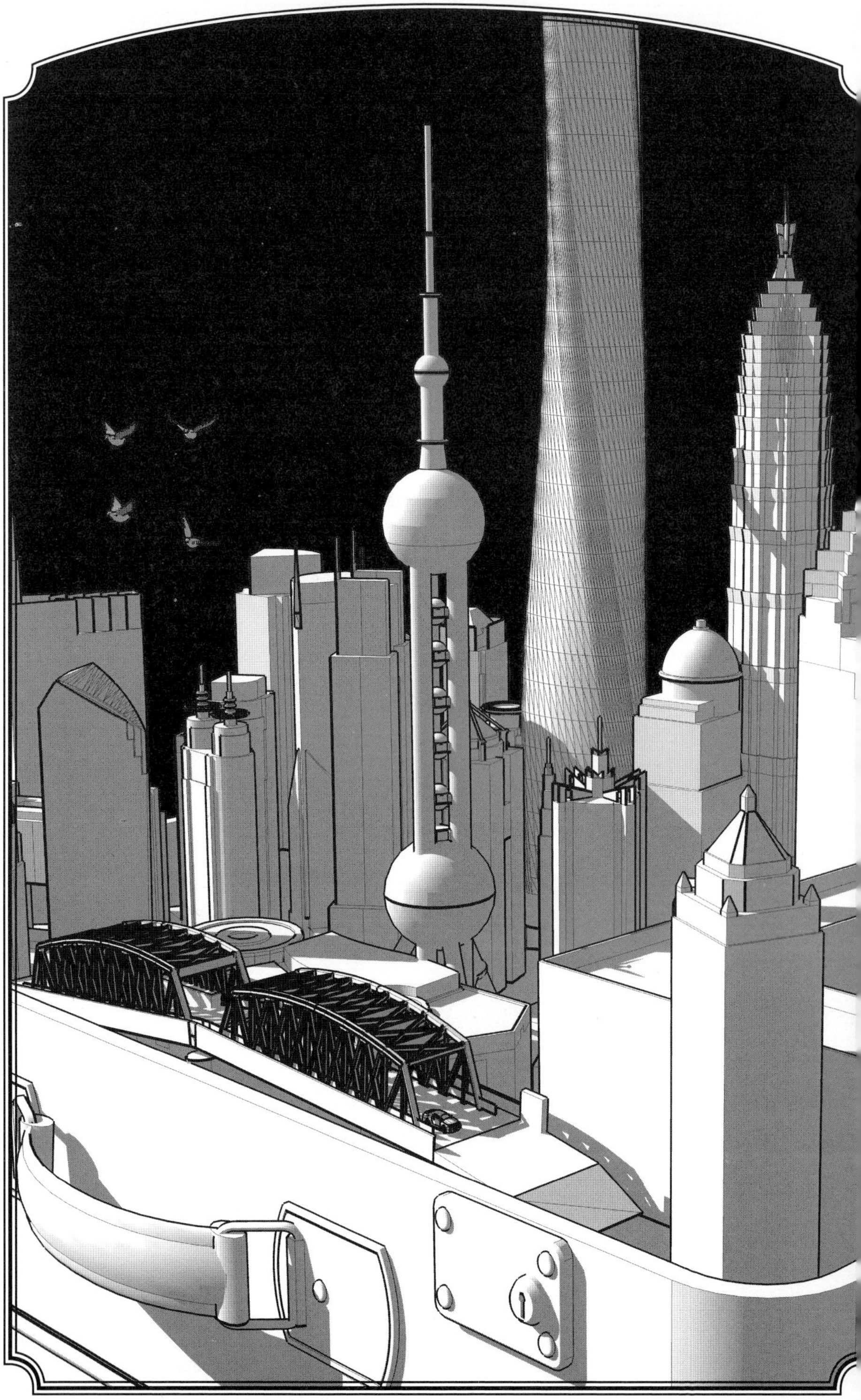

NON-FICTION WORK
OF
CHEN DANYAN

CHENDANYAN'S SHANGHAI

Chapter One

第一章
不是故土，却是家乡

我们大多是移民，带着箱子来到上海，
而后在此地留下墓碑。
就这样，这大城化为我们的家乡。

第一章 不是故土，却是家乡

一 / 我家的箱子

最大的，是一只黑色大象皮的行李箱。它的年龄大过我，是我妈妈刚生下我小哥哥以后，父母到南洋工作时买的。

然后，他们把它带回国。当我家从北京搬到上海时，他们又把它带到了上海。

那时，我已认得我家的这个"陈"字。小女孩都是顾家的，在等车接我们回上海新家的时候，我忙着数我家的箱笼。我爸爸在箱子上贴了白纸，从"陈一"到"陈七"，都是我家的箱子。其中那个大黑箱子最大。

父母一直搬家，可我们家在上海住了下来。所以七只箱子上贴着的白纸，也就保留下来了。

大黑箱子很深，所以母亲把我们全家的冬衣都放在里面。哥哥们的蓝卡其布棉猴，父母的毛领子列宁装，我的绛红底子小花棉袄。小花棉袄的织锦缎的面子经不起磨，袖口的缎子面总是很快就磨破了，露出里面的布纹，好像胶卷上的显影。大黑箱子底还放着父母在军中发的粗羊毛军毯，灰绿色的底子上有一些绿色和咖啡色的方块，又粗又结实，它是1940年代中国内战时的美军军用毛毯。

1974年暑假，我第一次回北京我的出生地，在那里过夏天。我小时候的朋友领我去看我家从前住的四合院，我见到了小时候记忆里的朱红色的大木头门，但是我不再感到这里是我的家。从院子里散发出来的北方家居暖融融的生熟葱蒜气味，和我也不再相融，我像一只

一、我家的箱子

搬家时父亲在箱子上写的标签

第一章 不是故土，却是家乡

蚌壳般紧紧关着，带着江南人对大蒜气味的抵抗。

对出身地的亲切感就这样突然失去了。

在黑箱子上面，摞着一只牛皮箱子。

牛皮箱子是我家最结实的箱子，又厚又重。原先是放妈妈的旗袍和细软。在她旗袍很多的时候，她曾经也把它们放在大黑箱子里，但随着我长大，夏天一年年到来，她的旗袍渐渐被改制成我夏天穿的方领衫和绸短裤。她的旗袍一年年少下去了，就从大黑箱子里换到了牛皮箱子里。剩下来的都是年年取出来查看，却都不舍得改造的漂亮衣服。

箱子里还有一件红色的游泳衣，妈妈年轻时为了到青岛过夏天买的。那时候，妈妈一定没有想到后来会生一个女儿，她的女儿长大以后也接着穿那件游泳衣。

我也去了青岛过夏天。夜里游泳，仰面浮在水上，看天上的星星。而那时，妈妈已不愿意下海游泳了。

小时候晒霉，妈妈拿了她充满了樟脑丸味道的细软，到事先铺了白单子的竹竿上晒，包括那件纯羊毛的红色游泳衣。我望着它，也没有想到过以后我会去青岛，像妈妈年轻时一样，穿着它，站在一块礁石上照相。照片上的我，比妈妈高，比妈妈傻气。

妈妈留给我一个配旗袍用的缎子小坤包，里面有一面镜子。我把那个小包也放进箱子里存着。

牛皮箱子上，是只更小一号的牛皮箱子，那是我爷爷的箱子。那箱子还是在1929年经济大萧条前买的，那时他在广西做泰和行的掮客。1929年全球经济大萧条以后，他变得非常穷困，连妻

2001年，父母的箱子开始来到我的家

子病死都办不起像样的葬礼。他却没有丢失这只皮箱。爸爸有时说，就是那时候，他突然体会到了穷人的可怜和耻辱。爸爸是因为这样的处境，才激发出护卫穷人的感情吧。是这样的感情引他将自己的一生投入到中国革命里去的吧。直到他进入弥留时，我问他如何评价自己的一生，他说他为自己一生的清白感到安慰。

爷爷从前的事，我一点也不知道，等他从广西到上海来和我们住在一起时，他的胡子已经很白了。他把皮箱放在他的房间里。小时候我识字早，看了一本儿童小说，叫《奇怪的舅舅》，那个故事说的是，一个小孩家里来了一个舅舅住，但后来小孩发现，那个举止奇怪的舅舅原来是个国民党特务。爷爷在我的眼里也是奇怪的，他说不来革命的话，他的箱子从来不准我翻。记得小时候，我特地找

第一章 不是故土，却是家乡

爸爸谈了这只箱子，爸爸郑重地向我保证，爷爷的皮箱里面一定没有手枪和炸弹这样的东西，爷爷也一定不是国民党特务。但爷爷的皮箱仍旧是神秘的东西。

爷爷去世的时候我还小，由姑妈保管爷爷的东西，直到姑妈也老了，去住老人院，把她的东西交给我来保管，我才有机会看到箱子。箱子里面装着爷爷的照片，爷爷的孩子们的照片，还有一张我小时候的照片。从照片上看，我小时候并不像那么会怀疑别人来路的小孩。箱子里真的没有一张繁体字的纸，不知道为什么。但在我的印象里，却真的有一张。

一米高的立箱，是爸爸年轻时用的。那是一只墨绿色的木头箱子，四角八边都用褐色的铁皮和铁钉包着。它比任何皮箱都要结实，也很漂亮精致。打开时，像打开一本书。

里面用淡茶色的缎子做衬里，一边是三个抽屉，另一边可以挂两套带马甲的三件套西装，还有两件衬衫，全程吊着，不会被压皱。小抽屉可以放别针、领扣和袖卡之类的男人细软，扁抽屉里能放下两双男人的皮鞋。要到许多年后，LV到上海来展览它们家的古董箱子，我才看到，原来父亲的铁皮箱子是1950年代初的流行式样。

我记得在他的箱子里，有一套淡米色的尼龙西装，还有下摆很长，一直遮住内裤的淡黄色尼龙衬衣。浅棕色的编织网眼皮鞋是捷克产的，带着东欧那种轻松而淳朴的小布尔乔亚气息。那时候的袖卡，里面是可以伸缩的钢丝，外面包着缎子。爸爸的领带夹是两只金色的马头。

小时候，只要看到它高高地立在走廊里，就知道是爸爸出洋

一、我家的箱子

回来了。

当时，在美国舰队的封锁下，上海港口封闭萧条，父亲所在的中波航运公司，几乎是全国唯一的一家外资联营远洋运输公司，是上海的唯一西风窗。所以，他的工作需要他一直穿漂亮和讲究的衣服，在上海满街都是蓝制服的时候。但他从未为自己有与众不同的生活方式而感到庆幸，他是真心想要和别人一样穿蓝制服。他总是教育我们小孩，他这样讲究，完全是工作需要，而不是我们借此可以与众不同的理由。

所以从很小开始，我就知道要抵抗物质。

可是，我猜想，爸爸也喜欢漂亮的衣服和轻而结实的捷克皮鞋，明白它们到底是比蓝布衣服好看。也许他也喜欢欧洲，他自学了俄文、英文和波兰文，早年还学了日文。听说，在工作中，他喜欢直接用外语和外国人交谈。他也喜欢自己开车，喜欢自己擦洗他的蔡司微型相机。

所以，他总是把飞机降落时发的薄荷胶姆糖留给我吃，那是波兰糖，由波兰航空公司发的，因为在中国买不到那样的糖。他还会把给我买的玩具放在他的皮鞋里。那是些漂亮的波兰塑料玩具，过家家时候用的。但是他从来没有表现出对它们的留恋。到晚年，他更愿意沉浸在对年轻时那些危险而艰苦岁月的回忆里：在延安，在东北。他留恋那时革命者的队伍中一心为了理想，全然不计其他的单纯和决然。

铁箱子是我小时候最爱看到的东西之一，如今它平放在我家的沙发前面，成了茶几。

2019年的箱子与我一起迎来了春天

二 / 我家的墓地

我父母带着八个大箱子和他们的三个孩子,来到上海火车站,听说是在3月的一个傍晚。

那时我三岁多,不记得那么多复杂的日期。

但我已经记得火车站候车室屋顶上的霓虹灯,是红色的。

我指着它们对母亲说:"上海。"

母亲对父亲说:"这孩子认得字了。"

我父亲赞许地冲我笑了笑。

那天,父母带着我们和我们家的箱子来到五原路的院落里,那里有我们的家。我的小床是绿色的,床架子上有四只铜铃。

我们家三个孩子都认为自己是北方孩子,在灿烂尖锐的蓝天下生活,穿蓝色棉猴御寒,我们与这个终年多云的旧通商口岸城市全无干系。可是日子也就这样在认同的犹疑中过去了。慢慢地,我们各自在上海成了家,从家里搬出去,而我们的父母始终住在原处,只是房子渐渐老去。原来漆了绿漆的木窗木门,如今大多数人家都换成了塑钢的。我小时候,春天的傍晚,微风摇动打开的木窗,铁搭钩就会发出的咯咯声,现在换成了塑钢窗子,就再也听不见了。

别人偶尔问起我家乡在哪里,我总是说,我生活在大都市里,从未有条小河从我家门口流过,也没有一棵歪脖子老槐树,因此我是有家无乡。

在春天,玉兰花映着满树的花影,茶花落了满地红英,白色的

第一章 不是故土，却是家乡

吉野樱安静精致，却在微风里千朵万朵飘落下来，奔赴凋零。一路看着街上的花，想到的是将我一手带大，又照顾我孩子长大的姑妈中风了，去世了，如今，我无论到了哪里，也找不到那个穿天蓝色大襟衣服的，九十六岁的，白发苍苍的矮小老太太。

她中风的那天，我去医院时，看到满树都是桃花和玉兰。她出院那天，八重樱沉甸甸地荡漾在发亮的枝丫上。她再入院的那天，玉兰树的花都落尽了，满树新绿。她病危的那天深夜，街上飘荡着淡蓝色的夜雾，还有含笑花清爽的香味。在我更小的时候，上海满城萧索，年年都是没有花的春天。但是生活并未亏欠我，我得到的重大补偿就是，我从小都跟姑妈睡在一张大床上，直到长大，直到出嫁。

一年以后，春天到来以前，父亲以九十二岁的高龄去世。我从不怀疑自己是父亲最疼爱的孩子，父亲的葬礼上，我心里只有一个词：唇亡齿寒。

我开始频繁地回家探望母亲。上海的冬天总是下雨，总是阴冷的天色，这个冬天，我身体里也一直都是黯淡的，浮肿的。

直到有一天，春天突然到来，好像一只肮脏的玻璃瓶突然被摔碎了一样，到处都是闪闪发光的碎玻璃。

我在回家的路上。

在我家门口，看到一棵高大的雪松，它遮住了蓝天。它站在墙角的花坛里，那个早已失修又萧条的花坛，冬青树丛里世世代代都住着野猫。

在我小时候，雪松前竖着一块洋铁皮，上面画了毛主席穿蓝长

父亲的讣告

衫的画像,那里是我们院子的小广场。1966年时,我父亲曾在小花坛前面被批斗。此刻,什么都消失了,当年一棵只与我哥哥一样高的雪松,现在长到三层楼高了。

　　春天那湿润的,一团和气的微风经过松树的枝丫扑在我脸上。它让我突然想到自己的少年时代,在春天的傍晚,沿着华亭路走到东湖路,去我最要好的朋友家聊天,或者一起拉手风琴。中学时代,我学手风琴,她也学手风琴。我还记得那种宁静的,凉爽的,沉甸甸的春风是如何掀起耳朵两边的细小头发,它们从不会长长,只

第一章 不是故土，却是家乡

软软地倒伏在面颊旁。如今，我和我少年时代的手风琴伙伴，已经做了半生的知己，我们的孩子也都成人了。

路过雪松墨绿色枝丫的那几分钟里，我就路过了我的整个青少年时代。

这个我小时候陌生的城市，现在处处能找到丢失了的过去。往事是那么具体却又虚拟，它们在时间的深深处，不可触摸却又毫不褪色，缱绻缠绕。我从未想到过此地就是自己的家乡，即使没有小河与老槐树，那都市中的几条街道，几棵老树，几个春夜，也是家乡。

第一次从德国回来，是5月29日到达的上海。我特地带了满满一箱子调料，巧克力，甚至一只蛋糕。箱子太重，出租车司机拒绝帮我搬箱子。

我站在楼下，一声声高声叫喊我丈夫的名字。然后，我听到我孩子兴奋地大叫："我妈妈回来啦！"

我孩子才三岁，正是当年我到达上海的那个年纪。她得站在马桶盖上，才能攀上面向院子的狭长窗台。在上海多云的蓝天下，她从北窗露出小半个脑袋和一根歪歪斜斜的小辫子。"妈妈啊！妈妈啊！"她一声接一声地叫着我，赞叹我们重逢了。

如今，她已经是一个终日忙碌的设计师了，生活在万里之遥。而我，也已经在那年，从慕尼黑到维也纳的旅行开始，开始了自己在欧洲各地断断续续的旅行。如今已经二十八年了。那真是漫长的，看不见尽头的旅行。只是每次的回程机票目的地都是上海，每次都回家。

二、我家的墓地

父母家的八只箱子早已被我收回到自己家的客厅里。那些箱子有它们自己的名字，蓝箱子，牛皮箱，大黑箱子，铁皮箱子，父母当年就是这样一一称呼它们。当年迁徙时，父亲用白纸贴在箱子拎把旁边，给那些箱子编了号，还是用毛笔写的，陈七，陈十。那几张白纸都还贴得好好的，只是泛了黄。最小一只皮箱是我祖父的。现在我在里面收着祖父的一只洋铁皮烟丝盒子，还有姑妈钩帽子的铁钩针。

箱子上放着我家最后一张合家欢，爸爸坐在轮椅上，大哥满头白发，小哥哥看上去很帅，但实际上他肺上的癌肿已经发动了，可我们都不知道，只是忙着与爸爸惜别。那张照片是2011年春天照的，我们家四代同堂，丁香花园的草坪青翠一团。这是我们家从命运手中偷来的最后一个完满的春天。而对我家最小的孩子李翼张来说，却是与他爸爸家的长辈们第一次见面。这个孩子2010年像我一样出生在北京，像我爸爸小时候一样姓李，像我姑妈一样属虎。像我们家所有的人一样，籍贯广西平乐。

清明时节，我们带着鲜花去祭扫。在郊区我们兄妹买下一块墓地，地里有棵罗汉松，它遮盖着土地。还有一块大石，刻着我家的来历。父亲与姑妈在这里归入大地，然后是我二哥。他们的骨灰营养着这棵松树。我家的人都知道，以后我们也会来这棵松树下，与他们团圆。有一块家庭墓地的感觉是安稳而奇异的。

他们现在都在土里，围绕着那棵松。石块上嵌着他们的照片，比起我们家最后一张全家欢，他们在石块上的照片里笑得很疑惑，那是一种迷了路的样子。他们的名字下面刻着他们这一生简短的历史。他们出生在不同的城市，却都卒于上海。他们是此地

我家的墓园

的永久居民，因此，此地已经是我的家乡。

　　放下橙子，苹果，撒上新鲜的花瓣，点燃线香："你们在这里都过得还好吗？"

　　心里却想，也许他们在地下也很想念我们吧。所以那棵罗汉松才会绿得那样湿润。

　　用手掌按在那覆盖了我至亲的泥土上，被春日晒暖的泥土，让人想起最后握着他们的手时，留在自己掌心里的体温。大概这就是家乡的泥土。远走天涯的人们，用小玻璃瓶装起一撮泥土，挂在脖子上。要是在异乡水土不服，就挖出一小块泥土，冲了开水喝下去。

　　听说这个土法子治好了不知多少人过敏的身体。

三 / 生活记

一、春天经过了我家附近的街道和花园

1、玛瑙路

　　阳光灿烂的下午,种了香樟树的人行道上,工人正在修枝,被修落的树枝躺了满地。四处都是香樟树汁的芳香,以及它们被修剪时,疼痛得微微发抖的感受。

　　晚上在树丛里,我曾看到沉甸甸的绣球花在树的阴影里一动不动,白色的花球好像是邮箱里没读过的mail。

　　这就是春天了?好快。都还来不及忘记冬天。

2、最普通的夜晚

　　这是淮海中路上最普通的傍晚。突然想起世界上那些死于非命的人,那些悲恸的灵魂浮现在今晚最初的夜色中,不肯安息。那些阴影与我平静的傍晚形成了无声但尖锐的对比,如芒在背。

3、和平饭店

　　下午去和平饭店,到大门口,出来一个面熟的职员,穿着周正的长袖,笔挺的长裤,站在一大团阳光里。他眯着眼睛微笑:"欢迎回来,陈女士。"

　　可我忘记了他的名字。

春

　　我的心忽地软了一下，是呀，我回来探望你了，老房子，和老房子里的人。

　　在和平饭店的阳台上一直站到天暗下来，霓虹灯渐渐亮起，江对岸的高楼闪闪发着光。这栋与我没有什么关系的大楼，如今令我心中充满一个多年员工般的感情，真是奇怪的感情啊。

　　我和当年我采访时认识的员工说着往事，我们都为自己心中对这个建筑的爱惜感到又惊奇，又感动：没有占有，但一直，一直心中挂念。

4、好黄昏

　　好好的一个黄昏，安静，凉爽，晴朗。春末的时候，可以终日开窗了。1960年代长大的人，就是喜欢家里敞开窗子，好像生活这时才是生活。

我家楼下的小马路上有人牵着一条狗走过，四周安静，能听到那条大狗的爪子刨在街砖上，琮琮地碎碎响。

牵狗的那个女人突然蹲下来，在人行道上擦了起来，然后，将纸包卷起来，松松握在手里。她在为她家出产的狗屎负责。那个安静苗条的女人让我觉得，这正是个十全十美的黄昏。

5、风和日丽

所谓风和日丽，那就是在厨房等茶烧开的时候，遥遥看到楼下樟树的树顶新叶一片，明亮耀目，却一动不动，好像玻璃做的。

6、夜的吉光片羽

自少年时代开始，我总是喜欢避开所有其他人，在深夜单独与窗外的景色相处。

整夜打开着的窗子外，流淌着潮湿的夜气，还有寂寥的夜色。在我看来，由于它的坦然和低沉，总是可以将事物内在隐藏的本性释放出来，好像浴室花洒水柱下的裸体所呈现出来的本性。在我看来，沉沉夜色里充满了感情和故事的吉光片羽，生活中的意义，这时像彼得·潘一样飞了过来。

7、西窗

我家有扇大大的西窗，每年春天到来，西窗上便有了太阳。长长黄昏，阳光长驱直入。它与早上的阳光不一样，是不可思议的明亮与安宁。它一进来,房间里就有许多小物件闪闪发光起来,镜框,椅子的扶手,还有擦洗干净的地板。此后,一直要等到深秋,阳光才不来西窗,它渐渐会变得又短又白。

每年到了换季的时辰,阳光总是准时来到我家西窗,它们总让我想到那些逝去再也不会回来的人与事。西窗的阳光每年都来,而世事如逝水,不再来。

8、父亲的大船

六岁时的我,懂得认不同的国家有自己的国旗。因此,我知道世界是由许多不同的国家组成的。这样的初级世界地理是那些在黄浦江上缓缓行过的大船带给我的,将我带在身边的父亲指点给我的。

他身上总散发着白树油气味。自从他和母亲在印度尼西亚做了几年的外交官,他一辈子就都喜欢用南洋产的白树油涂在太阳穴上,醒脑。

有时父亲带我去锚地的船上。他信任瘦小的我,能爬树是我体育课上唯一的强项,所以他也允许我爬软梯上船,瞒着我妈妈。

在那些远洋蒸汽轮上,总能看到各种各样不同的奇怪文字。船长和他的同事们总穿着讲究的白色制服,制服上饰有金色的流苏,他们身上有种胡桃夹子般的隆重,遥远和神秘。他们会说起过西风带时的巨浪,澳洲海面上飞起的大鱼,和非洲海岸线上的海盗小船。都是神奇的事。所以,在我很小的时候,在那些风尘仆仆的大船上找到了一个辽阔的世界。

我青少年时代,身处中国近代最为封闭和严酷的时代,大船上展现的世界就成了一个神话般的地方，遥不可及，但终不能将它抹杀干净。

这是参加创立了新中国远洋公司的父亲带给我的世界。

二、夏天的解放军行进在天空上

1、乌云

四十五天的酷热之后，乌云解放军终于出现在北面的空中。乌云在酷热的天空中行进，由北向南。没有风，被太阳鞭打了整个夏天的大地似乎渐渐放松下来了，仿佛无人把守的弃城。室外依旧酷热，打开窗子伸出手去试试温度，手指马上潮湿，好像一条变成透明的棒冰一样。被烤透了的楼房，街道和院子地上的瓷砖全都在屏息等待。

酷暑中的大地就快要解放了吗？雷声还未到来。

不论酷暑如何煎熬过，毒日头如何鞭挞过，我仍旧向往微风吹起小腿上倒伏的汗毛的夏天。那是我们应得的夏天。

盼望到不敢盼望的时候，它就会到来。这仿佛已是规律。

盼望仿佛是上衣上的一块干了的奶渍一样，褪色、发硬，散发着腥气，百无一用，简直就像耻辱。可一旦有可能，它立刻就像一团黑木耳一样，霎时就在水里生发，吸干所有水分，潽出来，不可收拾。

四十五天酷暑之后，盼望仍旧像一粒干了的木耳一样活在心里，等待一汪清水。

夏(摄影: 高崎)

三、生活记

2、暴雨

回想昨天下大雨，我在路上，看着大而稀疏的雨点沉痛地砸向地面，然后，倾盆而至，天地玄黄，一派水声，即使是在密闭的车中，也能闻到水汽中夏天特有的味道——带着天上阴凉气和地上蒸腾暑气的味道。那时候，心里只想起一句话，这雨好像这世上的正义，虽然总是很迟，令人不耐，但终究会来，这是世界的秩序。

小时候最喜欢看午后北面的天色阴沉了，然后，滚滚雷声来了，然后，大风夹着阴凉的气息来了，然后，暑热的大地被大雨洗刷，大树和草地都得到喘息了，上天的秩序终不能令万物热绝。太热就会有雨来凉爽大地。冷热相撞，就会闪电。人在秩序里就能安分下来。

小孩子从中学到的是忍耐与期盼。

正义也终究会来，虽然总是很迟。

3、台风

这三十年里，上海巨变。每次台风来了，才觉得从小长大的城市原来还在。风雨扑打玻璃，发出一成不变的咯咯声。把窗子打开一条小缝，听外面的世界一片哗哗的水声。

转身一看，小时候床上的南洋藤编席居然不在床上了，一刹那觉得诧异。雨中黝黯的室内，姑妈，父亲和小哥哥，他们都还在，只是都走到照片里去了。小房间里也没有了老式转盘录音机播放的咏叹调，厨房里没有了骨头汤开锅后弥漫的香气，客厅里没有凤凰牌纸烟那甜滋滋的气味。不过哗啦啦的风雨声和从前一模一样的。

——那是台风。

4、时髦的小麦色

天太热,大家都躲在空调房间里不肯出去。快递公司就很忙。

我家来了一个快递。

递了一杯水给那晒得黑炭一样的年轻人,他竟谢了一声又一声,吓得我赶紧把嘴边上的话咽回去,原先我想说,你家大人知道你这样辛苦,该心疼了。转口说,啊,你这肤色真时髦呀,不像大多数年轻人惨白的。他咧了一口白牙,笑得欢,说,下一站是五十公里外的嘉定。

想到自己年轻时,也不肯把自己在社会上的辛苦告诉父母,都是找些滑稽好玩的事情来说给父母听,让他们听了哈哈大笑。年轻时代的辛苦,说出来可以很好玩。也许每个人都这样,将自己的辛苦化为滑稽有趣,因为心里觉得,辛苦不会久的,辛苦过后,一定就是甘甜。

在大西洋荒芜的海岸上,有一块大石头纪念碑,纪念那些出海再也没有回来的人。纪念碑上刻了句话: LIFE IS FOR LIVING。

人们奋斗啊,奋斗啊,为了接近自己心中有尊严的生活。愿上天垂怜那些自己拼命努力的人。愿那些人在傍晚回到家时,能得到问心无愧的休息。

愿这世界让人种瓜得瓜。

5、瓦尔瓦拉

我母校曾经的传统是,每个新生都得看一场苏联电影《乡村女教师》,这是师范生的理想教育。所以瓦尔瓦拉曾是我们一届届

三、生活记

学生的偶像。

在丽娃河河东，1950年代建造的红砖礼堂曾是我们这些学生精神的乐园，礼堂里一排排的，都是木条长椅。我坐在一张木头长椅上，看过1979年专为文科学生复映的托尔斯泰的《复活》和席勒的《阴谋与爱情》，听过高芝兰老师为学生们引吭高歌的《水仙颂》，在这个大礼堂里，从校长刘佛年手里接过我的文学士学位。

后来，在暑假里，作为校友，去参加母校乡村教师培训计划的启动典礼，也是在大礼堂。现在，我们成为作家，总编辑，大学美学教授和语言学教师，都没有成为瓦尔瓦拉。我们在大城市里过着平静而体面的生活，但回到大礼堂里，师范生的良心就开始小声嘀咕了。有机会爱护乡村教师，大家都特别踊跃。校友们集中在这里，给乡村来的教师们朗诵诗歌，许多人都已白发斑斑，声音却未曾改变。

年轻时，我总为华师大不那么符合我心目中的象牙塔而遗憾，在这朗诵声里，想法变了，我开始想念那条椅，也许是想念坐在木条椅上，被理想感动过的女孩。

6、读书天

盛夏午后，外面又是雾霾又是高温，有毒的阳光寸寸紧逼，躲在房中无所事事，只好在微博上玩对句子，好像小时候的夏天，奔跑时跌破了膝盖，只好躺在席上下盲棋。

我在微博上出了一个对子：盛夏下午读书天

有人在天南地北回了过来：手持蒲扇读书天

这个人想必是开着窗子的：炎夏蝉鸣读书天
这个人所在的城市应该不太热：时晴时雨读书天
这个人跟我一样藏于密室：赤足散卧读书天

我又对了个：茶香汗细读书天
也许是说到了吃，有人一定莞尔一笑，才参加进来：煎饼大葱读书天。我想他是个山东人。
有人竟然下午就开始喝酒了：薄酒微醺读书天
有人非常清淡：莲子百合读书天。我想他该是住在江南古老的小镇上。

我接了一句：轻展锦帛读书天
有人接得好看：绿帘漫卷读书天
又有人接了上来：绿叶轻摆读书天
所以我又对出一个：白花浅香读书天

本来严酷的夏天，在字里变得古色古香起来。

7、上海书展

很骄傲，我在一个澎湃新闻摄影记者发出的新闻照片里，看到了自己在书展闭幕的晚上，在大厅里朗读弗洛伊德时的背影。

在盛夏时分的咖啡馆里，看着照片，突然想起我曾看到过的一张照片：那是1974年，一个外国记者拍摄了展览馆大厅。1974年的上海在经历了二十多年封闭后，在展览馆举办了第一届世界机械产品展览会。1974年我尚在少年时代的文学梦中，那年，中由美子跟随日本代表团来到上海，她做随团翻译。要到许多年后，她才做了我的第一本中篇小说集的日语翻译。

三十多年后，我在此大声朗读自己一直喜爱的弗洛伊德游记。

这个大厅从办各种海外机械展出发，走到今天，有个带来了满城文艺的上海书展。书展慷慨地允许我在闭幕前的最后一小时里，朗读深深影响了我的弗洛伊德作品。与我一起朗读的，还有一位老翻译家，他朗读傅雷作品，以致敬这位杰出的上海译者。另一位老演员，以朗读普希金作品，致敬这世界上经久不息的诗意。书展的最后一小时朗读会，没有规定朗读的作品，只盼咐说，选你心仪的。也许这是这座城市最重要展览馆的特点：辽阔的视野与宽容的口味。

那夜书展闭幕，夜晚广场上的喷泉仍旧哗啦啦地响着，映照着灯光。

我为上海感到骄傲。

三、秋天白云千里万里

1、千鸟纹的毛背心

凉爽的黄昏，形状秀气的年轻桂花树散发着香甜的气味，十月到了，晚风已是凉的了。

秋(摄影: 高崎)

三、生活记

想起从前有一年,穿了针织的毛背心,独自在院子里游荡,也是面对一棵年轻的小树,我十四岁的时候吧。是母亲给我买的新毛背心,白色和粉红色的千鸟纹。

树叶在风里沙沙地响着,也已经不是夏天时那种湿润的声音了。关于针织毛背心,我后来又找到一件,是冰蓝色和深蓝色的千鸟纹。穿过一团团香甜的桂花气味,穿着那件新针织毛背心,去我妈妈家吃午饭,用烧茄子的肉汁拌饭,还有用春天存下的香椿芽炒鸡蛋。还能到妈妈家去吃午饭,我知道这令人羡慕。

2、麻醉

去医院做预约的体检,需要短暂麻醉,医生说,最好请人陪一下。我的孩子远在天涯,所以请中学时代最要好的同学来陪,她是多年前一起放学回家的小姐妹。

我在充满酒精气味的白被单上躺下,医生拿来一个面罩,吩咐说,慢慢深呼吸哦。深呼吸,头猛烈地一晕,就不知道了。

那是完全的沉睡。

渐渐有了一个梦。置身在久违的少年时代,初秋天气,放学时分,淮海中路上的梧桐树落下团团青黄色的太阳影子,放学的同学们嘻嘻哈哈,女孩子相伴时的愉快和轻松,以及笑语。小姐妹也是少年时代的样子,带着无色框的学生近视眼镜,圆圆的厚镜片。她洁白光滑的额头上没有皱纹。在梦里我看不见她,但明白无误地知道她就在我身边走着,少年时代我们一直是这样,她走在我左手边。

我们相识在十五岁那一年,我们常常在一起唱歌拉手风琴。

有人拍拍我，是她，在我左手边微笑着。

检查结束了，她拿着我的报告。

"你笑眯眯的呢。"她告诉我。

要不是她陪我来，大概我不会在麻醉将醒来的那个时刻，轻手轻脚地回到少年时代一次吧。

不知道人在弥留时看到亲友的面容，是不是也会回到自己心中那些美好的岁月里去再逛一逛。躺着看到微笑的，亲爱的脸，原来这么好。

3、梦幻入口处

在大剧院右侧有条车道，分别通向演员通道和观众通道。有大型演出的晚上，演员们在幕间休息时，会从演员休息室出来，靠在花坛边上吸烟，呼吸新鲜空气。特别是上海秋天，天气温和，夜空明朗高远之时。

我总是喜欢看剧，胜于听音乐会。所以幕间休息时，若是看到穿着华服，化了浓妆的演员在休息室外面松懈了身体，或者吸烟，或者闲谈，或者只是安静片刻的样子，总恍然觉得自己看到了超现实的世界。

一次是德国剧团来演瓦格纳歌剧《尼伯龙根的指环》，漫长的剧，在上海连演三天才能演完。另一次，也是德国剧团来演莫扎特的《魔笛》。第一次我看见《尼伯龙根的指环》里的水妖靠在市政府的外墙上静静仰望夜空，吐出灰白色的烟圈，第二次我看到《魔笛》里的恶仆仰着一张涂满了白粉的脸，与戴黑色高礼帽的合唱队员文雅地交谈。还有一次是杜塞多夫戏剧院来演出《睡魔》，看到下场休息的小纳撒尼尔，穿着灰色睡衣，在明亮灯光下的走廊里一晃而过。他们给这条铺着黑色柏油的寻常车道带来了令我惊骇的幻梦。

所以，较之充满音乐的剧场，我更着迷于这条夜色笼罩的车道。我总是争取在演出时离开剧场，去车道上看演员。我其实不想认识他们，也不想要他们在我的节目单上签名。当我经过他们身边，高高兴兴地看着他们脸上浓重的油彩，巨大的黑眼影，我只想他们在我记忆中保持那种超现实的梦幻。

在他们的身影后面，总是南京路上的万丈霓虹。

4、李先生的饭

吉士餐馆的主人李先生说，最初他只想好好开个小面馆的，从前的上海人，特别是上海男人，出名地喜欢吃又细又有劲道的面条。他后来开了一家餐馆，就是吉士。

去吉士，与李先生一起吃饭，对我这样一个从小不喜欢吃饭的人来说，有个好处，安心地吃就是。

但是李先生不同，他要端坐在桌子一端，照顾着桌子上的每个人，却也没有味觉歧视。

他的圆眼镜后面，闪烁着温和体贴又聪明不过的眼神，一方面慢慢说寻来好食材的不易，一方面照顾着桌上被忽视的菜和人，一方面解释着菜的烧法，比如那味桂花肉，面拖的是肥一点的黑毛猪肉，却又不能有油腻气。又比如这味明虾煮娃娃菜，明虾

第一章 不是故土，却是家乡

可以忽视不吃，娃娃菜才是重点。秋天上海的食材特别多，新米也收了，阳澄湖的雄蟹身上的膏也养成透明的了，李先生的餐桌上就多了蟹粉石锅饭，现拆二十只雄蟹膏，拌成一小锅新米饭。

在李先生的餐桌上，我不用紧张，也不可轻浮，不能饕餮，也不需要局促。秋末那天，说起我将要过个大生日，李先生听说，就吩咐再加一道红汤细面。

这样慢慢吃一餐饭，真是生活里安稳的幸福。

5、门房间的收音机

晚上晴朗，夜空里有大朵白云，真美好。有人说云是天神的玩偶，可见天神也不舍得秋天的夜云，所以在天上彻夜把玩。

我和我丈夫出去散步，门卫也坐在大门边享受着夜晚渐渐到来的清凉。突然，从门卫室开着的窗子里传出"小喇叭开始广播啦"的声音："嗒滴嗒，嗒滴嗒，嗒嗒嗒嗒滴嗒。"——原来，我们院子里那一头白发的门卫，一直都还准时收听中央人民广播电台的学龄前儿童节目。没想到，现在这个节目还沿用我小时候听到的片头，五十年来未曾变。

我们三个人，站在大门口，微微垂着头，听着自己上小学前的熟悉声音，好像在梦游一样。

"小喇叭开始广播了。"还是原来的那句开场白。

然后，孙敬修老爷爷就要开始讲《西游记》的故事了——五十多年前。

这位老门卫待人总是很客气。背驼了，头发也白了，看上去很老了，原来却跟我们同龄。

  我们三个人，开始谈起自己的小时候。那时，我们都远远没认识彼此。可是我们在小时候都一样，总是要听完小喇叭广播才睡觉的。小时候，初秋时分听广播最开心，因为大家都在外面乘风凉，所以总有同伴一起听孙敬修老爷爷的声音。

  秋初的晚上，即使是那么小的时候，也孕育着许多不舍，幼儿园开学以后就不能晚上尽兴玩耍了。而以后的人生就越来越匆忙。生在一个巨变的时代里，我们都竭尽全力地生活着。

  但有两样东西没有变：一样是天上奔袭着大朵的夜云。另一样，谢天谢地，是中央人民广播电台的学龄前儿童节目。

四、雪花经过我们的屋顶

1、地理苏老师

  我在教室里见到她时十四岁，她有着惊人的美丽，她在黑板上挂了一张皱皱巴巴的地图：那是我生命中第一次有人郑重其事地告诉我，这就是我们住着的世界。它很辽阔，中国之外，还有着广大的海洋，冰封的两极，以及辽阔的大陆。

  等我找到利玛窦为明朝皇上画的世界地图，请苏老师再为我讲一次世界，我已经五十多岁了，她已经八十岁了。我一直都不知道她的名字，我那个时代的好学生，不敢叫老师名字的，因为这样不尊重。直到我再找到我的地理苏老师，邀请她来参加我的旅行展

冬(摄影: 高崎)

览，放贵宾席卡时，还是写不出她的名字，我才发现，竟然还是不好意思问老师的名字。所以，只写了"地理苏老师"。

哪里知道，苏老师收了那张席卡带回家，说是想要留作纪念，纪念我们的幸福。

我们两个人都为此觉得幸福。老师说，她知道自己的一个学生能日后这样向往世界，从她的地理课出发去看世界，这就是莫大的幸福。我觉得幸福，是因为到离开地理教室四十多年后，我还可以将自己如何去看世界汇报给老师，好像交了作业，而且得了老师给的一个好分数。

2、腊梅

突然想念腊梅的香气。一种在1月没一丝暧昧暖意的冷冽的香气，纯洁好似刀片一样的香气。

不过它不浓，不经意就突然闻到，可继而用力一闻，又找不到了。

这个雾夜，想起小时候曾化开一根蜡烛，将热蜡滴到食指尖上，待凝固了再小心剥下，做腊梅的花瓣，五瓣组成一朵腊梅，再用蜡粘到枝上。小时候满城都找不到花，所以女孩子们就自己动手做。热蜡很烫手，所以做不多。如今这梅树上一树的花，倒显得太满。

走过后院子湿漉漉的小径，雾霾里，梅的香气像汪洋里的一条船那样飘过来，满树的花朵在夜色里泛出白色，其实它是淡黄色的。

3、记忆中的八月

2014年2月，我从网上听到一段1966年8月9日在中央人民广播

电台早新闻播出的片段。因为这自己从未听到过的声音,我想起童年时代,1966年夏天清晨,各种各样的8月的声响:

古老的飞利浦收音机发出早新闻的声音,父母在听,默默站着。

窗子外面传来送牛奶车路过时发出的玻璃奶瓶相碰撞时的叮叮声,送牛奶的是一个黑瘦的苏北女人,我想起了她的脸。

姑妈在厨房烧早饭,有大饼的麦香。

清晨残留在脖子上暖呼呼的上海牌花露水气味。

我两个哥哥还是少年,大哥有一只敦煌牌的口琴,小哥有一把百灵牌小提琴。他们在房间里自己装矿石机,所以房间里都是电烙铁融化的松香气味。

那个清晨过后,一个孩子生活中的安宁戛然而止。

4、托福

1981年托福考试来到中国大陆。每天晚上晚自习过后,学校宿舍的走廊里响彻着美国之音的播音员用慢而清晰的语速朗读马克·吐温的小说,许多人都跟着VOA学英语,可是不久,大家都转向了托福考试用的单词表。背托福生词表,用TDK磁带听列侬和莫扎特,留中分长发,到淮海中路美领馆签证长队里去听签证官黄毛的各种传闻,世界是这样向我们展开它神秘的面貌的。那个时代,托福考试不是一场考试,而是一种对世界的态度。

第一年托福考试,上海考区在交通大学报名。首次托福考试在京上广同时开考,共有七百三十二人参加。考试中所用的铅笔橡皮都来自美国,每个考场配备两名监考老师,他们提前来到考场负责削铅笔，每名考生桌上放两支以备替换，考试后铅笔将被收回明年再用。考试时监考老师被要求不得在学生背后站立超过三十秒，以免影响考生情绪。

回想起来，从那么禁锢的时代里刚刚挣扎出来的一代青年，正好像一个大病初愈的人，摇摇晃晃地站在床边，听到清晨的晴空里传来了鸟叫声那样，晕眩而幸福。

5、十一楼

大雪纷飞中一年将尽。白色的雪花勾勒了树叶的淙淙，草地的茸茸，阳台的寂寞。紧闭窗子的适意，掩盖了一年的委屈与欢快，不快与惊喜，惊痛与爱意，伤害与开怀，郁结与宁和，暴躁与甜蜜。大雪原谅了所有的痕迹，把它们都盖住了。

看一片片大雪纷纷落下，覆盖，看屋顶和街道，泊在路边的车顶，都渐渐变白，变得干净，干净得不可思议。我喝一大杯温水，水中什么也不用放，让食道和胃都洗干净，我希望自己就如雪中的世界那样，能够自洁。

四 / 上海的永久居民

一、1970年代

从五原路到静安公园，步行只要十五分钟。

我的童年有许多感到无聊的时间，特别是黄昏。我总是去那里玩，因为那里有真正的秋千架。还因为那里的旋转木马看上去有种童话里才有的欢快，白木头的马瞪着巨大的黑眼睛，好像只有胡桃夹子才能骑上，然后把嘴一合，咬碎一只大核桃。

我已经不记得，是什么时候，是谁，在怎样的情形下告诉我，我们玩秋千和旋转木马的地方，就是原来的外国坟山，是埋死人的地方。依稀记得，我小时候和大惊小怪的小朋友，还在那地方小心地找过，想要找到土里的死人骨头，或者陪葬的金银财宝。

静安公园是个平常的公园，但常常可以看到有人在那里写生，他们特别喜欢画那道路两边特别高大的梧桐树。在上海别的地方，还从来没有看到过那么高大恣肆、没有被修剪的梧桐树。画画的人也告诉过我，那就是外国坟山留下来的道路和梧桐树。原来上海第一个火化炉的地方，现在安着旋转木马，变成了儿童乐园。

我记得，那个画画的人把梧桐树的道路尽头画成了很模糊的一团东西。那时，我虽然是个孩子，但也意识到了，他想要把那里还原成一个火化室。可是，他也并不知道那到底是什么样子，所以他用扁扁的画笔，在那里茫然地不甘地点点戳戳，只画出一股苍茫。

四、上海的永久居民

我和那个画画的人,我们都没有见过原来墓地的样子。1954年,这里的墓地就平了。

听说当年在外国坟山,也有大片的常春藤在多雨潮湿的墓地里飞快地生长,很快就会把没有人扫墓的墓碑遮住,所以很容易认出是谁孤独地留在了上海。其实,早在战争期间,外国坟山里的大多数墓地都被常春藤很快地埋起来了。

在冬天多雾的黄昏,公园里空气阴冷,天色沉郁,西边有老虎窗的灰瓦屋顶上,有一抹冬天冰凉的红色晚霞。

没有人的秋千,在那里微微晃动着。那时候,小孩子们都回家去,儿童乐园也开始冷清下来。

冬天的梧桐树干总是被不停地下着的雨浸透了,变成了黑色的,连上一年秋天留在树枝上的灰绿色的悬铃也变成了黑色的。

树影飘移,暮霭沉沉,我在石椅子边的地上,看到有相貌奇怪的石板铺在地上,那里掉了一个小孩子用的旧红毛线手套。

在黄昏时分,总是可以看到一些奇怪的雾气游荡在儿童乐园里。我想他们应该就是那些失去了墓碑的外国人的灵魂,他们有时在秋千架边上,有时在红毛线手套上,有时只是走来走去,像水中的水草那样,随着正月阴冷的西北风飘飘摇摇。

外面南京西路上20路电车尖厉的刹车声,延安中路上71路电车的隆隆声,从来不曾惊扰他们。对街被关闭了的静安寺,和被关在大雄宝殿里的佛陀,也都没有威胁到他们。我童年的记忆里,他们以一种像冬天黄昏的雾气那样孤单的样子飘荡着。要等许多年以后,我有了许多次独自长途旅行在欧洲的经验,我才慢慢明白,那种小心翼翼的，孤单而又迷惑的样子，原来正是一个漂洋过海的人才会有的姿势。

有一天我将认识他们的名字，这是我从未设想过的。

二、1990年代

原来，静安公园里的那些人并非无处可寻，他们的骨头被移到了虹桥万国公墓。

我偶然路过这里，就望见了冬青树后，一排又一排紧紧挨着的石头墓碑。

我奋力拉开网住冬青树的藤蔓时，寂静的墓地里响彻了藤蔓碎裂的声音。

墓碑大小统一，等距离地躺在草地上，被贴地攀衍的常青藤遮盖。这里埋葬的都是死在上海的外国人。

这样的墓碑让人想起电影里看到的兵营寝室，单人床上叠得好像砖头一样有棱角的，单身者的，寂寞的棉被。这里肯定没人来扫墓，所以这里没有一个墓碑前有扫墓留下的痕迹，没有花，没有蜡烛，没有访客。但却整洁安静，不是乱坟岗。

用我习惯的拉丁文拼音法，去读石碑上刻着的外国名字，有些名字真不知该怎么读。那是1843年到1970年的一百多年里，在上海陆续死去的各种外国名字。拼写法有时那样奇怪，于是想他一定不是英国人，也不是北美的人，或者也不是大洋洲的。因为拉丁字母

2003年的外国人公墓

的关系，也排除日本人和韩国人的可能性。可能是丹麦人的名字，也可能是瑞士人的名字，或者根本就是一个犹太人的名字。当然也有明显的俄文名字，可却常常分不出他是南斯拉夫来的呢，还是从波兰，或者是克里米亚来的。

我想起一句英国作家瑟金特书里面形容1930年代上海街头的句子：

在黄浦江边，有一打不同的语言，会同时进入你的耳朵。

仍旧猜不透的名字

　　现在想起来，大概这样说话的人中间，那些不走运的，就躺在这些墓碑下面了吧。

　　它们是从上海老城区各处迁来的外国人墓。

　　1950年代，战争结束，城市开始建设，上海市政府规划改造旧城区的墓地。中国人的墓，由家人迁出再行安葬了。外国人的墓，没有家人认领的孤坟，市政部门就统一把它们迁到当时十分荒凉的虹桥，并入虹桥的万国公墓。市中心的外国坟山，被改造成了雁荡路上的复兴公园，和南京西路上的静安公园，以及霍山路上的儿童公园。原来的墓碑大多废弃了，市政部门统一做了墓碑。墓碑是简单的，微微发黄的石板上只用统一的字体刻了死者的姓名，像书架上的书一样整齐地排着，没有墓志铭，甚至没有生卒之年，也没有来自哪里。

也许这是伊麦斯二世的意思

因为不熟悉，也不懂那些名字的含义，所以我边读，就边忘记了他们的名字。但是我又努力想记住，奇怪的拼法，背后的故事发出喑哑的声音："既然来了，就猜猜我是谁，你知道我为什么叫IMAS II？"

再往前走一步，就看见一个中文名字了："塞脱拿。"但它一定不是代表了一个中国人，他又是谁呢？要过许多年，有人告诉我说，IMAS也许是个犹太人的姓，伊麦斯。另一个人告诉我说，II，也可能是二世的意思。但"塞脱拿"还是不知道。

我能认出两户犹太人家的墓碑，因为上海历史不能越过他们。

草地上有三块墓碑是沙逊家族的Aarron, Charles和Joseph。他家1840年代在上海设立沙逊洋行，是上海开埠以后最早来到上海

第一章 不是故土，却是家乡

的犹太商人。他家在1865年，是最早促成汇丰银行在外滩营业的犹太家族之一。他家在1920年代，在外滩造了二十世纪初远东最豪华的饭店，上海当时最重要的客人都曾住过走廊里铺满了红地毯的客房。他家建造的大楼改变了上海的城市面貌。在日本即将占领上海之际，沙逊爵士断定，中国人必将会把所有外国人统统赶出租界，不论是日本人，还是英国人。上海终究会成为中国人自己的城市。因此他早早转移了家产，永远离开上海。

另一个属于嘉道理家族的一对夫妇。他家造了第二次世界大战

这是沙逊家族的人，死于战争中的上海

四、上海的永久居民

中上海最有名的大理石建筑：大理石宫殿。1949年以后，它成为上海市少年宫，无数戴着红领巾来少年宫活动的上海孩子，在那房子里感受到了上海华美生活的遗迹，而且，它们激发了孩子对自己城市的好奇，在那里，孩子们听见缄默不语的城市故事发出了窸窣之声，我也是其中的一个。嘉道理爵士热爱上海，他曾说过：是两次世界大战期间的上海，教会他如何做一个世界公民。

他们到底还是上海的犹太望族，所以他们的墓碑被保留了下来，放眼一望，也只有他们。

嘉道理家族墓碑

第一章 不是故土，却是家乡

却衬着塞脱拿墓的可怜。想要了解他到底是谁，似乎太难了。

我去为草中的一些普通的墓拾去陈年的枯叶，让上面的名字显露出来，这些不再长途旅行的世界公民。这叫Karl Staugaard的人，这叫尼莱茄的人，还有这个William。世上有成千上万的男人叫威廉，他是谁家的威廉呢？

不少名字缺少字母下的小尾巴，还有缺少字母上方的小逗点。1954年后，上海的外国侨民几乎都离开了，所以，在往新墓碑上刻他们的名字时，一个不懂德文或者拉丁文的人，根本就不知道把他们的名字刻错了。此后也没有谁回来上海找墓地，所以，也没人来更正写错的名字。

也很可能，这个有德文名字的人死去以前，就已经在上海用拉丁文的拼法写自己的名字，为了让这里的人好写好记，自己去掉了名字上的重音符号，就像住在外国的中国人也常常有一个外国名字，让人好记好叫一样。那些发生在多年以前的事，已经被淹没在今天的想象和猜测里。

1950年代的上海，沙逊预见到的那一天到来了。但与他想象的也许不同的是，上海默默用墓碑的方式保留了自己的过往，也尽力保护了这些留在上海的人。即使没有能力拼写正确他们的名字，却也没有抹杀他们的存在。

我不知道世界上还有什么地方，有这样让人感受到命运漂泊的墓地。也不知道世界上还有什么地方，有这样一排排虽然刻错了名字，但还是有情有义的墓碑，它们被常春藤缠绕遮蔽，像一

2003年的野猫路过嘉道理的墓碑

些缠绵的念头。

我在那里的草地上躺了下来。春天的絮云，带着淡蓝色的水汽，低低地飘过这里。它们身后是潮湿的蓝天。这里非常安静和明媚，并没有我小时候感受到的惆怅。道路两旁肃穆的柏树，如今也已经长得很高大了，散发着柏树松香似的刺鼻气味。

当他们都还活着的时候，一定也是走在这样的絮云和蓝天之下的。

他们都是怎么到上海来的呢？他们是为了谋生而来，还是为了理想而来，还是为了逃避而来，还是干脆就是被人卖到开往远东的货船，无可奈何地到了上海，是被"be shanghaied"的那种人？但是无论如何，他们就是使得上海成为"上海"的那些外国人，现在他们住在也许是个拼错了的名字下,但仍旧要永远都和上海在一起。我看见一只野猫无声地从写着"沙逊"的墓碑上走过去,他家曾有四代人住在上海,经营他们家的生意。

还有一只斑鸠在树里不停地叫着,然后又有另一只遥遥应和着。听上去好像在交谈,其实它们却是不停地向其他鸟儿说,这是属于我的树枝啊,别人统统走开。第一次知道向别人昭示自己的领地,才是鸟儿鸣叫的原因,那时我还很惊奇,以为自己听错了。他们曾经欺负过本地人吗?他们真的会爱上海这个地方吗?

三、2019年

墓地修整过了,常春藤都不见了,草地也整齐了,甚至墓碑也重新做过了似的,全都成了灰蓝色的大理石。尺寸和位置应该都没变,应该还是墓地为他们统一做的。上海如今不再封闭,坐落在外滩的外白渡桥,在使用一百年后,英国的霍华思·厄斯金公司发来维修通知,及时到达上海,并促使了它的大修。而这里的墓地仍旧寂静,没有人扫墓的痕迹。我找到一些迁坟之后留下的碑文,大多是1980年代后葬入这里的韩国人。

IMAS I I 还在那里,塞脱拿也在,还有滕力之子的墓碑,以及弗兰茨、奥斯卡、彼得森的墓碑。好久不见了,他们都还在。

也不知道这些新做的墓碑下面有没有他们的遗物,我见着一

四、上海的永久居民

（左）在2003年与2019年，这块碑从石碑变成了大理石碑，它似乎证明了在土地里留下了无名氏的遗物，它并不只是一块碑而已
（右）这是一个姓翁的人

块墓碑上面刻着"无名氏"。要是碑底下没有这个人的遗物，无名氏的碑似乎就不需要存在了。可是，在上海长眠了的，有多少个曾来淘金的无名氏。

有个叫PETER M PETER的墓碑，远远不如彼得森的墓碑显得真实可信，我总觉得是当年迁坟的人抄错了。不过，他至今也还在。离开沙逊家和嘉道理家的墓碑不远。

沙逊和嘉道理家的房子至今还在使用，所以，他们的传奇也留了下来。都说犹太人精明，将房子建得无论谁抢在手里都不愿意毁了它，所以，房子在，纪念就会在了。果然，他们两家人的墓碑是墓园里最大的，而且是原物。嘉道理家的墓碑上甚至留着一句墓志铭："真正的墓碑是活在人们心中的。"这家人就是喜欢说警句。

2019年的外国人墓园

四、上海的永久居民

要是他们各自留在自己家乡,就永世不会相遇。因为来了上海,又死在上海,才永远住了下来。他们与我们不一样的地方是,他们是永远也收不到一朵花的异乡客。自从我家有了一块墓地后,常常不由自主就想到这些,觉出别人的飘零。

冬青树丛带来了肃穆的深绿色,也让我想到我家墓地里那棵罗汉松的颜色。

第一章 不是故土，却是家乡

五 / 自蓝色马赛克下的深深处

  复兴中路在上海市区最大的一块历史风貌保护区里，一切努力维护着原来的样子。只是沿途总有一些被翻修一新的老房子扎眼，它们散发出一种兴奋不已的腼腆，是农村老妇穿了一身浆过的新衣的样子。这其实是大多被翻新的老街区遇到的问题，即使欧洲各国也是这样，所以，许多怀旧的人只能打起背包，去了东欧各国，享受时间在建筑上停滞带来的旧气。

  上海也是个不能从容享受旧气的地方，总是兴冲冲地直奔未来。

  在复兴中路上，树影斑驳的街道比原先齐整些，显得富裕了；不远处上海音乐学院教学楼里传来学生练声的歌声，还与以前一样，年轻的声音就像小号般嘹亮。有人在中午时分的阳光里，无声地骑着脚踏车路过一棵棵悬铃木。温暖春阳下，新康花园里的玉兰树开花了，硕大的白花直接开在淡褐色的枝干上，仍旧是如梦幻般的冲突。

  但是变化还是小心翼翼地到来。复兴中路上，黑石公寓对面，在上海跳水池的原址上，出现了一栋平扁的大房子。也许它的简单安静没破坏我对那里的印象，我向它走过去，少年时代关于跳水池的记忆散漫地浮了上来。

  少年时代的夏天最先回到心中。清波荡漾的室外游泳池里有此起彼伏的人声，还有高高坐在梯子顶端的救生员时不时发出的

上海交响乐团音乐厅大堂，正是从前上海跳水池的游泳池。现在它崭新的大理石地面很容易就能令人回想起游泳池里的波光

哨声，"哔"的一声，是为警告在水里打闹的半大男孩子。游泳池四周围绕着高大的绿树，树后是三层楼的新式里弄房子，那里应该就是上方花园。

然后，我就又能闻到消毒水气味了，那是1970年代公共游泳池特有的气味。现在已经不会用这么剧烈的消毒水了。但是，在我的记忆里，消毒水的气味和刚刚剖开的西瓜气味一样，就是上海夏天的象征。

现在跳水池不见了,地面微微隆起了一些平扁的大房子。

现在,这里是上海交响乐团的新演奏厅。大概少年时代觉得跳水池的公共更衣间也是这样广大的吧,所以走到大厅里,也没感到特别吃惊。

大厅里,新煮咖啡的浓烈香气代替了消毒水气味。

我走进大厅时正是午后,音乐厅售票处关闭了。

这个时辰,跳水池的售票窗口总是开着的,要是这一场满了,就买下一场。付一角多钱,窗口里就会拍出来一把吊着蓝色塑料圆牌的更衣箱钥匙,就绪。

音乐厅空荡荡的大理石地面倒映着许多支离破碎的阳光与灯光,与少年时代我看到过的,在跳水池水波上滑动的阳光相仿。我知道自己生活在一个巨变的城市里,根据上海历史学家的说法,1990年代后上海城区的变化,比太平洋战争中上海被轰炸后的变化更剧烈,所以我习惯了变化,内心非常顽强,所以在大厅里的时候,并不十分触动。我只是觉得,这个建筑做得精良,由淡黄色木头结构起来的大厅和天篷,以及座椅和地板有种由衷的亲和力。直到那时,我还是以为那股心心相印的亲切,是来自这个到处能看到文雅细木条的建筑,来自日本设计师的东方风格,甚至来自这个熟悉的地理位置——大厅望出去,四周还是高大的绿树,它们只是更高大了。

大厅午后,有着安静却活泼的气氛,与我少年时代从更衣室出来,走向蓝色游泳池的心情接得很好,那是有所期待的愉快。大厅的地面亮得耀眼,与当年倒映着夏日晴空的游泳池几乎一样。

五、自蓝色马赛克下的深深处

　　从前在夏天，我也总是午后与同学结伴来游泳。我们路过红卫饮食店，橱窗里摆放着冷面和冷馄饨。又路过一家烟纸店，白色铁壳冰箱里，有四分钱一支的盐水棒冰，八分钱一支的雪糕，一角二分钱一支的大雪糕，两角二分钱一块的紫雪糕。游完泳回家，一路红着眼睛，因为防沙眼和红眼病的眼药水很辣眼珠子。湿头发在肩上滴滴答答，湿游泳衣在网兜里滴滴答答。

　　现在也是一个午后，音乐厅没有排练，所以我得以独自在里面待上一小时。

　　音乐厅里寂静无声，朱晓玫前几天还曾在这里演奏巴哈。她用的钢琴已经搬走了，舞台上空荡荡的。

　　我在舞台中央席地坐下，四周的寂静压迫了耳朵，就像游泳池里的水压迫耳朵一样，于是我听到轻微的嗡嗡声。这里已是十六米左右的地下，正在当年跳水池深水区的下方。我在跳水池的深水区学会了扎猛子。我记得，必须在跳板上努力跳起，然后双臂伸直，双腿笔直夹紧。一旦犹豫了，不敢头朝下扎进水里，身体就会平平地拍向水面。小孩子们管这种姿势叫"吃大板"，身体会被水拍得很疼，肉身拍水发出的响声，更是跳水池的耻辱。

　　我还记得扎入水底时的所见，混浊的水里能见到池底的蓝色马赛克，那里并不干净。妈妈穿过的游泳衣在我身上还是有点大，被水波拉向下方，露出太多我的胸部。

　　我怎么也想不到，如今我穿戴整齐，在蓝色马赛克下面的更深处听巴哈，闻到一股香水气味，像从口中吐出的水泡一样上浮着。

　　朱晓玫在台上弹巴哈时很沉静，坐得很稳，肩膀松弛，好像在

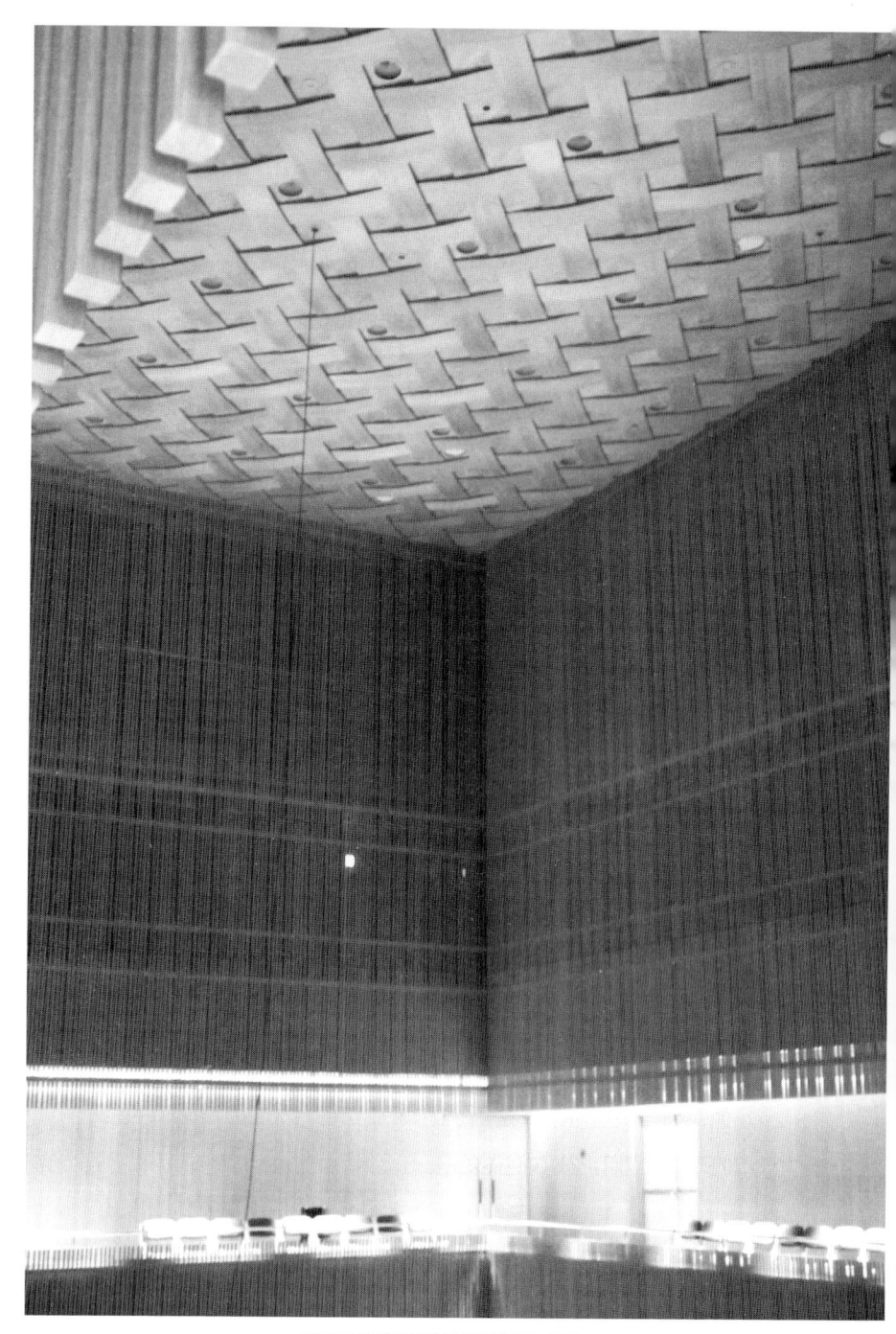

音乐厅的天花板曾经是游泳池的池底

家里练琴，没有表演的架势。她朴素的琴声让我想起少年时代听到过的黄昏琴声。"文化大革命"后期，上海少年中，学乐器渐成风气。劫后余生的社会，年轻人能找到什么乐器，就学什么乐器。那时，拜老师也不困难，老师总是免费教琴。用竹尺在白报纸上画上五线谱，从老师家揉得边角发毛的旧琴谱上抄下谱子来，就开始练习。大家只知道弹的是练习曲，很少有人意识到那就是伟大的巴赫。那时大家叫它巴哈练习曲。它如代数题般均衡规律的音乐，在乱世冰凉的暮色中，轻轻笼罩着惊恐过后，红漆斑驳的街道，年久失修的花园，以及拥挤黯淡的房间与阳台，那是一种偷安的美。现在那种孤独又顽强的美，在被百般照顾的复兴中路早已不见，但却在朱晓玫的巴哈中再现了。演奏之余，她也提及"文化大革命"，提到那个时代与她的巴哈之间的关系，还有她那些勇敢但不幸的钢琴老师们。从空荡荡的舞台上，我望了一下自己的座椅，我认识它，它在楼座上，好像汪洋中的一条小船。

那天，坐在那里不断地望着天篷，昨日泡在水里的蓝色马赛克就在今日的天篷之上吧。在音乐中，这里那里，不断有人仰头向上，茫然地望着。

他们是不是也曾是跳水池的常客，也在那里学会了游泳？

他们忍不住抬头望，是不是也以为能望见自己少年时代大而无肉的双脚，它们正被水泡得发白，起了皱？

他花白了头发，她是胖胖的中年妇人，他和她穿着朴素的衣服，不像现在的年轻人来听音乐会，喜欢穿隆重的礼服。在禁锢时代长大的人怎么也不大习惯穿得隆重，他们习惯在肢体上表示出自己的隆

俯视中的舞台。四重奏的乐谱架与乐手坐的椅子好像漂浮在深深的水中

重，那是端正肩膀，一动不动，陷入了心灵世界那样的忘我。

他们都是当年在这里学过游泳的少年吧。

那天在朱晓玫洁净的琴声里，端正地坐着，却迷惑地望着天篷的中年人，简直好像在做秘密团契一样。我们大家，集体感受着以短暂的生命，见证了这么一小块地面的巨变，内心受到的震动。我相信，那情不自禁的小动作，让我突然找到了认同感，我和他们，我们都是上海跳水池时代的少年。我们对自己长大的城市巨变的感慨，比一起听了一晚上均衡不变的巴赫，更令人难忘。

音乐厅的天花板上交织着宽条的木片，看上去好像古老的手工编织，其实是为了声音能均匀落下。越过这些好像篱笆般的木条，我望见了少年时代夏天阳光刺眼的天空。于钢琴声里，听到的，是躲在大树叶子下知了震耳欲聋的叫声。朱晓玫的下半生都住在巴黎。为能专心弹巴赫，她每天只花一点时间做短工养活自己。当她归来时，知了的叫声已在上海街道上渐渐微弱，作为一个都市的物种，它似乎消失了。但朱晓玫的琴声却在深深处响起。

过了这么多年，我才体会到上海是这样一个巨变的城市，但它却在巨变中激发着它的居民内心对宿命的感慨，以及对生命奔腾的体会。

我一直以为这种丰富的历史感受，要在西安陵墓这样古老的地方才能获得，但实际上，我却是在这间下午时分空旷无人的新剧场里获得的。这种历史感里还混杂着一种更为柔软的私人感情，那是一种认同身边沧海桑田处，即是自己归属之乡的感动。

第一章 不是故土，却是家乡

六 / 桂花酒

　　这是2007年仲春的一个夜晚。

　　这是和平饭店的底楼酒吧间。

　　阿四沐浴在吧台上方的灯光里，觉得自己就像一个演员，站在舞台中央。从前是有些激动而且忐忑的，后来是亢奋而且愉快的，即使老年爵士乐队在吧台对面的舞台上演出，客人们都面向他们，每夜都有人随他们的音乐缓慢起舞，但阿四从来都觉得，吧台才是这里的心脏，酒架上琳琅满目的酒瓶子，就像通向各处的血管。阿四歪靠在吧台上，端详这灯光明亮的吧台，看灯光在各种各样的酒杯和各色各样从世界各地出产的酒瓶上闪烁。吧台外面的店堂里，八角桌一排排向暗处排过去，多年来已被无数客人的衣裤磨得非常光亮的矮背椅面，像雨后的水洼那样倒映着灯光。每次看到这样的椅面，阿四都觉得那上面还保留着客人的体温，就像床上还留着人形与余温的棉被窝。这些都是华懋饭店时代的旧陈设，却也伴随了她三十年。想想，她真是不相信。

　　更不能相信的是，明天，阿四就要与这一切告别。她想起来，许多年前，老年爵士乐队刚红起来，酒吧里有川流不息的记者来采访。小号手是乐队的发言人，他对一个来自日本的记者发问，一个人二十岁时演奏过的乐曲，到六十岁再次上台演奏，你说这是什么感受？那时她正将几块冰丢进四朵玫瑰牌的美国威士忌里。听到这句话，她理所当然地想，那总是很感慨的吧。那时阿四自己不过二十

六、桂花酒

多岁。此刻，阿四遥望着舞台上小号手空着的座位，想，现在理解了，这种感受原来是一种浅梦中，一边不能醒来，一边又知道自己在做梦般的不踏实。

斜斜地从旁边望过去，吧台上层层叠叠地，都是加冰威士忌酒的杯底，还有啤酒杯底留下的划痕。这张吧台已经用了二十四年，薄板覆盖着另一张也已经用了二十多年的吧台面板，那张从1929年用到1952年的吧台面板。数不清的人在这里喝过酒，鸡尾酒，啤酒，烈酒，葡萄酒，果汁，间或在台面上留下一道非常细小，无伤大雅的划痕。有多少条是自己这些年来留下的？

吧台男同事的白衬衣没有烫，布料又薄，里面的身体，正用江南男人最舒服的姿态含着胸，塌着腰。不过，他双手非常灵巧地干着活，刷杯子，冲干净，放到消毒水里浸一下，再冲净，擦干，擦亮，吊到酒杯架上，一气呵成。

同事们这种懒怠的姿势，阿四年轻时候曾经不适应，因为父亲不论何时都是一丝不苟的。阿四高中毕业，便顶替父亲进和平饭店工作。她记得父亲即使是退休在家里，也是每天早晨打扮得整整齐齐，才坐到客堂间的八仙桌前喝茶。即使他不穿烫得笔挺的白咔叽布制服了，还是一坐下，腰板笔直的。现在她早已适应了，这是她这一代和平饭店侍应生的标准形象。不过，父亲那一辈的传统在男同事们的头发上得到完美的延续。他们对头发仍很重视，规矩的三七开发式，用凡士林发蜡在头发上梳出梳子细密清晰的齿痕。他们身上既有1956年开张的老牌国营饭店的倦怠傲慢，也有1929年开张的远东豪华酒店残留下来的摩登遗风。

第一章 不是故土，却是家乡

三十年以后，阿四觉得这样身体懈怠，头式讲究的腔式最亲切，她自己也歪靠着，她自己的衬衣也没烫。

和平酒吧里的调酒师们都有些矜持，即使坐在吧台上的客人，他们也不会主动搭讪。但要是客人想要聊上几句，他们也会散漫地应和，手里一边叮叮当当洗着杯子，或者戳开冰块，或者开啤酒瓶，或者往玻璃小碗里倒一份花生米，或一份玉米片。他们下手总是恰到好处，不多不少。这些人虽然都出身在普通人家，但他们好像旧式美人那样，自然而然地端着架子。这种心劲与和平饭店有关。他们见识过不同于朴素黯淡现实世界的奢侈建筑，炫耀的设计，老式的处世方式，这一切给了他们某种卓然于众又安守本分的身份感。长久以来，能在和平饭店工作，是这个人在政治上被信任，经济上收入丰厚，相貌上又仪表堂堂的象征，处处提着一股气做人，也是理所当然。

饭店马上就要歇业大修。预计要修上两年。两年以后，正好她五十岁。虽然没人跟阿四明说，但她自己猜度，就算两年后，来接手饭店管理的外国人肯消化掉老员工，像现在上头许诺的那样，自己也不会再回到这个位置上来了。于是，酒吧歇业的那天，实际上就是她退休的那天。

酒吧今夜已是最后一天营业了。

阿四还真没想到退休。十七岁时第一次穿上一件黑色西装马甲，戴上一只黑色领呔（呔，粤方言，tie音译。这里指男用领花），站在酒吧门口。那天没人教她如何站，如何迎客人，她站在那里，

六、桂花酒

惴惴然想起父亲的样子，马上挺直腰板。这情形历历在目。那时阿旺才多瘦！阿四认识他那天，他就喜欢含胸塌腰地站着。他白衬衣里空荡荡的，好像是直接挂在衣架子上，因为脖子太细，一只黑色的呔总是歪在领子下方。似乎他一生都不穿烫过的白衬衣，他说烫过的的确良布不跟身体。

有人身体前倾，踮着些脚尖，轻轻摇晃着肩膀走进来，看样子，是夏先生回来了。阿旺走到亮处去招呼他。夏先生是个长住在香港的上海人，八十多岁了，还梳着一只飞机头。他每次回上海，都会带他少年时代的女朋友一起来坐。他少年时代的女朋友是个娇小的老太太，她叫爱丽丝，据说她至今仍能穿下三十岁时候定做的薄呢裤子。有时他们跟音乐跳几支舞，虽然身体老了，像麻将牌一样，但舞步依然很健，还保留着一些四十年代的花哨和古董气。

正对着乐队的位置，阿旺早早放上留座的牌子。阿旺此刻领着另一拨客人过去，他周到地拉开椅子，眨眼间，他顺手点亮了桌上的蜡烛，还轻轻放下了玻璃罩。那是早已退休了的总经理来了，他身上那套铁灰的西装一定还是早先在培罗蒙订做的，阿四还记得他穿着这套衣服与贝拉·维斯塔的女宾跳第一支开场舞，那时这套西装在面子上一点也不坍台，现在看上去，却是裁剪土气老朽了。阿四明白，总经理即使退休了多年，也总是想来告别一下的吧。当初这间酒吧还是在他手里走上正轨的呢。听说这里1950年代后就是一间租出去的，充满机油味道的修车行。

阿旺现在已八面玲珑，怎么也看不出他是退役后，分配到和平饭店工作的义务兵。他能一边为日本客人记录点歌的序号（日本客

第一章 不是故土，却是家乡

人最喜欢点歌，经理什么样口音的日本英文都能听懂），同时照顾正准备点鸡尾酒的客人。即使是最昏暗的角落，他也能一眼看出客人能不能喝酒，会不会喝酒，懂不懂威士忌不同的口味。同样点鸡尾酒，客人有不同的口味，看一眼就猜出客人的地位、身份、情绪和爱好，这样迎合了客人，又不会浪费。

阿旺是高级调酒师，要是他亲手调制鸡尾酒，会带出一点1940年代上海酒吧的余味：鲁莽而兴致勃勃的，好像一个激动不安的少年。1980年领他入行的师傅，是前锦江饭店酒吧的金师傅。阿旺上台面调酒时，阿四才刚进酒吧间，只能送送花生米，收收酒杯，迎客人。那时他在阿四眼里很老派，简直好像从历史书里掉出来的人物。直到现在，阿四歇下来时，还是喜欢看他招呼客人。他有种酒吧灵魂人物的气派，就像一根调酒棒，能将一切搅和在一道，融融一堂。早先他的手粗壮，与瘦削的身坯不合比例。如今他在昏暗的店堂里优游穿梭，就像一条鱼缸里的热带鱼，或者像一个终日混在酒吧里，落拓却不掩一股风流气的公子哥儿。

接着，灯影里走进来一个老人，他是老年爵士乐队的成员，拎着一只黑色的包。父亲那一代人走向自己的工作时，就是这种庄严而谦卑的姿态。父亲这代人特别在走路上向外国人看齐：外国人走路，不怕踏死蚂蚁。阿四想起父亲的语录。

不一会儿，爵士乐队的老人们陆续到齐。二十七年来天天晚上都是这样。一架钢琴，一把小号，两把萨克斯风，一个贝斯提琴，还有一只爵士鼓，一共六个老人。不知为什么，酒吧里的人都管他们的演奏叫"敲"。也许因为敲爵士鼓的程先生给人的印象太深，那

六、桂花酒

响亮而拖沓的鼓点夜夜八点准时响起，没有周末和休息天。当年在乐队里，敲鼓的是程先生，吹小号的是周先生。后来，程先生过世了，周先生吹不动小号了，渐渐最早的乐手都换为新人，但乐队的歌单依旧，夜夜都是一样的老歌，这些年来阿四已听得烂熟，比小学时背过的乘法口诀和毛泽东的老三篇还熟。

钢琴奏出《慢船去中国》的引子，阿四听出来，琴弦声音松弛，应该请刘师傅来校正了。刘师傅是从上海乐器厂退休的校琴师傅，他的电话就抄在纸上，贴在吧台后面的墙上。但大家都没去叫，很快就要关门，大家都松懈了。

阿四五岁那天的夏天，被父亲带来饭店上暑托班，那是她第一次见到和平饭店。然后，父亲退休，全家人在父亲工作了一辈子的龙凤厅吃了顿饭，一方面庆祝父亲退休，另一方面庆祝阿四顶替父亲进了饭店。转眼，父亲去世了，父亲的徒弟也退休了，转眼，自己也在这里工作了一辈子，也要退休了。退休好像是梦里发生的事，但阿四连做梦都没想到过饭店会歇业大修。她心中根深蒂固地觉得饭店是至高无上的，也是万寿无疆的。

这种孩子气的信念，来自阿四暑托班时代的印象。在阿四小时候，和平饭店为职工子弟办过几年暑托班。她永远也忘不了楼上那些门厅，它们像戴在颈上的珍珠一样温暖而光耀。门厅后面就是通向客房的长长走廊，那里悄无声息。壁灯一盏接一盏，一直通向深深的尽头。那金黄色的灯光是那样均衡沉着，阿四从来未在其他地方见到过这样的灯光。这里是整个大楼唯一完全听不到海关钟声

第一章 不是故土，却是家乡

的地方，安静得耳朵嗡嗡叫。第一次父亲带自己从暑托班教室到龙凤厅父亲的厨房里去的时候，阿四跟父亲穿过饭店，她紧紧捏着父亲的手，被这迷宫一样神秘而安稳的地方吓住了。

父亲就在餐厅拐角大红门里的厨房工作。厨房的大红门上装饰着擦得黄澄澄的铜片，花纹很复杂，他穿着白制服，戴着一顶高高的白帽子，气度非凡。阿四紧紧握住父亲肥大的食指，心里真是骄傲极了。

今天阿四下午上班时，特意到饭店上上下下走了走，算是告别。在龙凤厅厨房门口，眼睛一闭，父亲当年站在那里，威风凛凛的样子就浮现在眼前的黑暗之中，从前心中的骄傲也浮现了。

阿四年少时，正是中国全面封锁的时候，市面上连黄油都少见，更不用说西餐厨艺变化的消息。淮海路上的西餐店大多改成馄饨店，可父亲侥幸在和平饭店工作，西餐材料虽然短缺，但西餐厨子他十足做了一辈子。

后来，欧洲左翼学生小组来上海访问，到西餐厅吃饭，炸鱼排，给他们上了辣酱油，哪知那些外国人大大惊奇，争着与辣酱油合影。父亲才知道这只调味品如今在欧洲已是古董，餐厅大都换了新口味。他观察了好几天学生们的口味，发现他们的口味发展得更粗糙，更简单了，吃法式炸土豆块时，他们也从不要求用迷迭香粉调味，普通番茄沙司就能对付了。而父亲的师傅曾特意说过，用罗斯玛丽粉做炸土豆块的调料，是法国北部典型的口味，就好像江南人吃生煎馒头要蘸米醋。父亲的看法，是自己也许落伍了，这几十年，上海的西餐厨子已是井底之蛙，苦苦挣扎求生，不知世上已千

六、桂花酒

年。父亲先是失落，很快就转为好奇。他辗转听说美国炸鸡现今最时髦，那种炸鸡叫肯德基家乡鸡，配方是保密的。父亲说，什么保密，只要让他吃一次，他准定能报出配方来。

父亲是个通达又实在的人。

美国总统访华，在锦江小礼堂签订中美联合公报。紧接着，法国总统和日本总理也来访问上海。他们对上海还有人能烧出1940年代口味的西餐影响深刻。外滩，夜色中的情人墙，旧饭店里热乎乎的西餐几乎成了历史的活纪念碑，也是中国与西方仍有一息相通的证据。在《参考消息》翻译成中文的外电报道中，北京清晨街头洪流滚滚的脚踏车阵和上海外滩旧楼里的法式西餐，都是中国奇观。

虽然只有寥寥几句花边新闻，但上海人马上悟出了地点和人物。很快，红房子的虾仁杯和烙蛤蜊，与和平饭店的牛排和法式洋葱汤风靡民间，瞬间达到它们空前绝后的高峰。红房子的俞司务和和平饭店的容司务被时代造就，成了七十年代上海最出名的西餐厨子。怀旧和时髦混为一体的人们，穿着肥大的蓝布衫，到红房子去吃俞司务的烙蛤蜊和火烧冰激凌，但和平饭店他们进不来，直到1980年代后才开放给公众。这些人常常打听好父亲掌厨的时间，特地来吃法国总统戴高乐吃过的洋葱汤和沙朗牛排。

父亲的人生就这样出其不意，突然盛开了。阿四在中学里，英文老师都笑眯眯地教她造句：You are a lucky girl。老师以为阿四在家里天天吃大餐。其实老师不知道，虽说父亲是有名的饭店大司务，但家中日常的饭菜一向是母亲做的。父亲谱很大，要厨房地方够大，家什够好，又要材料够齐全，打下手的人顺眼顺手，所以，

第一章 不是故土，却是家乡

家里安在走廊里的厨房，父亲轻易不停留。这是父亲的骄傲，母亲一生都维护着它。

父亲退休得极为荣耀。餐厅出面，特意请容家人来这里，正式吃了一次全套大餐。父亲从前的徒弟改行做了侍应生，那时已经是餐厅领班了，那天他亲自服务。他手腕上搭了条洗烫得纹丝不皱的雪白大巾，笔挺地站在椅子后面，递盆子，加酒水，努力收着发福的大肚腩。1972年为欧洲左翼学生访华小组服务，他们就已经是搭档了。

那天一班年轻侍应生站在后面观摩。那些年轻男孩虽说也穿着黑色西式制服，但却举止松懈，好像一群企鹅。领班低声讲解要领："看清爽了，将胸挺起来，但不要将肚子一起凸起。腰要弓一点，这样显得恭敬，但不好塌下去。看清楚，将眼神放在手里的生活上，不要四下乱张。看清楚，送菜时身体这样侧过去，从客人的身后送，不要像块门板挡在客人面前。"

父亲进厨房做了他的全套看家菜：洋葱汤，虾仁杯，美国沙朗牛排，焦糖布丁。脱下高帽子，父亲一头茂密的花白头发，整理得一丝不苟。他穿着特意浆洗一新的厨服，满面红光。一家人吃到父亲做的全套西餐，这是唯一的一次。

吃完饭，一家人围在桌前拍了全家福，全家人个个都是满面红光。

阿四一直觉得，这才叫光荣退休。

从龙凤厅，经过装饰着拉力克玻璃灯罩的走廊，阿四去看了看和平厅。和平厅在歇业前的最后一周就已停止预订。虽然红色的丝绒幕帷都还像原来一样挂着，拼花地板也像从前一样油亮油亮的，但不知为什么，大厅的回声听上去那么空旷和辽远。当年贝拉·维

六、桂花酒

斯塔舞会时,一百六十位客人的晚宴,也是沙朗牛排和洋葱汤。父亲当年已经退休了,又被请回来帮忙。阿四也被借到楼上餐厅帮忙,她负责倒酒。看到服务生们托着父亲做的牛排,笔挺地鱼贯而来,她觉得真是骄傲。

阿四听到大门敞开的大厨房里有说话声。

一个愤懑不平的声音说,"前天厨房里的人都走光了。一句话也没有,连再见都没有。就来了个人,宣布说:明天你们不用来了。就这样,心寒哦?"

另一个阴阳怪气的声音说,"心寒啥?这就是和平饭店。你以为还会如何?想当年,他们从外国人手里抢过来的时候,不也是将人家赶出门去算数?所以后来开博物馆,什么也找不到。真正活该。"

这些天来,饭店里的各个部门都在陆续关张,四处都可听到这种牢骚,国有企业本来就牢骚多,遇到这种时候,当然就更多。阿四想,也许等今天营业结束后,也有个人过来吧台对自己讲同样的话。也许今夜阿旺也会狠狠骂上一回。要将阿旺逼急了,他那张嘴也会像粪坑一样脏话四溅,花样百出。只有那时,他早年的经历才会像复写纸上的痕迹一样显现出来。

阿四发现自己心中没有什么抱怨,遗憾却是有的。她遗憾自己终于不能与父亲比,和平饭店的酒单上,竟没有一款鸡尾酒是自己创造的。

阿四眼帘往上一撩,她明亮的眼睛好像颜色幽深的水底浮起的鱼脊,闪烁着明亮的天光。眼睛热乎乎地亮了起来,将整张圆大

第一章 不是故土，却是家乡

的脸庞照亮。她喜气洋洋地招呼走上前来的夏先生与爱丽丝，一边伸出白胖厚实的手掌来，翘起雪白的小指，用食指与中指将吧台上细细地一抹，发牌似的排出两张杯垫，端端正正放在老人们的面前；再拿出两只玻璃杯，给他们尝酒用。这是老客人的待遇，偶尔来喝杯鸡尾酒的客人，只能靠运气，才能喝上对口味的酒。

"这趟夏先生回来得巧不过，再晚一歇，我们这里大概就停止营业了。"阿四说着，返身去拿苏格兰威士忌出来，老先生最喜欢这苏格兰威士忌里的泥炭熏烤过的味道。她将酒瓶转到有商标的一面，给他过目。

"这次夏先生就不要自己开瓶了吧，喝不光浪费的。"阿四顿了顿，轻声说。她转脸又对灯影里的爱丽丝说，"我们要停业了，所以平日里藏着不舍得用的桂花陈酒，现在倒都放开用了，你也是运气好。"爱丽丝窄小白皙的脸好像一只气球般地，在暗影里浮动着，笑意飘拂。她喜欢喝甜的，喜欢用大红的唇膏。这些年来她好像是住在保鲜膜里，一点不变。

"这次算是特意回来的，只怕你们已经歇了。"夏先生说。

"那么，照牌头，先来一杯和平饭店，一杯上海？"阿四笑问。

"嗳。"夏先生答。

"看见阿四，心里最豁亮。"爱丽丝笑眯眯地望着阿四说，"阿四越长越福相了。"

"老了呀。胖出来了。"阿四笑着用手背磨了磨腮边，说。

"从前我外婆看媳妇，指定要下巴厚嘟嘟的人，福答答的。其实就是阿四这种面相呀。"爱丽丝说。她外婆家的祖上是清末上海

六、桂花酒

滩上有名的大买办,但此后的世世代代,都是吃喝玩乐的专家,一直玩到山穷水尽。夏先生与她相识在一个同学的家庭舞会上,夏先生家里有祖传下来的金店,由家族里的大人管着,家世富而不贵,好在年轻人就是聚在一起玩玩而已,其他都不用太计较。说起来,那时他们都还是高中生,只晓得听爵士乐,跳水兵舞。后来解放了,夏先生的父母害怕,便宜出让了股份,阖家搬去香港。爱丽丝留在上海。直到1980年代,夏先生才敢回上海来探亲。爱丽丝的丈夫早已在1957年自杀了,他们这才又来往起来。

这些年,每年夏先生回来,就约爱丽丝一起来这里喝一点酒。有时开上一瓶酒慢慢喝,每次的剩酒就存在酒吧架子上。待气氛和酒都调节好了,身体也舒适了,夏先生就请爱丽丝就着乐队的音乐跳几支舞。跳舞的技术,就像骑脚踏车一样,学会了是不会忘记的。所以,跳到圆熟了,少年时代脚下花哨的美国风,就好像醒过来了一样,不由得自己不生龙活虎。那时候,夏先生心里总是想,这情形才叫不知今夕何夕呢。

"上海啊,真是变得越来越不认识了。"夏先生叹了口气。

"往后越加不认识了。"阿四说。"我们将来归费尔蒙特集团的外国人管了。不过,外国人大概总管得比我们自己好。听领导讲,费尔蒙特是世界上数一数二管理古董酒店的大公司。最好这次我们和平嫁对一个人。"

爱丽丝笑了笑,没出声。看阿四的样子,对饭店的将来好像嫁女儿的娘一样担心。"其实,这种事,一介小民如何管得了呢。外国人在外国倒是可能不错,一来中国,两天就变坏。"她说,"我家孙

第一章 不是故土，却是家乡

女教外国人中文，教一个澳大利亚人。问他会说什么，那人说，会说小姐漂亮。你想想他是在哪里学来的。"

一杯和平饭店，琥珀色的鸡尾酒。一杯上海，金黄色的鸡尾酒，都是这间酒吧的特色酒，别处喝不到。阿四倒酒，加冰，搅拌，滤出，不用谢克杯，不用量杯，只不过两分钟，就做完了。

阿四的动作又轻巧，又利落，又本分，没有阿旺做酒时利落里带着点卖弄的意思，平稳妥当，让他们格外喜欢。夏先生又叹了口气："阿四哪能会那么旧气啊。"

"旧气"是夏先生夸奖人的话。他想奚落某人，才说他崭崭新，像新瓷器那般贼光雪亮。阿四的利落让他想起小时候在上海，被家里人带到华懋饭店吃冰激凌时看到过的那些服务生。那些人在遥远的记忆里统统是黑发锃亮，衣服雪白，胳膊上搭一块浆过的大巾，上面一丝皱褶都没有。那种殷勤和精良，就是他心目中理所当然的世界。夏先生说，后来去香港，满街都是赤脚穿木拖板的人，简直要哭出来。

爱丽丝总说，要是看到赤脚穿木拖板的人就要哭出来，那么，自己眼睁睁看着华懋饭店还开着门，但进不得门去，她这几十年只好哭死了。她喜欢看阿四的利落和殷勤，是阿四能让她想到小时候在佣人殷勤照料下的无忧无虑，无心无肝。看到阿四，她就又变回翘课去跳舞的不良少女。

说到这些，夏先生总是拍拍爱丽丝的手背，表示理解："我那五叔叔，留在上海的那一房，当初以为自己门槛精，从我们家这一房出让的股份里贪到便宜了，后来'五反'，一夕之间家产悉数充公。

六、桂花酒

五叔叔是多少时髦的人呀，圣约翰历史系毕业，家里最早用人造革椅子，后来落魄到抽根香烟，都要将烟屁股积起来再利用的。当真是触目惊心。"

就这样扯着闲话，一杯酒，两杯酒下肚去了，《月亮河》的音乐一起，他们就不说沧桑了，只下去跳舞。

夏先生与爱丽丝，每次只要来酒吧，就找阿四调酒喝。看上去好像是老客人的依赖，其实，他们心里，将本该当做孙女辈的阿四，当成自己的长辈般的，好像他们在阿四这里可以被照顾，又可以默默地向阿四撒娇。他们每次都喜欢阿四伸出白白的，厚实的手掌，将他们面前已经干干净净的台板再细细抹上一遍的样子，这样子让他们觉得那么可依赖。只是他们从来都没有说出来过，私下里也是心照不宣。

阿四打开水龙头冲干净调酒棒。她说："不晓得等饭店修好，新酒吧开张，你们还喝不喝得到这两款鸡尾酒。外国人来接管，不一定看得上我们现在这种酒单呀。"

"想这么多做什么，今朝有酒今朝醉呀。"灯影里，夏先生的头皮在稀疏的头发里闪闪发光，上面尽是发蜡。爱丽丝只管笑眯眯地啜着琥珀色的液体，桂花酒果然又甜又香，像从前保姆擦在头发上的桂花油。爱丽丝小时候的保姆也长着一个像阿四这样敦实雪白的下巴。

"调酒师有时会那样，"爱丽丝说着比划了一下调酒师抛起谢克杯，再反手从背后接住的样子，"是什么酒要这种摇法？"她问阿四。

第一章 不是故土，却是家乡

"那是花式调酒，摆噱头的呀，像演杂技一样。没有什么酒要这么花哨的。"阿四笑。"酒吧里有时需要调节气氛，这么做，客人哄起来，气氛好些。阿旺年轻时候喜欢这么做，男人们喜欢做这个，女调酒师一般都不做的，太武腔了。"

"看我真的洋盘，看了一辈子，也不知道这样为什么，只以为别人家点的鸡尾酒一定高级，要这样调法。"爱丽丝笑着轻轻飞了夏先生一眼，说，"那次还是与姐姐一起去的，淮海路的一家白俄酒吧。我们都还是中学生，也不好好读书。"

"我们生错了时辰，好好读书也没什么用处的。"夏先生说。

"我再多加一点点桂花酒，做个改良的给两位试试？"阿四突然笑盈盈地对老先生建议，"口感柔和些，心里会舒服些。有时候甜酒好呀，心里哗啦一记，就松下来了。"

"今天我面子介大，阿四专门为我们调新口味了。"夏先生笑了。他想，阿四一定是发现自己情绪低落，这是个细心体贴的服务生，现在的上海真是难得有这样真心实意的服务生了。他在高凳上扭动了一下身体，坐直，换了个姿势。夏先生觉得自己老了，心变软了，常常容易感伤。他看看爱丽丝，她娇小的样子纹丝不变，她比他要不动声色多了，到底是在上海生活了一辈子，经历得多。何况，到了晚年，本来女人的心肠就比男人更硬了。

阿四小心翼翼调好，给夏先生换上只干净杯子，说，"尝尝看，口味合不合？"她抿着嘴唇，看住他，随时准备再修改。

老先生抿了一小口："似乎甜润些了。不过还有一种香，好像不是桂花酒的那种香。"

六、桂花酒

"里面还加了一点点樱桃甜酒,一点点,颜色好些,口感也丰富些。"阿四解释说。

爱丽丝也尝了尝,夸奖说舌头上很清爽。"我倒是更喜欢这一款。"她说,"我不喜欢烟熏味道的,好像从前老城厢的气味。"她在老城厢的中学里做过多年的英文教师,怎么也不喜欢那里。

阿四点头笑道,"从前发明这一款配方时,全上海的威士忌酒都是英国货,我们那时叫这酒黑方。这个用英国货的方子,就一直用下来了。今天我用四朵玫瑰给你们做来尝尝的,这是美国酒,夏先生也换个口味么。你们是老客人,我才敢改金师傅的配方。"

"果然更好些。"夏先生在舌头上慢慢滚着酒,一边点头。见阿四心满意足地望着自己,那宽大的脸庞后干干净净挽了一个发髻,很像儿时自己的母亲。他便补充说,"从前的烟熏之气化为清秀清淡,好像口味上返老还童了。"

"那么这款酒,可叫作'别了,和平饭店'。"夏先生嘴上这么说,心里却想,其实自己想喝的,还是老口味,什么都不要变才好。但是,见阿四这么兴致勃勃,他不好意思说出口。他喜欢喝英国威士忌,就是喜欢那泥炭味道里的沧桑粗粝,这样加上桂花酒带着江南小家碧玉式的清甜,才味道浓郁。

阿四笑着"啊呀"了一声,"我哪里敢自己做一款酒出来?就是做出来,也晚啦。今天阿旺说过啦,人家说铁打的营盘流水的兵,我们此地是铁打的酒吧流水的服务生,我们即使退休了,酒吧总是长长久久的,你们以后也要来帮衬我们酒吧呀。外国人来了,总归是更加国际接轨了的。说不定酒单上内容更丰富了呢。"

第一章 不是故土,却是家乡

夏先生说,"我哪里需要在上海喝玛格丽特和血腥玛丽?别的地方到处都是呀。上海要同国际接什么轨?又不是东方快车。其实只要好好做自己,比什么都好。这种接轨的话,一定是没见过世面的人想出来的。"

说着,阿四把酒正式做好了。最后,她手指尖尖地从樱桃罐头里拎住一只樱桃的长柄,拉出一只红通通的樱桃来,插上一根牙签,沿着杯沿轻轻一放,樱桃便滑进琥珀色的液体里。灯下的酒,因为有了樱桃的红色,颜色变得华丽起来。

阿四将三角杯又轻又稳地放在杯垫上。"看看这颜色,还有什么闲话好讲!"说着,阿四将拔得细细长长的眉毛轻轻向上一挑,带起视线,那一眼,既谦恭又骄傲,喜滋滋的:"别了,和平饭店。夏先生将名字都起好了呢,算是今夜的新鸡尾酒,以后放在酒单上去。"

"还是叫'阿四'更好,这可是阿四自家调出来的私房鸡尾酒啊。"爱丽丝伸手拍拍阿四温暖厚实的手背,"阿四这样贴心的酒,以后我们怕是喝不到了的。"

"以后我们只好去喝那种满脸精明的年轻人调的酒了。"夏先生说。"现在上海年轻小姑娘的脸相很有兵气,我告诉你,现在全世界都少有这么无情无义的面相。"

"那我吓也吓死了。"爱丽丝缩起肩膀,像她的小狗那样吊着双手哆嗦。

阿四笑着摇头,"没这么吓人的,放心好啦。"她眼睛里本来柔和的光芒突然变得雪亮坚硬,夏先生知道,那是她的眼睛里有了薄

六、桂花酒

泪。果然，阿四抽了一张面纸，在眼睛上按了按，一边清脆地笑出声来："哦吆，笑得我眼泪鼻涕都跑出来啦，不好意思哦。"

夏先生想，等下一定要给阿四包一个红包。

"放心吧，天不会塌下来的。"爱丽丝喝干了自己杯中的酒，将樱桃送进嘴里。这种糖水樱桃，又浸在酒里，多了酒精气味，一点也不好吃。但爱丽丝却一下一下慢慢嚼着，吸吮出已变得像软塑料似的果肉里的酒气，这是她的习惯。所以阿四总体贴地在她的杯子里放两只樱桃，这次也一样。

"我曾经为《新闻周刊》采访过这支老年爵士乐队。那时还是最早的一批人，现在你们看到的已不是原汁原味。最早组成乐队的六个人都是二十来岁时，跟在上海的菲律宾乐队一起工作的上海人。大战结束后，东南亚一带的音乐深受美军远东电台音乐节目的影响，所以他们的传统曲目，其实是美国唱片的翻版。演奏的风格，是当时菲律宾的热带风格！上海其实处在东方的末端，它并不是直接接受西方世界的影响，音乐上更多透过菲律宾的乐手，思想上更多透过日本的翻译书籍。甚至它当年的租界形态也不是标准的殖民地形态。"强生几乎不翻动嘴唇，但却说得极快，生怕别人插话打断自己似的。

"不不，乐队成员在历史上与华懋饭店没有联系。但他们自己说，他们离开这间酒吧，乐队不会有这么大的国际影响。但酒吧离开他们，也不会有什么精神上的魅力，他们是彼此高度依赖的。1996年，《新闻周刊》颁给这间酒吧最佳酒吧奖，与我的发现大有关系。你们中有没有人记得当年风靡一时的Buena Vista Social Club？这两个乐队差不多在同一时间成立，又隔了四五十年，突然红了。红色背景下产生的爵士乐，都是他们的最大卖点。

"你能想象吗？他们以为自己的价值在于，他们为国家创造了非常多的外汇。这是前小号手亲口告诉我的。他当时是乐队新闻发言人。"

乔伊没听他在说什么，她只是挑衅般地盯着他的嘴唇。他身上有种英国人强势攫取殖民地一切的本能反应，她憎恨这种势不可挡的强势。连一个没落老酒店附属乐队的解释权，也要紧紧抓在手里。她知道，不要看那嘴唇薄得几乎是一条线，但比厚嘴唇更有力，真的吸吮，会在脖子这样柔软的地方留下瘀斑。酒吧光线黯淡，东方式的幽暗中有种与欧洲不同的神秘与危险，乔伊每次来到东方，都感受到这种内在的沉重与凋败。乔伊想起高地门高中时代令她又恨又怕，永生难忘的薄唇。她想，也许他现在正是如此长相的，滔滔不绝的中年人。后来她的心理医生断定，这种憎恶来自爱慕。乔伊并不相信心理医生，常常她去与他们谈话，只是寻找一种编故事的特殊视角，一种专业交流。但是她却相信这一分析。不过那种爱慕与其说是亚当与夏娃式的，不如说是巴别塔式的，由语言带来的障碍引起的占有欲。

乔伊坐在长桌的另一头，她最喜欢占据的位置，很方便打量桌子两边的作家们。他们中有澳大利亚来的诗人，美国西海岸来的华裔作家，还有住在英国的南亚作家，好像她一样，口音里有比苏格兰人地道的伦敦口音。还有住在香港的印度人，和住在斯里兰卡的

六、桂花酒

英国人。那个英国小说家已有七十岁了，穿着一身皱巴巴的白色亚麻便服，配了一顶扁扁的草编凉帽，是标准的殖民风格。亚洲各地举办的这种英语文学节，能遇见的作家也是大同小异的，他们大多代表着英语文学的混血特征，所谓后殖民时代的声音。

乔伊并不喜欢这种亚文化的文学节，但她自己就是这样一种作家的代表人物，她摆脱不了这种身份。自从她的作品被类型化后，她就总是被英国文化协会送去世界各地演讲，去各种大学做驻校作家。与在剑桥国王学院毕业的其他写作班同学不一样，她虽然写得好，但却作为一个后殖民文学的代表作家成功。乔伊觉得自己心中其实是失望的。

边缘雕刻着几何花纹的八角桌上放着数十杯"和平饭店"。这第一杯酒是文学节赠送给大家的欢迎之饮。今晚，参加英语文学节的各国作家们都陆续住进了和平饭店。每人房间的桌子上都放好了文学节的活动日程。第一项便是当晚十点，大家在酒吧里小聚。正在说话的强生，是文学节派来招呼作家们今晚的酒叙的。每个人的酒杯前，都有一小块泛着白色的纸片，那就是强生派发给每个人的名片。他号称是本地人，长住上海，甚至开了一家专题旅游公司，他的公司叫"我的上海"——服务于曾是侨民的家庭后代寻旧，深层旅游的游客探访旧日租界遗迹，著名建筑专题一日游，以及英语电视台与报纸的采访顾问及咨询服务。

"我在上海已住了十多年，太太做的无锡菜太地道，我常发现自己的脸长得越来越像中国南方的人。大家一定已经知道，食物的确是可以改变人的面容的。

第一章 不是故土,却是家乡

"我们家每年圣诞节时回苏格兰老家,倒处处觉得有距离,要过两三天后才会真正感到落定。我太太则正好相反,虽然她回中国前,已经在英国生活了十年以上。现在对离散状态有真实感受的人真是越来越多了,世界的融合与离散成为最大的母题。

"我家现在住在一栋1929年沙逊洋行盖的老公寓中,四间卧室的那种。1940年初的时候,我家的房子曾经是欧洲犹太难民的避难所。我已在上海出版的犹太人报纸上找到当年的犹太女孩子们在我家厨房里学烤面包的新闻照片。现在,那张照片就挂在我家厨房桌子上方的墙上。实际上,我也定期开放我家,接待来上海访问的预约游客。"强生飞快地说。

"你说中文吗?"乔伊突然问。

"不。"强生干脆地否认。他显然明白乔伊的所指,"海事时代的殖民者通常都不学习殖民地当地的方言。"他似乎很习惯乔伊的好斗,他冲被桌上的酒精灯光照亮的乔伊黝黑的脸微微一笑,缩起双唇,朗声说,"我们夫妻都希望孩子们成为双语者,所以我不说中文,她不说英文,我们的孩子必须用两种语言作为他们的日常用语。我们不是排斥,而是要融合,这是后殖民时代的特色家庭。我亲爱的乔伊,殖民时代早已过去了,现在是后殖民的时代。"

"你真这么想?"澳大利亚诗人缓缓地问了句,他看了乔伊一眼,说,"现在,后殖民的概念真是万用宝典啊,乔伊。"

他和乔伊一起,上飞机前刚在贾拉福特酒店的回廊里开过朗读会。

他朗读一首写老酒店的诗。

六、桂花酒

　　她读的是她的第一个长篇小说，也是奠定她后殖民文学地位的唯一一部长篇小说。她写一个孩子如何在伦敦经历了远在斯里兰卡的祖父生病，病重和病死的过程。她从未见过斯里兰卡，也从未见过祖父，整个斯里兰卡的故事，都是通过在深夜骤然响起的电话铃声传达过来的，由于时区的差异，从斯里兰卡来的电话总是在她睡梦中响起，暗夜里，父亲说着奇怪的语言，连声音都变了，好像是另外一个陌生人。

　　到了白天，太阳照耀着高地门的街道和公园，好像另一种生活。这个孩子穿过公园的山坡去上学，好像夜晚发生的事是一个反复发作的梦，一个最遥远缥渺的血缘的死亡。

　　在这孩子的感受里，地理是漂移着的。

　　"地理是漂移的"。这是乔伊对后殖民文学贡献的一句口号，好像早先的托尔斯泰为俄罗斯文学贡献的"幸福的家庭是一样的，而不幸的家庭各有各的不幸"。

　　乔伊笑了笑，拿起酒杯来，"叮"地与他的酒杯碰了碰，然后说，"区别在于有的感受是出自血泪的经历，有的却是来自对别人感受和思想的再次掠夺。这种掠夺，将与欧洲人不同的殖民感受从世界的主流思潮中分离出去，解释为一种新的异国情调。这让人想起十九世纪欧洲的马戏团在各地展出非洲人和南亚人。这可真令人恼恨。"乔伊心里知道，自己这种不快由来已久，每当参加文学节，这种不快就会像她的胃痛一样旧病复发。这个上海的强生，不过是一个临时出气筒。

　　"听强生说，这间酒吧今天最后一天营业。强生闻到了某种气息,跑去小号手那里点了支歌。向乐队点一支歌,要额外支付三十元钱,因此顺带向老人们证实了这条消息。"澳大利亚人说。

乔伊挑起眉毛笑了笑,"好身手啊。他该为《太阳报》工作才是。"她说。

强生此刻在说他为CHINA QUARTERLY写远东殖民酒店的后殖民符号,包括印度的泰姬玛哈酒店,香港的半岛酒店,新加坡的 莱佛士酒店,曼谷的东方酒店和上海的和平饭店。他想要讨论的是这 些旧殖民符号的后殖民性。"时至今日,这些酒店仍旧著名,并不是 它们特别舒适,而是它们特殊的身世。殖民时代早已过去,正因为当 地人对这段历史念念不忘,这些酒店才会像明珠一样被保留下来——当殖民者们早已进入全球化的时代,殖民地人民还在对海事时代的 念念不忘之中,这是当今世界最大的时差。"强生一口喝干了手中的 酒,在口中响亮地弹了一下舌头,说,"这酒今天甜得过分。"

乔伊不由地也啜了一口自己手中的酒,名叫"和平饭店"的鸡尾酒,她舌头上也觉得太甜厚,她不甘心,再尝了一口,似乎不那么甜了。乔伊想,真的没那么甜。

"我在想你下午读的那首诗。"乔伊转脸对澳大利亚人说,"不是给CHINA QUARTERLY的提纲。一首老诗。那首诗让我想起了澳门贝拉·维斯塔的阳台——摇摇欲坠的露台上方,铅笔一样细长的南中国海。有一句是这样的吧,就好像写的是那里的阳台。"

澳大利亚人转过脸来,在阳光下本来灰色的眼珠,此刻在他脸上蔚蓝欲滴,好像从飞机上望下去的大海。

六、桂花酒

"正是。"他说,"那么,你也去过贝拉·维斯塔。"

"我在香港做过一年驻校作家,跟一些在香港长住的欧洲人去那里跳过舞。"乔伊说。"一个通宵化装舞会,玩得很兴奋。"

乔伊的眼前浮现出那个被刷成淡黄色的南欧式露台,热带的花树杂枝,肥大发红的绿叶。在露台与一根倒卧的浅蓝色海岸线之间,这个老酒店充满了莫名的乡愁。乔伊难以解释,这种乡愁来自在东方海滨古旧的欧式房子,这是因为地理上的突兀,还是别的什么。

"后来听说它被日本人买下,改造成国际标准的豪华酒店。最终,酒店关门大吉。"澳大利亚人说。

"我看这里也会是同样的命运。中国人如今财大气粗,就像1980年代硬要买下贝拉·维斯塔的日本人一样。说起来,东方人还是没钱的时候更可爱些。"乔伊说。

当年,贝拉·维斯塔高高的天花板下,家具已破旧,终年敞开的窗子,合叶好像已经锈死了,下雷雨时怎么也关不严实。它虽然像葡萄牙一样颓废,但气氛亲切,食物也很好吃。舞会的前一天,服务生们忙着给地板打蜡。他们用的方法,和斯里兰卡贾拉福特的传统做法一模一样。他们将蜡倒在地板上,然后,几个人排成一排,合力推着蜡抹布,从房间这头,跑到房间那头,将蜡抹平。他们很喧哗,一边干活,一边唱着歌。

"坐在二楼露台摇摇晃晃的小桌子上,喝一大杯冰镇的德国啤酒,会有一种天涯海角的安适感受。"乔伊说。

"那里的洗手间门后,我看见有人用圆珠笔留言说,可能这里是家乡。某人坐在马桶上写的留言,启发了我。当时,我也坐在同一位置上。"澳大利亚人无声地微笑,诗意油然而生。

"哦,就是这样写出来的。"乔伊点头,她低头微笑的样子非常美好,好像一尊在棕榈树下的佛像。澳大利亚人的心动了一下,那对他来说是种梦幻般古老而遥远的甜美笑容。

他拿起酒杯轻轻碰碰她的:"为贝拉·维斯塔。"

"酒杯里的樱桃轻轻摇荡,似乎梦中所见——为贝拉·维斯塔。"她说。

那次也是个苏格兰人带她去参加贝拉·维斯塔舞会。除了跳舞,他们就留在床上。他告诉她,和她在一起,他居然尝试了许多不同的姿势。他一直以为她是印度人,是直接从《爱经》里走出来的。在性上,她应该无所不能。她想起来,那人在高高的天花板下,就像一匹湿漉漉狂奔不已的红鬃白马。她那时想,红头发,我终于征服了你。当然,她不会告诉这个萍水相逢的苏格兰人在性上她无所不能,是来自于占有的渴望。女人的征服是为了融合,不是毁灭,这与她理解的后殖民时代殖民地人民与殖民者的关系一样。她也不会告诉他,她与不同种族的人做过爱,但与红发的人做爱,几分钟后就能到达高潮。但这与他的吸引力毫无关系。

澳大利亚人将酒杯伸过来,碰碰她的酒杯,说,"为那愚不可及的日本富翁。"

"这难道不是亚洲殖民地老酒店的共同命运吗?"乔伊像跃出水面的鱼一样仰起自己的脸,接口说。"东方人要是意识到世界正在再次趋同,就会飞奔着赶上这股抹杀一切地域独特性的世界潮流,

六、桂花酒

贝拉·维斯塔已是一个证明。东方人只怕自己被西方世界抛弃,不会再有独立的想法。我与这位强生的观点正好相反。"

"你们在说贝拉·维斯塔吗?"为他们送第二巡酒来的阿四,一一放下酒杯,最后走到乔伊的身边问了一句。"贝拉·维斯塔关门后,那里一连举办了三年的贝拉·维斯塔舞会就转移到我们这家饭店里来了。"阿四告诉乔伊。

"就连你也去过贝拉·维斯塔?"乔伊的眼睛亮了,"这世界也太小了吧。"

"从未去过。"阿四笑着摇头,"只是听说。"

"当年贝拉·维斯塔舞会要来我们这里时,我还很年轻。饭店要为整个酒店的地板打蜡,人手一时不够,我们这些年轻人全都留下来加班打蜡。打完蜡磨亮地板时,我们也是一边干活一边唱歌的。那气氛好像要过中国年。"阿四将托盘抱在胸前的样子,让乔伊想到当年贝拉·维斯塔高高的白色天花板下推着古老的蜡拖,从舞厅的这一头奔向另一头欢笑的女孩子。她们的欢乐在乔伊看起来,是那样的令人感伤。

"你是在哪里学的这样好的英文?"澳大利亚人双眼湛蓝欲滴 地向上看着阿四圆润的下巴,他也非常喜欢阿四的脸型,这才是他心目中标准的中国人。

"我?我都是在酒吧间里跟客人学的。"阿四说。

乐队正在演奏一曲充满东方情调的曲子,乔伊不知道那是什么。乔伊旁边肥胖黝黑的南亚作家却随着音乐,用中文唱了起来:"马铃儿响来玉鸟儿唱,我和阿诗玛回家乡……"台上的乐手们都附

第一章 不是故土，却是家乡

和着他，微笑起来，萨克斯风手还为此拧了拧左边的肩膀。

那个作家激动地说起自己的身世，原来他来到英国之前，是马共时代的南洋激进华人学生。南洋的精英青年当年以同情马共为风尚，结果便是被永远逐出故乡。他少年时代在南洋，唱的都是红色中国的歌曲，类似当时的中国青年以苏联歌曲为自己的音乐背景。他突兀的歌声里带着草莽之气，还有爵士自身散发出的感伤，与他说标准伦敦音的声音简直判若两人。

乔伊看着他，好像察看一只被敲开了硬壳的核桃。

阿四看着他微笑，一边对乔伊解释说，"我们这里许多客人都会这样激动的。还有一次，一对美国的老夫妻在这里听到他们敲《跳舞的马蒂尔德》，两个人就哭了。后来告诉我们说，那是他们俩高中毕业舞会时跳过的曲子。后来，他们在美国再也没有听到过。"

"刚刚听说，明天就关闭酒吧了，是这样吗？"乔伊问阿四。

"真的？这么快？我还不知道。"阿四应道。

"哎，强生！"乔伊的声音像一把剪刀那样剪破南洋人多愁善感的故事，"这位小姐说酒吧没接到什么关门通知。"

强生隔着桌子上零散的酒杯断然回答说，"错，明天乐队就要准备搬往徐家汇的华亭宾馆，那里将复制出一个假的和平酒吧来。听说他们要带去八角桌，椅子，灯具，整个酒吧，还有整个乐队。"他举起湿漉漉的杯垫摇了摇——甚至杯垫。他扬起手中的杯垫，得意地说，"这是此刻正在这间酒吧里讨论着的事情。"

乔伊回过头来，正好看到阿四的脸变得僵硬，她奇怪地发现，阿四不笑的时候，鼻子与上唇之间竟然可以拉那么长，长得像

六、桂花酒

驼羊的面部。那张温暖可亲的脸霎时变得僵硬惨白,乔伊意识到阿四说谎了。乔伊原先想引阿四与强生对质,用阿四这张政治绝对正确的本地脸挫败强生。不过乔伊不明白,即使阿四是说谎了,也不用脸色白成这样。

阿四几乎耳语般地争辩,"这是不可能的,我从来都没听说过酒吧先整体搬到华亭宾馆的事,那是一家新酒店,不可能有我们酒吧的氛围。"阿四断断续续地吐出一个又一个英文词,她那恍惚的、支离破碎的句子里,语法仍旧正确,让人能听明白。

但强生根本没听阿四在说什么,他只是接着往下说,他建议大家午夜时去看看酒店的舞厅和顶楼的沙逊阁,他以为那两处是整个酒店的精华所在。而且他以为,改造前留有革命痕迹的沙逊舞会原址与沙逊私寓原址,才是最值得参观的。如果费尔蒙特集团真的接手经营——强生的声音的确富有吸引力,乔伊看着他灯影里宽大有力的中年人的脸,想,他一定也是高中辩论队的高手。紧接着,一张白皙狭长的脸浮现在她脑海里,每到夏天,阳光照射以后,环绕着那张少年五官尚未松开的脸四周的卷发,就会变红。那金红色卷发环绕着厌恶的笑——如果费尔蒙特集团接手,他们会将它完全做成一桩生意,就像他们在加拿大的古堡酒店里制造鬼故事,增加它的神秘性一样。原来强生也有对全球化的批判,即使是批判,他也理直气壮。乔伊心里那股熟悉的恼怒沉渣泛起。

阿四转身将桌上喝完的酒杯收到托盘里。

乔伊的杯子里还留着一粒糖渍樱桃。阿四问她还要留着杯子吗?乔伊摇摇手腕说,"收了吧,太甜。"

第一章 不是故土，却是家乡

阿旺托着满满一托盘空酒杯，在石柱中间的阴影里无声地穿梭。

阿四过去轻轻点了下他的胳膊，"听那个外国人说，我们酒吧并不关门，是换到华亭宾馆去了？"

阿旺伸出下巴，长长地点了点总经理的那张桌子。阿四顺着阿旺用下巴指的方向望过去，总经理身边，坐着另一对夫妇。他们看上去像是做酒店业的人，穿着体面的深色制服。那个女士也长着一张团团的脸。阿旺轻声说，"她是华亭宾馆的总经理，她先生也是从我们和平出去的，原先也是客房服务生，现在人家是王宝和酒店的总经理。"

"这么说，我们一定会去了？"阿四问，她不知道自己为什么突然屏住了呼吸。

"应该是吧。"

"听说是原班人马都去？"

"人家看中的是老伯伯们和老伯伯的牌子，我们这次是陪衬。"阿旺说。

"那也不是的。要是没有我们，老伯伯们撑不起一间酒吧。"阿四说。

阿四端着盘子走进吧台里，她一直以为自己就会这样无声无息地退休了，和大厨房里的人一样。原来，这是柳暗花明又一村呀。

吧台里的灯光异常明亮，能说得上璀璨。阿四晓得，这是因为自己的心豁然开朗的。她从未想到过，自己的命竟然比父亲还要好，竟能跟随酒吧一起离开饭店。她张皇四望，一时不知道该做什么。

她四下望望，同事们都在安静地做着手里的事，但她能感觉到

六、桂花酒

　　他们举手投足间的如释重负。镇静，镇静。她心里吩咐自己，拥抱自己，安慰自己，又为自己鼓掌。

　　阿四打开水龙头，开始洗托盘里的玻璃酒杯。伸到清流里的酒杯霎时就被注满，通明得好像要融化在水中。她用海绵轻轻擦洗，然后再冲净。阿四吃惊地发现，这些香槟杯在水中像溶解的冰块那样脆弱。接着，她叉开五指，在手指间夹住三只杯子的杯底，将杯子倒头放到消毒水里浸一下。湿漉漉的杯子在盆中相碰，发出有些沉闷的碰撞声，阿四的心哆嗦了一下，生怕它们被自己不小心敲碎了。然后，她提手从消毒水里取出杯子，再冲净，擦干，擦亮，吊回到酒杯架上。阿四仰头看它们，它们像午夜的星星一样，在她头上闪烁着明亮的，安详的，梦幻般不真实的光芒。在上海最晴朗干爽的秋天深夜，她下班回家，就能看见这样不为大多数人认识的美丽星星。阿四仰着头，似乎又看到了它们。

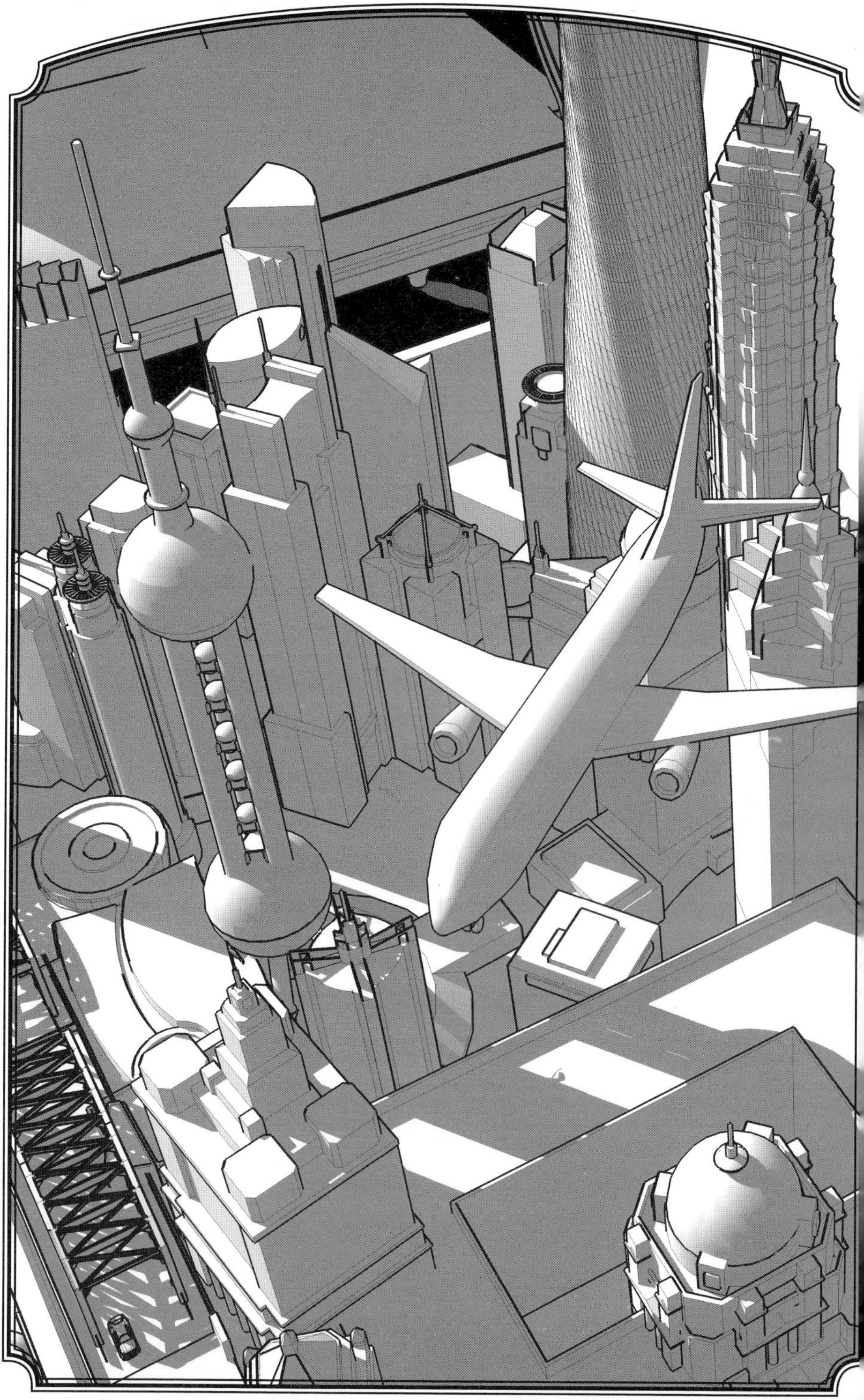

NON-FICTION WORK
OF
CHEN DANYAN

CHENDANYAN'S
SHANGHAI

Chapter Two

第二章
川流不息

光阴奔腾不息。
它冲刷了一条河，一处堤岸，
穿过一代人，
另一代人的生活，
流经我城的天际线与人们的舌尖。

第二章 川流不息

一 / 我家乡的河流简史

一、洋泾浜简史：爱多亚大道-上海路-中正东路-延安东路

上海成为通商口岸城市以后，发生了许多事。本来一条叫洋泾浜的小河，也成为了意义重大的本地河流。1846年后，租界和华界以这条河作为界河，中国唯一的一个租界土地章程，就叫《洋泾浜地皮章程》。洋人和华人隔着洋泾浜做买卖，外洋的货物从印度，马六甲，日本，英国，美国和葡萄牙来，往中国辽阔的腹地去。中国的货物从富庶的江南各地来，往欧洲，美洲和南亚去。买办和掮客奔忙在河流的两端。当他们不得不交谈时，从印度一路来到此地的生意英语是他们能使用的唯一语言。外国生意人在外滩住了下来，盖了房子，中国生意人在华界也住了下来，买了房子和土地，他们的生意都做大了，南亚来的生意英语也就变成了洋泾浜英语。外滩的一切，它的生意，财富，野心，它的自卑，粗鄙，炫耀，它的语言和价值观，都与这条窄小的河流有关。

洋泾浜两岸的生意越做越大，但洋泾浜作为一条河流，却越来越脏，越来越窄。原先的华界已被划作法租界。英国人和法国人终于决定一起整治洋泾浜，将它修建成一条运河。这是1890年。

上海的确是一座与众不同的中国城市，在上海成为外国人可以居住的城市以后，从唐朝开始的古老叙事诗竹枝词里，就有了许多

1846年后，洋泾浜成为上海这座通商口岸城市里最繁忙的河流（摄影：佚名）

1890年修整后的洋泾浜，它已经成为一条窄窄的运河。但东亚的生意英语却诞生在这里（摄影：佚名）

1914年，洋泾浜消失在爱多亚大道底下（摄影：佚名）

洋泾浜上新生活的记录。用注音的方法，在竹枝词里嵌入洋泾浜英语，是十九世纪上海题材时髦的写法。日后，许多上海作家和诗人也用这样的方法写他们的上海故事。

到1914年，洋泾浜终于消失，变成了爱多亚大道，上海当时最宽的马路。路名承接了英国当时的传统，向四年前去世的英皇爱德华七世致敬。上海的华洋两界也趋于融合，不必再分界河了。

这条大街上嘚嘚嘚，跑着中国和英国的马车。人行道上哢嗒哢嗒，走着中国人和来自超过二十个国家和英属殖民地的外国人。天空哗啦啦地，飘着中国旗和十一个国家的外国旗，一派繁荣嘈杂。

这是一条由声，光，嘈杂，机会，动感，速度，梦想和稠密交汇的大街，来到这里，眼睛里满是物品，耳朵里满是声音，心里满是欲望，脑子飞快地开动，双腿急急向前，近乎小跑。

太平洋战争爆发，装甲车第一次开上了爱多亚路，很快，装甲车后面的一战纪念碑就被拆毁，爱多亚路改名大上海路（摄影：佚名）

　　爱多亚大道从外滩一路向西而去，一路携带着大小洋行，货栈，杂货店，被黑社会管辖的鸦片馆，妓院，游乐场，在它周遭也出产了中国第一批学院派翻译的广方言馆，居住着第一代上海中产阶级的石库门弄堂，中国戏院，新式小学，耶稣会小教堂，中国建筑师在上海建造的最精致的巴洛克剧院，久负盛名的国药铺，小公寓里居住着从俄国一路逃难而来的犹太人，沙利文糖果点心铺，大片由犹太大亨哈同建造的、带有亭子间的弄堂，那里出入着左翼文学的健将们，甚至还有哈同去世后留下的荒芜大花园，春天的夜晚响彻着野猫叫春的声音。

　　它一路上呈现着华洋杂处的上海景象。它其实就是这城市历史里，一棵铺在地上的家庭树。几乎每个上海家庭都能在它周围发现与自己家相连的历史。

第二章 川流不息

好像一个预言一般，1937年，日舰出云号进入黄浦江，中国空军飞机升空轰炸，却在上海最繁忙的街口接连错投炸弹。这是上海的血腥星期六，爱多亚大道上遍布尸体，这条随着上海开埠繁荣起来的大道，堕入命运的幽暗时刻。

好像一个象征一般，1943年，日本占领上海之后，拆除了爱多亚大道尽头正对着外滩江边的胜利女神纪念碑。它其实是第一次世界大战胜利的纪念碑，许多年来，黄浦江堤岸上的制高点。那个拆除纪念碑的周末，它失去了自己欧化的外貌。日本人将爱多亚大道改名为大上海路。

好像一个注脚一般，1945年，国民政府战后收回租界，改上海路为中正东路，沿袭这条大道以人物命名的传统，以中华民国总统蒋中正之名，代替了英租界时代的爱德华七世。它从此正式成为一条中国上海的大道。

好像一个轮回一般，1950年，它改名为延安路，不再作为英国租界向英王致敬，而是作为上海最重要的马路向革命圣地延安致敬。它成为新城市规划中，作为一个工业城市的新上海的城市中轴线。它一路再向西而去，展现着新的上海面貌。它宽阔的林荫大道路过了城市的新广场，改造了跑马场而得来的新公园，路过了上海最重要的斯大林式建筑，路过了工人文化宫，新时代的文化场所，以及改造万国公墓而成的静安公园，改造了教会医院而来的医院，改造英童公学而来的儿童艺术剧院，路过了维克多·沙逊留下的杜泽式乡村别墅，直到虹桥机场——上海许多年来最重要的国际机场。

当上海试图松开自己，跟世界重修旧好时，法国总统戴高乐，美

上海市的第一座城市高架路就修建在延安路上（摄影：丁小文）

国总统尼克松，日本总理田中角荣，和跟随他们而来的、兴奋地东张西望的记者团，也都是沿着这条大道走进上海市区的。1990年代，上海的第一座城市高架路就修建在延安路上。

我开始写上海故事后，常常与身边的朋友说起我在自己家乡的田野调查。有一天，一个朋友听着听着，突然长叹一声说，"我外婆生前给我讲睡前故事的时候，说到过洋泾浜。那时她家在浦东，她跟她娘，初一、十五，坐上一条小木船，沿着洋泾浜一路到城隍庙，上香拜城隍，再去庙会买五香豆和梨膏糖吃。"

我和她，站在巨变旁边，做梦一般地沉默下来。

二、洋行里的语言

外滩从1843年到1943年的历史，还是应该用洋泾浜英语来记录，但以后，却可以用上好的英文来继续。

在靠洋泾浜英语摆渡做成的各项买卖中，靠了将所有授予动词都用一个pay来代表的简陋，that b'long bad pidgin(that is a bad job)的责备，bime bye makee pay(I will pay you later)的许诺，too muchee trouble pidgin(I don't want to do this) 的拒绝，pay me look see(please let me know)的要求，外滩成了远东最大的通商港口。

Talkee he: tell him 告诉他 (ee结尾的词在洋泾浜英语中添加在结尾辅音的后面，据说是因为中国人此前不会发结尾的辅音，所

铺设洋泾浜地下的下水道 (摄影: 佚名)

以将辅音拖长。)

　　No wantchee: I don't want that (我不想要)

　　My no savvy: I don't understand (我不明白。savvy, 印度方言词源)

　　Pay my: give it to me (把这给我。pay在洋泾浜英语里用途广泛, 可以代替所有的授予动词)

　　Pay my look see: let me look at it (让我看看。look see, 两个英文词合用为: 看见)

　　My can pay two dollars: I will give you two dollars for it (我能付两美元买它。中文语法)

洋行店铺（摄影：佚名）

Amah: Chinese maid （中国保姆。Amah, 广东话词源）

Auso ti: be quicker （再快点。auso ti, 上海话词源）

美国记者豪塞在他的书中提到，英国人闯入中国时，并没意识到，他们因此深深地打乱了中国内部的平衡。他们也没想到这是怎样解放了中国原先一直被压抑的能量。外滩正是这样一种能量。所以，外滩的历史应该用洋泾浜英语来写。

生意英语首先在广州十三行落地生根。那时，上海还远没有开放，它被看作是基础英语，中国人能学会，而英国人也多少能用得上。葡萄牙语和印度语中的词汇混在里面，所有的语法都剔出了，中国方

一、我家乡的河流简史

言的口音和声调加了上去,最终,它成了一种有令人惊奇的富有表现力和多姿多彩的东方混合语。"生意"这个变体字,在这里就意味着买卖。到了中文里,变成了更文雅一点的音译:别琴英语。

当时外滩是白种人的天下。这一小块终日潮湿的泥滩,被黄浦江和洋泾浜夹在中间,正像一座莱茵河上中世纪的城堡。洋泾浜英语,是这城堡唯一的吊桥,唯一的水源,唯一的武器。可是,实际上的情形却是,再没有一种媒介,能比洋泾浜英语更贴切地反映出白人与黄种人之间被限制的联系。它少得可怜的词汇很难成为两个种族之间的桥梁,它只能促成他们更加隔阂。

无论如何,生意英语对上海意义重大。它也许不配做一座桥梁,但它却是一条没有桥梁前必不可少的摆渡船。它的命运是悲剧性的。它是莽撞而粗鄙的,但却有种绝地反击的勇敢,以及顽强的乐观。创造这种语言的中国人,花了很久,付出很大代价,包括忍受感情上的重重伤害,学习如何与背景截然不同的人共享一个城市的空间,摸索出相处的文明。没有它,就不会在中国诞生一个世界主义传统悠久的都市。

外滩在二十世纪初发达了,它不再满足做一个远东的模范租界,它建造与欧洲时髦同步的建筑,它流行与欧洲同样的思想和生活方式,办公室里用尽可能有教养的英文交谈,处处都刻意强调着与欧洲的联系。大班们胸前流行一种有两块钟面的瑞士怀表,一块是上海时间,另一块是伦敦时间,因为他们大多数人都与伦敦有密切的联系。很快,买办们胸前也流行这样的怀表了。甚至,工部局特意从

第二章 川流不息

南非请了富有殖民地经验的大法官费唐来考察上海，研究它成为自由市的可能性。

与纽约，巴黎，柏林，伦敦这样传统优秀的世界都市平起平坐，是上海于连式的梦想。一度，这梦想眼看就要实现，像司汤达小说里的于连一样，但终于，它被泯灭于爱多亚大道8月14日从天而降的炸弹中。

但上海人从没有抛弃过外滩。即使维克多·沙逊转移了他家四代人在上海积累起来的财富，在日本人占领上海前永久地离开上海，他最后的判断仍旧是正确的，他以为上海人终究会赶走一切外来者，让上海成为一座中国人自己的城市。他是用他剑桥历史系毕业生的历史感，预测到了上海的未来。

在这座城市的后殖民时代里，通商口岸城市坎坷的命运终于促使它滋生出属于自己的，混杂的文明。它暴发户式的嚣张，也终于因为多年失修的灰尘和岁月的沧桑而变得内敛。但是，还有一种至关重要的城市精神仍旧活在人民心中，那就是它对未来的乐观和四海为家的情怀。乐观变成了上海人心底的不甘心。环海联欢的城市梦想，变成了上海对开放永恒的追求。

在上海这座城市里长大的一代代孩子，都将学好英语作为自己学业优良的一项标准。即使是最封闭的年代里，上海中学的英语课堂上，外语老师将卡尔·马克思语录当成自己的武器，来教训不想好好读书的学生们。"掌握一门外国语是人生斗争的武器。"这是1949年后，在上海最为深入人心的红色语录之一。

当然，我还在不同的地方见到过不同的语录。在徐汇区中心医院急诊室的墙上，挂着毛主席语录：下定决心，不怕牺牲。排除万难，去争取胜利。在长乐路红房子西餐馆的墙上，挂着另一条毛主席语录：革命不是请客吃饭。

三、上海式的生存之道

Maskee: never mind （没关系。Maskee，葡萄牙词源：masque）

我总是喜欢辗转寻找关于上海的旧照片。在故纸堆里翻照片不是一件令人愉快的工作。我裸露在外的皮肤总是沾满螨虫，也常常因为忘记戴口罩，晚上就发无名烧。但我还是不能放弃在故纸堆里的跋山涉水，因为我对自己居住的城市历史好奇，就像对自己的探索也从未疲倦过。

作为一个移民家庭的孩子，小时候我常常不能理解我的本地同学。吃惊于他们对自己城市身份顽强的骄傲。更惊奇于他们小小年纪表现出的平静，对批评的平静。他们其实不善于争论，只是轻轻地点着头，应和着他们不会同意的观点，然后说，"就这样吧，没关系。"结束。他们像阅历深厚的成年人那样不辩解。我也不辩解的，但是我感受得到误解带来的疼痛，而且为之变色。他们却只是微微一笑，什么也不说。等我长大了，面临误解的时候，发现自己变得与我小时候的朋友们差不多了，用上海人的口头禅来形容，就是"不响"。

洋泾浜上的茶楼。茶汁里要不要加牛奶和糖呢？（摄影：佚名）

　　在大英图书馆里的一本关于上海的旧画册里，看到这张照片时，我在照片里的店小二脸上，又看到我熟悉的表情。

　　那店小二，正偷眼看着洋人们，一边困惑，一边嘲讽，一边是事不关己，高高挂起的，一边是兴致勃勃要看一番热闹的。他不懂洋人们的做派：他们怎么可以这样喝茶呢？竟将牛奶和糖倒进上好的龙井茶里，还用小勺子搅个不停。但是他脸上并没有任何激烈的情绪，看得出他打算听之任之。

　　茶楼里的陈设应该算是中国的，竹帘半卷，灯笼上描着双喜。但同时也是西方的，桌子椅子是西方的式样，藤编的卧榻则有些可疑，背后深色的百叶门再怎么说，至少也是从加尔各答的房子里搬来的欧洲式样。

一个穿旅行装的白人，专心致志地端详杯里的茶水，他大概在想，是否要再加一些奶。这应该是个东方的下午，四点，是英伦三岛家家户户喝下午茶的时间。十九世纪末，对英国人的身体和心理来说，下午茶都是不可缺少的。这时他们到了茶叶的故乡，到了真正的茶馆，当然要喝一次真正的中国茶。只是他们理所当然地在茶里加上糖和牛奶，中国人珍视的新茶自身的清香纯粹，他们不懂。直到今天，英国人还是难以捕捉到江南茶叶中的中国韵味，所以绝大多数英国人都不在乎陈年茶叶和新茶。这条茶的界限，在中国人的茶桌上，新茶与陈茶的区别，简直就是AC与BC的区别。

店小二的表情很能代表当时上海人心中的复杂。眼看着纯粹中国的生活方式被打破，眼看着自己要加入这个匪夷所思的过程，眼看着这混杂的生活方式要成为城中最时髦的，除了对它们表示困惑与好奇，事不关己，高高挂起与跃跃欲试，重在参与之外，也很难拿得出另外的态度。他脸上的嘲讽最有意思，一方面嘲弄英国人对茶叶的知识，另一方面也嘲弄自己的少见多怪。

拿勺子男人的表情也很能代表当时英国人心中的自大。他们大概连想都没想到过，世界上竟会有"入乡随俗"这句话。想都没想到过，他们也应该问一下中国人是怎么喝茶的。想都没想到过，自己还有好奇心。他们这种隔离的态度一直贯穿了整个东方时代，整个租界的生活。他们的妻子从不穿中国人的衣服，他们的孩子直到长大变老，都没有吃过本地菜，他们的社交生活再乏味，也不会与中国人真正成为朋友。

这就是洋泾浜式的混杂:色拉式的混杂,而不是熔炉式的。谁都不能融化别人,大家至多需要一点色拉酱。

maskee是在洋泾浜上养成的生存之道。

四、延安东路:延安路上的苏联

苏联专家巴莱尼科夫在1950年对上海市政府提交了《关于上海市改建及发展的前途问题》的报告,报告认为,上海的服务人口远远大于直接从事生产的基本人口,是受帝国主义侵略的,没有思想性的城市。因此,应该用社会主义理想来改造城市,将上海的城市职能,由多功能外向型的经济中心转变为单一功能的内向型生产中心城市,变堕落的消费型城市为健康的生产型城市,按照新中国要将上海改造成"生产为先"城市的宗旨,改造上海。

从将外滩当成最重要的海边城市面貌,到将延安路当成最重要的内江工业城市中轴线,莫斯科派来的专家们选中了洋泾浜上的道路。

1953年苏联专家穆欣主持制订了这个规划。

按照莫斯科城市规划的思路,以外滩起始,虹桥机场为止的延安路为城市中轴线,"先生产,再生活"为规划的宗旨,建立一个生产型城市。看上去,这个内陆化城市的目标似乎与上海本性背道而驰,但其实它并不是完全的异想天开,它倚重的是旧日上海现代工业的背景。从清朝末年在上海诞生的江南制造局开始,到民族资本家们的强

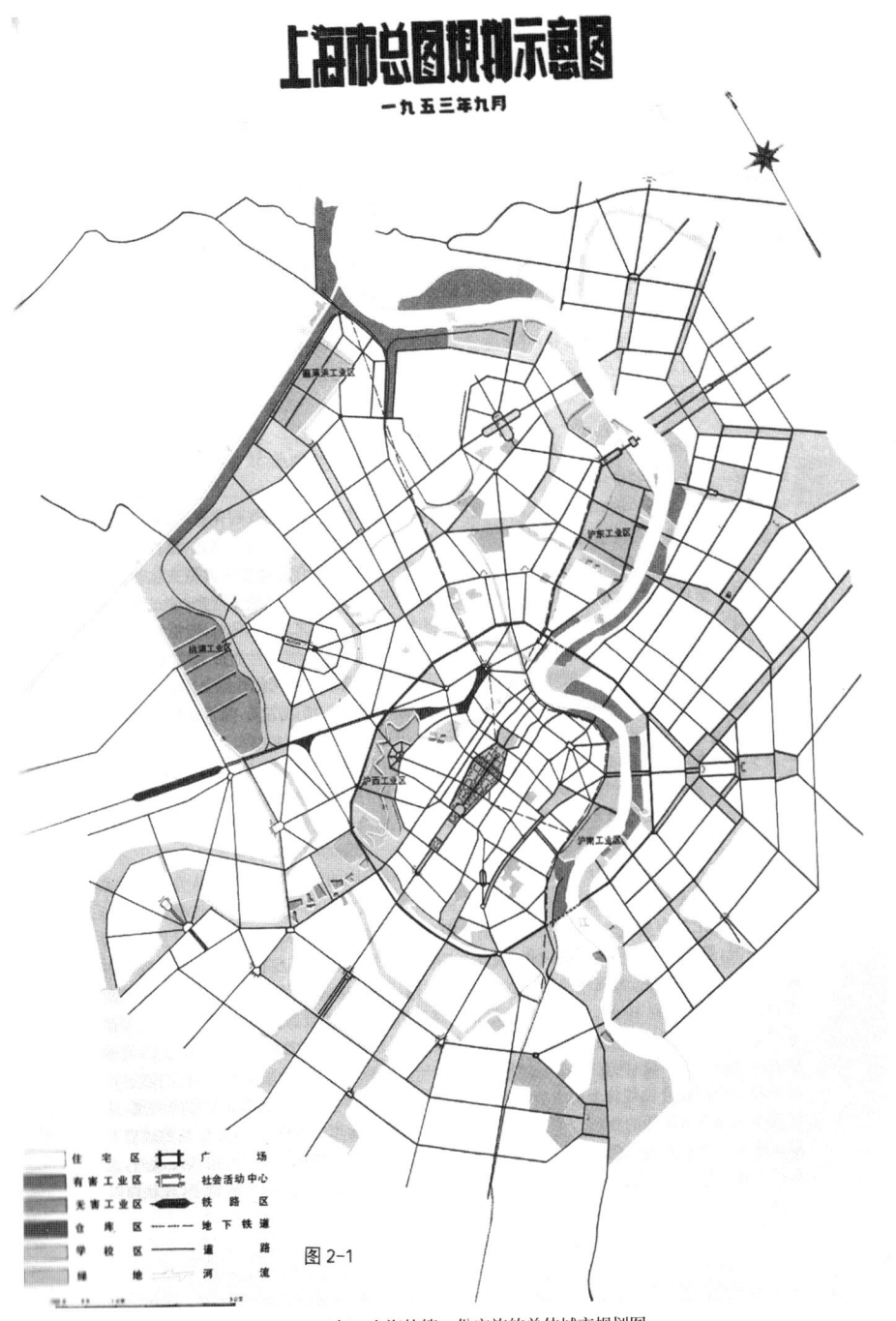

上海市总图规划示意图
一九五三年九月

图 2-1

1953年，上海的第一份实施的总体城市规划图

国梦想，上海始终还有一个以民族工业振兴中华的梦想。而且，在太平洋战争爆发前，这个梦想一直在上海孕育与发展。振兴民族工业的理想，不光是苏联专家带来的社会主义阵营的理想，也是上海自己内心产生的。所以，上海在1960到1990年代，一直是生产优质工业品的大城市，上海的工人阶级一直是城市中最自豪的人群。"师傅"代替了"先生"，成为上海人社交时的尊称。

渐渐地，上海有了两种不同的城市记忆，不光只有外滩，也有了从一条租界界河演变过来的莫斯科式城市中轴线大马路。不光有丰富的装饰艺术风格的旧洋房，装饰艺术留在建筑上的彩色玻璃风景，爱奥尼亚柱和拉利克玻璃，也有斯大林式的苏联建筑，苏联社会主义现实主义式样的城市雕像与纪念碑，以及与自豪的产业工人阶级相关联的各种记忆：阳光灿烂的工人新村，承接了城市文化传统的工人文化宫，拥有自己的合唱团、话剧队，乐器中西合璧，琵琶与钢琴共同演奏的乐队，诗社，甚至一本正规出版的文学杂志。青年工人中流行过的时尚：上海牌手表，永久牌全钢脚踏车和蝴蝶牌缝纫机，女工黑发上的塑料蝴蝶结发卡……上海产品几乎为新生活提供了完整的方式。这些新时代的新时髦口味，与旧时代的美国流行歌曲唱片，沙利文小圆饼干，以及学西洋油画的少年们，私下对欧洲二十世纪初现代主义绘画的探索交织在一起。

这种既冲突又交织融合的街道面貌，川流不息裹挟一切的历史洪流，让这条大街出其不意地拥有了文化的丰富性。

五、上海式的惆怅

嘉道理家的房子是匈牙利建筑师乌达克设计的，那大理石建筑和宽敞的花园曾是上海最豪华的花园洋房。它在1953年成为中国福利会少年宫，城市中轴线上最重要的建筑之一，开放给所有被邀请的孩子。

它得到了几乎所有来过这里的人的喜爱，尤其是小孩子们。去少年宫参加过活动，是许多上海孩子整个童年最美好的回忆。那时嘉道理一家和他家的生意已经永远离开上海，许多年以后，我才知道他深深感激着上海。

我童年时代曾到那里去过，在合唱队唱第一声部。如今从回忆里拾起它来，一切都还是从前那样新鲜。

我记得周末的下午，少年宫航模小组的男生在草坪上操纵着他们的飞机模型，飞翔在半空中的薄木板模型发出响亮的嗡嗡声。航模小组的人在草坪上飞飞机，预示着今天下午会有外宾来参观。1970年代，国家封闭，城市凋零，外国人是稀有人种，不论是什么肤色，什么来历，他们身上都带着一股辽阔世界和漫长地平线的悠远气息，他们总是以自己的身体，气味，微笑和语言，向我们这些孩子证明着世界的存在。他们是那样的令人羡慕。

我记得第一次走进那栋建筑时，心中的惊奇和欢喜。保养良好的地板上有拼贴花纹，大理石墙面泛出了美好的微光。面向草坪的露台上轻轻翻卷着红旗，红旗下，是变得彬彬有礼又努力装作一切

上海犹太富商嘉道理宅，成为上海市少年宫

都正常的孩子们，特别是舞蹈教室的女孩子们。

楼上是各色活动小组的教室。有人在拉小提琴，还有一架钢琴在为它伴奏，那是一支罗马尼亚的小提琴曲《云雀》。有人在拉一支手风琴的指法练习曲，其实却是另一支俄罗斯曲子《野蜂飞舞》。那么精美的房子，那些文雅的人和声音，以及气味：草地的气味对1970年代的上海是那么珍贵，外国人身上的香水气味象征着另一个辽阔的世界，一个我们去不了的地方。

延安路上凋败已久的哈同花园改建成中苏友好大厦，时任上海市长与参加规划建设的苏联专家在广场上合影（摄影：《解放日报》记者）

　　这个漂亮的少年宫，被善待的一切，对我们这些孩子来说，真好像是一个珍贵的童年礼物，一个香甜的、烛光闪烁的大蛋糕，它肯定能将我们所有人一下子都活活甜死。

　　现在我已经远离童年了，所以此刻我可以肯定，它确实是我童年时代最大的、最甜蜜的蛋糕。直到现在，我都记得诚惶诚恐的心情，既快乐又哀伤，那是觉得它好得让人不容易相信。

　　从少年宫大门口向东而去不久，就到达这条路上最好的展览馆,中苏友好大厦。在上海最黯淡也是最安静的夜晚,它尖塔顶端的红色五角星一直闪亮着,就像莫斯科的克里姆林宫尖塔上的那个五角星一样。上海最重要的展览都在那里举办。从中苏友好大厦广场上的喷泉出发,再往东不久,就能到达从前的东方饭店,1950年起,那里就是上海市工人文化宫。那些热爱文学艺术的上海青年走上石头台阶的时候,我想他们的心情也是一样的吧。

当外滩黯淡的时候,这条大道上散发着另一种暖意。

似乎这是另一个时代了,但其实,柏油街道下面,仍旧是洋泾浜的河道。它仍旧地势较低,一到发大水的季节,它常常被水淹了。

改变发生在外滩再次崛起的二十世纪末。

十九世纪的上海外滩,被英国人认为是远东模范殖民地的象征。

这里也是日本占领上海后,急于改变它的欧化面貌的象征性街区。刚刚把海军司令部办公室在外滩安顿好,日本人就拆除外滩的纪念碑。拆掉了胜利女神纪念碑,拆掉了汇丰银行门口的狮子,才算是占领了外滩。日本海军大佐住进了沙逊爵士的公寓,他吩咐木匠锯短室内各种家具的脚,使它们变矮,让他感觉更像自己在日本用的家具。

二十世纪末,随着上海再次走向开放,外滩渐渐恢复它的活力。这次,全体上海人都认同它的价值,将它看成是自己城市当之无愧的名片。

而延安东路随之安静下来。人们不再提及城市中轴线,它更像重要的交通干道,第一条城市高架路就建在它的半空中,虽然高架

2017年黎明时分的延安路。图中细长的阴影是上海中心，阴影部分直指延安路高架的交汇处，传说中上海龙脉之所，由于建立在洋泾浜上，当年河流在大地上的蜿蜒仍依稀可见（摄影：余儒文）

第二章 川流不息

路装饰了霓虹和盆栽花朵，但是它的林荫道在高架路的笼罩之下，丧失了1950年代的欢快与开朗，以及朴素的自豪。

直到这时，我才开始理解1970、1980年代曾经弥漫在外滩大楼之间的惆怅。我的城市就是我的教科书，它持续不断地在我耳边耳语，教会我认识它。

另一种城市传统随着时代的逝去，要沉入历史了。惆怅就好像重物堕落扬起的烟尘一样，升了起来。

上海再次开放时，世界已经不同，航空代替了航运，互联网代替了电报，泰晤士河上的火力发电厂早已改造成泰特现代艺术馆，汇丰银行也放弃了它在外滩正中的大房子，在江对面的陆家嘴另起新楼。其中有个重要的原因是，旧楼从未给电脑和空调的电缆留下足够的空间。

时代变了。

产业工人也已经是一个过时的职业了。惆怅弥漫在旧厂区，陈旧的工人文化宫，以及在高端物业和翻修一新的洋房花园前，黯然失色的工人新村兵营式楼房和公共院落。那种惆怅曾经荡漾在法国城的那些历史街区和旧洋房的花园阴影之中。

当上钢三厂被改造成现代艺术空间红坊，高大的厂房内充满咖啡香气和年轻设计师装束时髦的身影。当上海的餐馆开始以社会主义时代的大工厂食堂作为号召，餐具也用当年的洋铁白瓷碗，菜单也用粉笔写在黑板上，我想，这时我才理解，上海这座城市并不只为商业城市传统的凋落而惆怅，它也会为自己工业城市中轴线的被抛弃而惆怅。这原来是个怀旧的城市，它的故事总是此起彼伏地沉入历史，

当年洋泾浜时代的洋行楼房差不多都已拆除

又浮出历史的表面,这种从不停歇的变化,就是它奋勇向前的动力。

也是一个阴沉的冬天下午,我去了一家位于商厦地下层的咖啡馆,去旁听一个讨论产业工人命运的小型讨论会。与1980年代时,在阴沉的冬天下午我去衡山路的小酒吧,听田果安唱美国南方爵士的

第二章 川流不息

气氛非常相似。

空气中凝结着一股油炸食物的气味。

暖气不足。

我见到一个穿厚厚高领毛衣的青年，他说自己是个托洛斯基信奉者。还见到一个头发乱蓬蓬的高大青年，他与大家一起分享自己研究自由主义和新自由主义历史的心得。人们散坐在这个朴实无华的角落里，在其他客人的寻常谈话声中，专心致志地判断着这个大学生对凯恩斯主义的分析。有种此身甘于众人违的气氛在这几张小圆桌之间荡漾着，这种气氛我曾经非常熟悉，在1980年代末期的田果安咬字非常美国化的歌声里。

年轻的托派起身走了出去，他是个瘦弱的书生，缺乏体育锻炼，久坐，所以他单薄的背脊有些僵直，一路向外走，他一边不由自主地活动着他的腰。他穿着散漫，将毛衣掖在长裤的皮带里的样子，很像从小身体不好，穿了许多过冬衣服的少先队大队长，但不像传记里锦衣华服的革命先生。他有种将自己投入到一种社会理想中的强大专注，在他身上能看到托洛斯基式的激情。这是一个与上海这个时代的时髦愤而决裂的青年，他与在外滩屋顶花园酒吧里喝酩悦葡萄酒的年轻投行银行家不同，与在福布斯论坛上，手握一支PPT遥控器侃侃而谈资本走向的年轻资本家不同，他的背影令我想起1970年代末的夏天，骑在蓝铃脚踏车上缓慢经过复兴中路树荫的老克勒的背影。他与上个时代骑一辆破旧的英国脚踏车的上海青年其实相同。

这座城市总有一些人会感到惆怅。这是因为它丰富，又彼此冲突。

我因为这条大道上的沧海桑田而爱上这座城。

二 / 不可能的世界

一、外滩的上海时代开始了

1950年代开始,外滩经历了长夜一般的寂静,持续一百年全无心肝的乐观和惊心动魄的赌博气氛,终于平息下来。镀金时代暴发的炫耀,渐渐被天长日久的积尘覆盖了,经历了岁月蹉跎,外滩呈现

外滩的上海时代开始了(摄影:Mary Cross)

第二章 川流不息

出令人舒服的古旧，和被遗弃后的带着些神秘的感伤。它日日沉默地面对同样沉寂的黄浦江，宛如一条巨大的沉船。

穿行在大街和窄小横街上的长条公共汽车，42路、21路、49路、55路、26路，倒像是默默穿梭在沉船间的大鱼。在车厢里，人们像罐头里的沙丁鱼一样紧紧挤在一起，排列有序，静静地眺望从眼前掠过的建筑，高大坚固的大楼之间如深渊般的街道和夹弄。夕阳西下以后，外滩的楼群渐渐沉入静夜，它们远远看去，像漆黑的山峰。从黄浦江上来的风横扫过行人寥寥的大街，过去它叫黄浦滩，现在它叫中山东一路和中山东二路。海关钟声响彻之时，犹如滚落山谷的石头发出的声响，在楼群中撞出无数回声，然后慢慢沉寂，如巨石沉入泥沼，平复无痕。1950年代末，中国出版的各种介绍新中国的画册，一无例外地回避外滩的影像。要是从那些画册上认识上海，上海就是连云港或者鞍山，一个阳光灿烂的新中国工业城市。

它的寂静，竟是这般的静。

在这样的寂寞中，外滩却悄悄走进中国人心里，成为上海城市的标志。外滩楼群天际线的速写第一次被印在从1960年代到1980年代上海出产的各种人造革提包上，在天际线的上方，印着"上海"两个字。这种式样简单，结实耐用，并装有拉练的大小提包以及旅行袋，因为品质良好受到大江南北中国人的欢迎。在中国纵深的腹地，它更是时髦的象征。1970年代开始，西方首脑纷纷秘密或者公开访问中国，铁幕后的上海开始露出它变得神秘的面容。他们在上海行程中的固定节目，就是在中国共产党领导人陪同下，登上海大厦楼顶，吃七元人民币标准的国宾淮扬菜，喝绍兴黄酒，并眺望外滩。从广播大楼，外贸大楼，中国银行大楼，到和平饭店，桂林大楼，市政府大楼，一路望过去，直到水上派出所的旧法国气象信号塔圆柱，到处红旗飘扬，那鲜艳的红色，给灰色的街道和建筑带来既活泼又沉寂的气氛。跟着解放军大部队进入上海的胶东青年，已成为上海海关的保卫人员，他就住在原来的海关职员宿舍里。那是海关大楼北翼宽敞舒服的公寓。他家使用的煤气灶，是前任房主留下的西式煤气灶。他的孩子们都出生在这栋大楼里，并在此长大成人。虽然他和他从胶东带来的太太一直保持着胶东口音，但他们的孩子都能说地道的上海话，当然他们同时也能说胶东方言，成为双语者。许多在上海的移民家庭都产生出这样的双语者孩子，并不值得奇怪。

外滩的上海时代，就这样开始了。

二、宿命的疑问

1972年2月28日，美国总统的空军一号在虹桥机场起飞回国。那是个上海冬天里少有的大晴天，清晨，从锦江饭店到虹桥机场沿线的市区街道统统戒严，每个路口都站着警察，沿途街道的居委会纷纷在弄口设卡，劝阻居民在美国总统车队经过时外出。当时，"李明反革命案件"刚刚侦破不久，上海人已被当时追查"李明"时，大人小孩统统集中起来查对笔迹的侦破方式严重警告过了，所以大多数人情愿守在家里，也不愿意招惹是非。当时也不允许家家

第二章 川流不息

户户将衣服晒出阳台,怕美国人见笑。所以上海的街道上出现了少有的整洁以及肃杀,只有政府挑选出来的人在事先划分好的地域走来走去,充当行人。

那天《上海公报》已经发表。全上海都已知道,中国这次要打开大门了。对上海来说,这个消息,真是久违。现在回想那个上午,全城在灿烂阳光里的肃静,更像是一个正在屏息期待的人。

车队过去,警报解除,家家户户的衣服被褥便一起出现在万丈阳光下。无数蓝制服和红花面子的棉被迎风翻飞,有时也能看见凤凰牌的纯羊毛毯,织着一大花团四边小花的图案。那是当年最出风头的毛毯,因为它是锦江宾馆接待美国总统时,床上铺的毛毯。街道上能看到一批又一批换了出客衣服,去淮海路散步的人。2月28日的上海街道上,突然出现了一种如释重负的气氛。

那时我还是个孩子,只记得大人们脸上突然出现阳光般蠢蠢欲动的神情,但并不知道为什么。我母亲领我去了淮海路,到燕云楼吃了晚饭。那天居然有不少人在燕云楼吃饭,我们不得不与一对夫妇拼一张方桌。陌生人之间不会闲聊,甚至不打招呼。服务员将我们各自叫的菜送到桌上时,总先端着,问清是谁叫的,再放下。我们与那对夫妇始终没说过一句话,但仍旧有一种和煦的喜气,在那张方桌上轻轻荡漾。

在我的感觉里,上海最禁锢的时代,就是在那天结束的。那天以后,上海的孩子纷纷开始学习一门手艺:英文、乐器、书法、绘画、修理电器、打字、唱歌……无论什么,总之是一技之长。大人们对孩子说,将来总有一天要用上的。

宿命的疑问（摄影：佚名）

第二章 川流不息

街头的沉寂,就是这样被练习乐器的声音打破,夏威夷吉他的揉弦声,竹笛单薄而尖亮的嘈杂声,贝司提琴沉闷阴郁的音节练习,唢呐像电钻一样直捣耳膜的无产阶级欢庆胜利式的高亢,黑管圆滑流转的练习曲,小提琴在当时难能可贵的甜腻抒情,手风琴的欢快,月琴的窸窣,琵琶的大珠小珠……那些错误百出但不屈不挠的练习声,宣告了独立的到来。

广播电台开始公开教授英文和日文,每天中午和晚饭以后,收音机里就能听到缓慢的英语和日语的声音。空中教师的声音虽然还是拘谨和毫无感情的,教材虽然因为太多生硬的革命内容而显得可笑,但那毕竟是英文和日文,那些声音提醒人们,在吴淞口之外,从虹桥机场启程,还有一个普通话以外的广阔世界。那个广阔的世界,仿佛是上海失散多年的亲人。

学画的男孩子们背着画板,骑着旧脚踏车,四下寻找类似印象派画作中的郊区风景。青年工人们自己动手做清水油漆的家具,据说式样是从工业展览会上的捷克工厂目录里借鉴来的,所以他们就称这种家具是"捷克式"。烟糖公司的青年美工在布置淮海路橱窗时,展出了第一张抽象画。

紧接着,外滩出现了情人墙,那是一种即使在大庭广众之下,也要建立自己生活方式的集体的心心相印。

紧接着,大人们嘴里迟疑地出现了"从前"这个词。"从前"如同一部比《三国演义》还要长的章回小说,各色人等的回忆渐渐温暖过来,如农夫胸口的那条冻僵的蛇。在厨房剥新春小豌豆的时候,在夏天晚上纳凉的时候,在冬天有太阳的中午,某个陌生弄堂

二、不可能的世界

口,在吃饭桌上,在初夏晒霉的时候,在跟家庭教师学琴,学画,学英文的时候,任何时候,都可能听到那句"从前"。那些回忆因为封闭太久,又经过不平凡岁月的冲击,而大多数充满感情色彩,更接近传奇。但是,毕竟,这个城市从上海人的回忆里开始接上了它的过去。洋行职员的回忆,小学教师的回忆,交大毕业生的回忆,黄包车夫的回忆,纺织工人的回忆,电影院领位员的回忆,商人的回忆,肥皂厂业主的回忆,售货员的回忆,保姆的回忆,家庭妇女的回忆,舞女的回忆,翻译家的回忆,警察的回忆,儿科医生的回忆……那是上海人自己的故事,自己的天地,自己的悲欢。

对上海来说,这是一个新生的时刻:从前它属于外国的租界,又属于中国大陆,此刻开始,它属于自己的市民。

上海人发现,自己终于厌倦了自己越来越像一个中国内陆城市,厌倦了对自己都市身份的刻意改造,隐藏和遮盖,厌倦了1950年以后内心对过去租界历史的惭愧,歉疚和负罪感,厌倦了俯首帖耳的态度。当他们发现尘封的大门已经松动——那时其实离中美建交,还有十年要等,上海人还得小心隐瞒着自己的海外关系,装成身世清白的农民——十九世纪通商口岸城市本性就喷薄而出,再也按捺不住。他们这才发现,原来多年的蓝罩衣下,这个城市仍旧保有一副当年世界第五大都市的肝肠:那是对辽阔世界的渴望,和对自由往来于世界之间的热情。这副四海一家的肝肠,不仅属于上海地主们,也属于上海人。

回想这一切,我只是吃惊于上海竟是以那样出其不意的方式回归了自己。

第二章 川流不息

我想起1972年2月最后一天的晴朗早晨，我家离淮海路常熟路的街口不到一百米，那里是尼克松车队去机场的必经之路。那时我家住在一楼，我往楼上望去，看到的是毫无阻挡的蓝天。中间没有一件衣服，没有一根竹竿，只看到窗户上紧闭的玻璃在闪光。原来在上海人心里，还保留着楼房上飘万国旗便是贫民窟的判断。这条由城市经验产生的审美观，竟是以这样曲折的方式继承下来，又是以这样专制的方式呈现出来。

三、在堤岸

1、公共客厅

1908年，新天安堂（又名联合教堂）的英国驻堂牧师写的《上海导览》已经卖到第二版，是当时在上海出版的英文畅销书。他在书中建议，来上海的游客应该到江岸上去看风景。他认为那里是外滩最重要的观景点，能看到繁忙的江面上从世界各地来的船只和国旗，并感受到一个伟大港口都会的特殊气氛。德国人Elleen Hsu Balzer 1974年访问上海时发现，那里仍旧是来外滩的人最喜欢去的地方。人们倚靠在堤岸边的水泥矮墙上，眺望江面上过往的船只，男人们为女人和孩子指点船和旗帜，要是偶尔有外国的船进港，他们就有机会看到外国的国旗和站在甲板上的水手。有时，彼此也会遥遥挥手致意。

这里的空气，即使是在1974年，也比别处要活泼些。夹杂着从

在堤岸（摄影：Eileen Hsu Balzer）

大海上吹来的带有咸味的空气里，仍旧带着喧哗不宁的意思。船在眼前往来，仿佛这里仍旧与四海相连，而不是一口深井。

外滩堤岸是上海的公共客厅。在这里不再有瑟金特提到的十二种不同的语言同时袭击你的耳朵，但仍能同时听到不下二十四种来自全国各地的方言。

人们在仍旧拥挤的堤岸上散步，看船，看房子，看别人。用国产的海鸥照相机照相，"笑呀"，人们彼此提醒着，郑重其事地对照相机露出毫无希望与欲望、个性深藏的微笑。要是在堤岸上仔细观

第二章 川流不息

察,就能看到各种各样在外滩留影的人:一户团圆的大家庭,或者几个来上海出差的外地采购员,正在恋爱的男女,在外滩搞开门办学的中学生们,以及年轻父母带着幼小的孩子。他们大多出现在底片中央,左边的一半是外滩大楼,而另一半,是黄浦江和船。这些照片就是他们曾经来过上海的证明。

半大的少年们成群结队地来到堤岸上,发出喧哗声。有时也能看到一些独自来外滩的男人,他们沉默地面对江水。还能看到单独来这里的精瘦男孩子,浑身写着寂寞。他们仍旧让人想起留在1930年代从外滩码头上岸的欧洲游客回忆录里的上海小瘪三。见到偶尔一个单身女人,因为穿着深蓝色的咔叽短外套和裤裆肥大的长裤,而显得那么安分守己,以至于让人感到怜惜。单身女人的出现总是引人猜测,因为来堤岸的女人大多数有人陪伴。当年那些关于东方娼妓的欧洲神话,那些将旗袍的岔口一直开到大腿上,在街头与白俄妓女争抢水手的上海女孩早已不知去向了。人们心里猜想她独自来这里的秘密。她不陪父母,丈夫,孩子,没有女伴,难不成要自杀?这些年来,全上海都知道一句话:"要自杀就去跳黄浦江呀,黄浦江上又没有盖子。"要是她突然对着一个方向微笑,她等的人来了,她才正常了。

"笑呀。"人们对正在开启的照相机快门隆重地微笑,不愿意辜负一张上海出产的底片。他们穿了自己最好的衣服,擦亮了皮鞋,烫得平平整整的裤子上留着一股樟脑丸气味。他们的样子纯洁到无辜,他们的身体安分到没有任何光荣感,他们动作笨拙,不懂怎么摆姿势。Barnstone在他中国摄影集的前言里,也谈论到中国人这样

二、不可能的世界

的身体:"当我的照相机对着人们,在我感受的深处,和对着山水一样。人们是这样自然,没有姿势,他们根本不会摆姿势。"

外滩堤岸甚至在极其疲惫无望的1974年,还是个让人心胸一宽的地方。虽然也许接踵而来的只是茫然。

2、白鹤亮翅

外滩居民在1960年代后,渐渐形成了早晨去堤岸上打太极拳的传统。从清晨6点30分,黄浦公园开门以后,住在附近的中年人和老人就陆续来到堤岸上,将随身的菜篮子,塑料袋,人造革皮包放在空地上,跟自告奋勇为师的太极拳师傅打一套太极拳。

说它是外滩的传统,因为师傅和习拳者,几十年来流水似的变化着,但打拳的队伍从未消失过。他们是外滩最为静默的人群,每个人都紧紧抿着嘴。虽说是聚在一起,但个人默默研习中国古人传下来的养生健体之道,少有私人交往。

住在外滩的人,大多数都住得不宽敞,原先的单身宿舍,现在住进了一家人家。原先的一间办公室,现在住进了一户人家,原先给一户人家住的公寓,现在一间房间就是一户人家,所以,很少有人家中有独立的厨房,更不用说自家的阳台和院落。也许,这是堤岸上会有几十年不休的太极拳队伍的原因。他们让我想起上海家庭种在破搪瓷脸盆里的吊兰和宝石花,那般对生活既肯随遇而安,又不肯将就的心劲。

1970年代,形势虽然还时常紧张,但生活终于正常起来了,大人上班,孩子上学,早上出门,傍晚回家,人们早早地吃了晚饭,便

白鹤亮翅（摄影：Carl Mydans）

上床睡了。9点以后，城市就又黑又静，弥漫着一团睡意。清晨，跟着海关大楼大钟的第一声《东方红》报时曲来打太极拳的队伍，也渐渐壮大，并稳定下来。

与从前形成的传统一样，人们还是轻易不交谈，不问彼此的来历，甚至见面也不打招呼，不微笑，就像马路上的陌生人一样。他们缓缓做出一招一式，整齐划一。明亮的晨曦照耀着他们每个人身上

二、不可能的世界

的封闭，疲劳，甚至悲哀，就像照耀着一个个雨后泥地上的水洼。

马步，鹤立，努力将空气中的阻力推开去。划动双臂，寻找和维持着无形中外界与内在的平衡。悄无声息地移动，飞快地转身，好像默默谋划着什么大事。细细地看他们，他们拘谨封闭，而且不快乐的身上，散发着默存于心的神秘气息。

但是，流言还是在打太极拳的人们中流传开来。

某人是江西路小开，不要看他穿得马虎，那可是名士派头，他可是烧冰糖红烧蹄髈的好手。口味是有钱人家的，能烧到入口即化，吃不出一点油腻。他常常宁可晚上排队买阿尔巴尼亚电影票，送给卖肉的小青年，以求得肉票不够，能多买到半斤。

某人是德国洋行里的旧职员，能说流利的英语和德语，遇到外国人也来外滩，试着与人交谈，他一直装听不懂。直到有一天他听到两个德国人说慕尼黑德语，他突然凑过去，和他们说话了。原来，他当初学的，是德国南部的德语。过后，他说，语言也与骑脚踏车的技术一样，是终生不会忘记的。

某人是失势的老造反派，当年王洪文一个厂里的战友，一起去安亭坐在铁轨上，只不过运气不如王洪文好。这人也是复员军人出身，懂得好汉不提当年勇的规矩。每次都是打完拳，就去中央商场里吃小笼包子和牛肉汤，然后回家。

某人和某人则是露水夫妻，只靠每天早晨打太极拳的机会相会。

某人和某人，是称病不肯上山下乡的落后青年，他们正悄悄跟某人自学英文，而某人的英文其实是半路出家，并非科班出身。

还有某人，刚从精神病医院放回来，1966年，她丈夫在浴室里上吊,她早上推门看到,立刻就疯了,所以她的胖,是因为吃了激素。她可真是胖得不成样子,像一个在水里泡过的馒头。但即使是这样,还能依稀看到她本来的美貌和她走路规矩的样子,看出她出生在一个好人家。

还有某人,身体异常精壮,又热心教授别人,很有运动天赋的样子,从前却是外滩的旧警察。所以,有时他突然就漏出一句"I say",这原是印度巡捕说话的开场白。

渐渐地,又知道了一些人的来历和住处。住在上海大厦后面弄堂里的小业主,住在河滨大楼里的下放干部,住在旧理查饭店楼里的药厂职员,住在海关大楼里的工会干部,住在元芳里的病退青年,住在福州大楼里刚从龙华精神病院里出来的教师,住在四川路上从甘肃大饥荒中逃回上海来的支内子弟,住在旧仁记洋行办公室里,刚刚退休回家的内科医生……他们俨然是个微缩过的外滩小社会。

不过,即使这样,他们当面还是保持着什么都不知道,什么都没兴趣了解的状态。这是他们多年磨炼出来的世故。

3、堤岸边的爱情

当然,堤岸上最著名的,是成百上千面对江水伫立的恋人们。他们是充满钳制人性的中世纪气息的中国的奇迹。从1970年到1989年,打太极拳的人离开以后,他们就渐渐从四面八方赶来,蚕食了整条堤岸,一直延伸到旁边的外滩公园里。无论风和日丽还是阴雨连绵,他们双双对对,密密相连的背影,像一堵加高的防汛

堤岸边的爱情（摄影：Carl Mydans）

墙。1930年在外滩公园由上海人形成的约会地传统，此时不仅保留了下来，而且在1970年代后发展成外滩最亮眼的风景。

　　他们是外人眼睛里的租界遗韵，如今唯一可以与曾被称为东方娼妓的都市的种种传奇攀上瓜葛的景象。凡是来外滩的人，不论是最看不起上海的北方人，还是前加拿大总理，都要来这里看一看站满江边的上海恋人，看他们如何奋勇地当众亲热，如何在工人纠察队的厉声呵斥下顽强地坚持。1974年的时候，大多数来上海公干的外国人都住在上海大厦，或者和平饭店。一到傍晚，他们便招呼了一起来的同伴去江边，看上海恋人。《纽约时报》的记者记录了他看到情人墙时的情形："沿黄浦江西岸的外滩千米长堤，集中了一万对上海情侣。他们优雅地倚堤耳语，一对与另一对之间，只差一厘米距

第二章 川流不息

离，但决不会串调。这是我所见到的世界上最壮观的情人墙，曾为西方列强陶醉的外滩，在共产党中国，仍具有不可估量的魅力。"

他们是上海少年心口相传中激动人心的13频道。当时上海只能接收到十二个频道的电视节目，所有的晚间节目都很乏味，而且没有一星半点的人情。在1970年代长大的少年，看到苏联电影里仅有的一小段瓦西里夫妇的吻别，个个都激动，紧张，害怕得直咽口水，个个都以为自己响亮的咽口水声音已经被别人听去了，羞辱就要降临。他们是在被抹杀了一切欲望和人性的环境下成长起来的，突然，有人悄悄告诉他们说，到外滩堤岸上去，就能看到13频道：那个频道里，能看到别人是如何谈恋爱的，光天化日之下，全部真人表演。这个消息，就是在寂静生活中爆炸的一颗原子弹。少年们常常结伴去外滩看恋人们，喜欢恶作剧的孩子不光旁观，还努力加入到恋人们中间去。他们装作懵懂的样子，硬挤开一对恋人，在他们中间站好。或者挤在他们身边，眼睁睁地瞪着他们的一举一动。有能力引起恋人的窘迫，让少年们感到某种带有恶意和嫉妒的振奋。

他们是外滩工人联防队最有兴趣玩弄于股掌之中的猎物。联防队是几个工人组成的治安小组，常常拿着短棍在堤岸上巡逻。公开谈恋爱所牵涉到的风化问题，足以使恋人们自惭形秽。所以，联防队的中年男人们，只要在他们身后，选择合适的机会大喝一声，就足以吓他们半死。联防队员要是当众打掉年轻男人悄悄拢在情人腰间的手臂，并大喝一声："你在做啥！"那对被呵斥的恋人，通常只是耷拉着手臂，连头都不敢回。不光他们，连他们周围的恋人

二、不可能的世界

们,也都默不做声地背对着联防队员,几乎屏住呼吸。有时,联防队员们嫌恋人们挨得太近,就突然出现在他们身后,将手中的木棍插到恋人们中间。从后面看去,他们能看到恋人们的脖子和耳朵因为受惊和羞耻,还有恼羞成怒,已红得要滴血。但还是没人敢回过头来。如果有人敢回过头来争辩,联防队员就可以将他们请进联防队办公室里去,将他们扣下审问,最后,打电话给他们的单位,让单位派人来领他们走。这样,丑可就出大了。那些敢于与恋人抛头露面的女孩子都是年轻的,忘情的,给她们难堪,迫使她们求饶,特别是当她们的面,羞辱她们的情人,击穿恋爱中的女人对情人甜蜜的依赖,这是那些男人乏味生活里的高潮。

说起来,堤岸上的恋人们,并没有多少猜想中的甜蜜。他们只是顽强,只是生生不息。

他们甚至是一些同时代的上海恋人们所不齿的,因为那种恋爱的不体面。他们的行为里有种公开自己隐私的泼辣低俗,他们无所顾忌地揭露了恋人们局促不堪的爱情生活,他们成群结队在外滩展览,可以说是勇敢,可以说是浪漫,也可以说格调到底粗鲁。另一些上海恋人悄然流行的恋爱地点,是从前法租界的几条幽静小马路。

恋人们在人行道上散步。并不当街亲热,也不忘乎所以,甚至不挽着手。但他们周围流动着一种显而易见的默契和甜蜜,他们只有时轻轻碰碰肩膀,只轻轻说话,就有种温柔倾泻出来。情人们好像一个休止符号。他们出现,一切暴烈的声音都停顿下来,享受爱情的渴望,宠爱和被宠爱的美好感觉,像陨石一样突然降落在人行道上。所以,他们将迎面而来的男人吓了一跳。

第二章 川流不息

小马路上的恋人们,以自己清高和计较,注释了堤岸恋人们开放和粗鲁的特征。那种集体的争取爱情空间的心心相印,那种集体舞般的对爱情的分享,成为堤岸恋人特有的回忆。当年的恋爱史都是短暂的,不到几个月,人们就分手,或者结婚了。他们就离开堤岸,像1930年代公园里的恋人一样,投入到各自漫长的生活中。他们一定没有想到,以自己短暂的爱情,竟也为这堤岸制造了一个传奇。

4、参考

那个时代的新闻纸是不足信的。1970年代的报纸,打开来,无处不是强颜欢笑和高亢的宣传与批判。插图和照片上,都是劳动者健壮的四肢,昂扬的圆脸盘,被剔除了任何花哨和时髦的城市色彩的打扮。新闻纸里的世界,是一览无余的,一成不变的,一手遮天的虚假。

那个时代,人们私下说,报纸上只有一行字可以半信半疑,那就是全报纸最小的一行字,天气预报。到了春天,天气预报报出:"今日晴,午后多云,有时有阵雨。"人们简直只能对那天的报纸完全绝望。

外滩的堤岸一带,此时却建立了比任何时代都要多的阅报栏。

上海闹市街头,从1928年6月起设立民众阅报栏,市民一向有看公共报纸的习惯。一是不用自家买报纸,节约了一笔小钱。二是站在报栏前看报的市民,大多读过一些书,也喜欢了解社会变化,背景类似。他们习惯了边看边发表评论,看报看得热热闹闹,一张报纸看完,也差不多将新闻分析过一遍,搞清楚那些新闻事件,对自己的生活意味着什么。

外滩的居民并没参与政治的热情，他们大多安于自己都市小民的位置。他们在新闻里找的，是国家的政治和政策将会对自己的生活产生什么影响，然后去设法争取，或者逃避。总之要迅速找到对自己最有利的办法，使自己能做有尊严的市民。这是他们多年以来在阅报栏前学到的读报技巧。上海的一些大厂会渐渐迁移到外地去，说是支援国家建设。要是不想离开上海，就得趁早将工作换到商业系统去，或者就去没什么技术性的二流公司，保住一页上海户口。林彪一夜之间就被中国共产党清除出去了，号称最忠于毛的人，可能是毛的死敌。所以，做人一定要无党无派，不论对谁，都要不近不远，才能保险。中国最终一定会与美国建交，所以，掌握一口没有缺点的好英文，必定能在将来捧到一只好饭碗。那些无所事事，整天跟在红旗后面咋呼的小孩，最后必会被社会淘汰。从上海出去的知识青年将可以有条件地回城，所以赶快要通知自家孩子做好准备，不要参加当地的招工，也不要在当地结婚。国家又要开放股票交易了，解放前，为了股票跳楼的人不知有多少，更何况现在是国家操纵的股市，所以，最好还是让别人先下水，自己在边上看看山水。他们是精明世故，善于保护自己的，他们当然懂得识时务者为俊杰的含义，只是见多了沧海桑田的变化，他们渐渐变得冷静，计较，一切以自身安全与尊严为重。

那时，大家都喜欢看的报纸，是内部发行，只能通过各单位集体征订的文摘小报《参考消息》。它选摘的，当然也都是经过严格政治审查的外电报道。对中国，当然也是只说好话，对世界，当然只是痛骂美国，后来，痛骂的对象又加上一个苏联。但即使这样，毕竟能看到它们顶着路透社或者塔斯社的名头，毕竟摘的是西德《明镜》月刊或者美国《基督教箴言报》的文章，毕竟句子的结构，用词都新鲜，不是党八股。开头的一段会写一个细节，一个人物，有点人间烟火和正常的智力，而不是"东风吹，战鼓擂，现在世界上到底谁怕谁"，结尾处也从不用"让我们沿着社会主义康庄大道奔向前方"，让你觉得，你是被当成一个读者，而不是一个被洗脑者。所以，即使你知道那张小报被动过多少次剪刀，你还会紧紧跟随它。它提供了那个时代的公开出版物中最能动人的语文。不过，它从未在公共阅报栏出现过。它是私人阅读时的享受。

5、红绸

1972年，黑格将军为落实尼克松访华的事，先期访问上海。在

二、不可能的世界

阴霾的上海冬天，他在中国共产党领导人的邀请下，登上上海大厦楼顶的阳台。1949年，《字林西报》的记者乔治·万曾在这里目睹了海关的地下党在钟楼顶上升起一面自制的五星红旗，现在，黑格将军看到数十面同样规格的红旗飘扬在沿江所有建筑物楼顶的旗杆上。这里是2000年前观赏外滩最佳的地点，被研究上海犹太富翁历史的美国学者称为犹太人在外滩最北端竖立的纪念碑。黑格将军在旧百老汇大厦顶端，看到了一条仍旧充满海事时代港口风情的外滩。这便是上海留给这个美国人的强烈印象。

1970年代是上海大厦的黄金年代，即使是在1949年前，它也从不曾如此显要和神秘。无论是终于到访的美国乒乓球队，还是相继而来的法国总统和日本总理，以及充满好奇的各国记者们，他们都以能到这里来为荣。他们不同于外滩从前星星点点出现的外国游客，他们是从真正的西方世界来的主流人物，他们被江风高高吹起头发的身影，暗示着某种重要的变化就要降临了。

一个老人，药厂的老职员，当时已经退休，整个上午都在外滩打拳。有一天，他正在外白渡桥上，准备过桥回家。偶然地，他看到上海大厦顶上有影影绰绰晃动的人影。他猜想那又是哪个国家的领导人来了。那几年，周恩来总理陪同外宾在上海大厦上的新闻，三天两头出现在报纸上。他说:"我远远望着那些比火柴头还要小的影子，我猜想一定会发生什么事。我猜到了，中国会和帝国主义国家慢慢要好起来。我心里是高兴的，但也很害怕。我不相信国家要做这样的事，几年以前，有海外关系还是政治污点呀。尼克松来的时候，一个上海小青年为了给香港电台写了封信，就被枪毙了呀。眼

第二章 川流不息

睛一眨，帝国主义头子就站在上海大厦楼顶上了。我也想象不出，国家和那些帝国主义要好了，又怎样向那些为自家有海外关系吃足苦头的人交代。"他当时埋下头，赶快离开外白渡桥回家。直到离开外滩，他都没有再看一眼楼顶的身影，他怕招惹杀身之祸。

而孩子们却在学校的组织下，离开课堂，穿上白衬衣，蓝裤子，整整齐齐排列在通向外滩或者机场的街道两边。当上海牌轿车和红旗牌轿车肃穆的长龙缓缓经过，他们便在老师的带领下大声呼喊："欢迎欢迎，热烈欢迎。"

照片上的这个小姑娘，1973年的上海小学生，和我当年一样大。和我一样站在街道的欢迎队伍里。在照片上，她汗津津的，高举着一段红绸子。红绸子是1970年代不怎么值钱的塔夫绸，不时能看到布面上粗细不均匀的线头。但握在手里却很服帖，因为里面没有一点化纤成分，满满一握，都是朴素，都是热烈。红绸子是我们那时跳舞的道具。挥舞起来，满台红堂堂的喜气，如同乡下人过年。有时，女孩子们就挥舞这红绸，向那些神秘的轿车欢呼，也向跟在这些轿车后面的面包车欢呼，面包车里的人大多都忙着对孩子们照相，也许，这张照片的作者，就是当时将笨重照相机挡住了脸的人。

她穿着泛黄的白衬衣，那是厚厚的棉布做的，洗后又没有烫平整，再被穿着跳舞，所以衬衣上有成百上千条皱纹。棉布白衬衣是1970年代每个中国孩子必备的礼服，游行，主题班会，欢迎尼克松访问上海，十月一日国庆节，跟妈妈回娘家，好朋友凑齐了零花钱，去红卫照相店，拍四角八分三张的合影，都用得上白衬衣。只是棉布的衣服，领口，袖口，前襟都很快就会泛黄，大人们一般都禁止

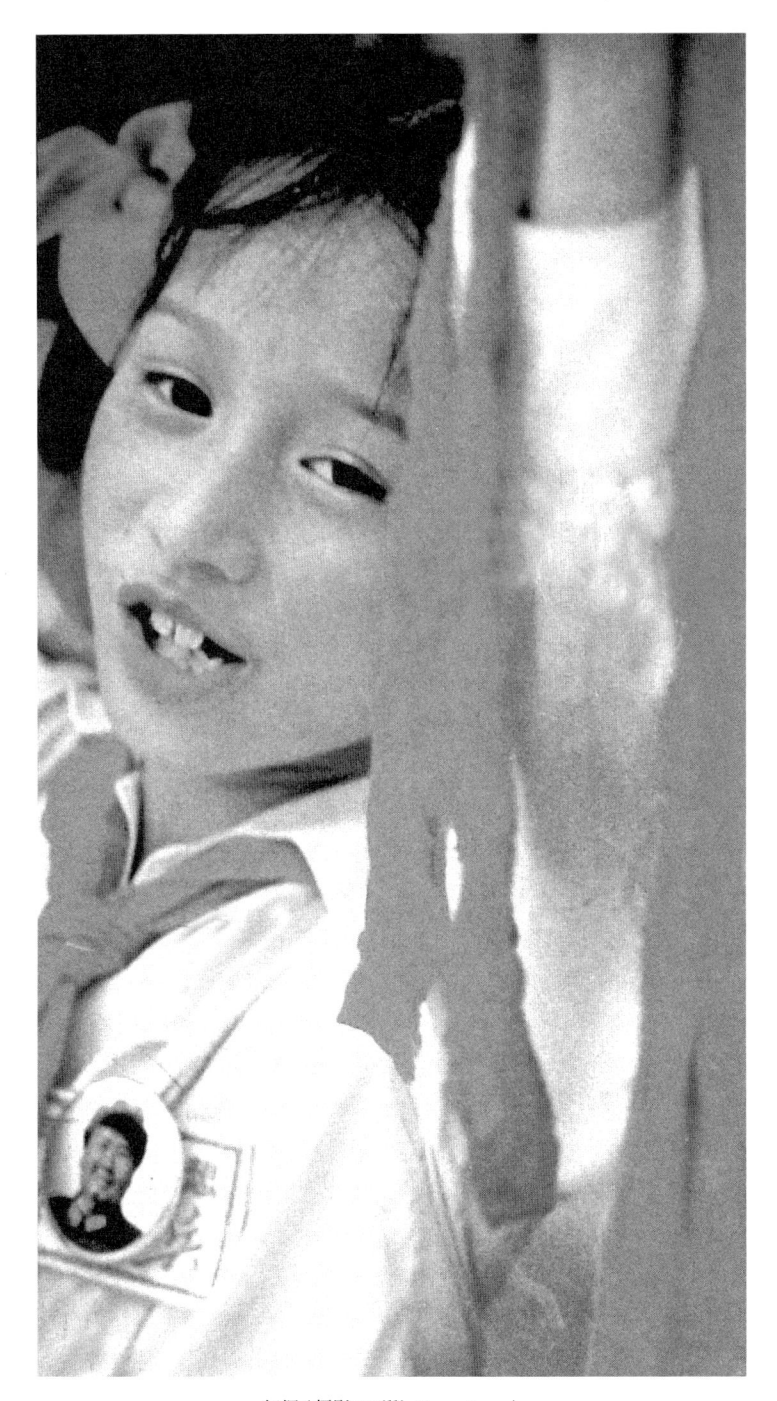

红绸（摄影：Willis Barnstone）

第二章 川流不息

小孩穿白衬衣吃西瓜和杨梅这两样水果，虽然那时白棉布很便宜，但大家的工资也很低。

她用像章后面的别针，别了毛泽东思想红小兵的牌子。那个白底红字的牌子，其实是一小块塑料夹子，里面夹着一张厚白纸。那时，小姑娘们常常将毛主席像章和红小兵标志别在一起，省得在衬衣前襟上多戳两个洞。我从来没这样精明过，我母亲也不计算这些，从班上的女同学那里，我学到了这个窍门。上海女孩子，即使在1973年，还是学到了如何精细地生活，并尽可能保持体面。

老师在我们班级的方阵后面高声地起了一个头："欢迎欢迎，热烈欢迎。"然后，站在人行道上的孩子们便有节奏地欢呼起来，站在第一排的女孩子们，高高地舞起了红绸，笔直的黑发，白衬衣，飞舞的红绸，这是那个年代能贡献出来的最美丽的颜色。在通向机场或者上海大厦的街道上，直到大风萧萧的停机坪，直到外滩堤岸前的漫长街道上，孩子们挥舞着红色塔夫绸，对外滩来说，这是一个不寻常的时刻。

有一次，一个外国人拨开汽车后座窗上的白色纱帘，迷惑不解地看着我们对他欢呼。是的，他不明白。

6、1992年，外滩的不可能世界：堤岸上的埃舍尔小人儿

随着越来越多的外国人又有可能进入中国拍摄照片，外滩再次被倒映在法国摄影家，日本摄影家，美国散文作家，意大利驻华记者和德国旅行者各种型号的单反镜头里，继而呈现在世界面前。他们在中国紧闭大门的几十年里，因为各种机遇来到中国，被准许

二、不可能的世界

照相,记录了那时重重迷雾中的中国人。那是些我在中国从未见到的照片,面对许多借阅记录为零的摄影集,我一次次突然堕入沧海桑田的中国岁月,看到那些生活的价值,和因为离开得太匆忙,而遗落在原地的理解的智慧。

我在美国找到了两本马克·吕布(Marc Riboud)的中国摄影集。他是我最喜欢的摄影家,我乐于翻阅他的作品集,仔细地捕捉固定在照片中的细节。1957年的人们热衷戴白色大口罩,1965年政治学习会上躲在面部阴影里的伺机而动的小动物般的表情,1993年一间简陋的厨房里偏安于一隅的热气腾腾的汤锅。每次在他的照片上搜寻,我都能找到新的,与过去中国的连接,一种真切的连接,一些遍布在各个角落里的细节,如将一片苏打维生素投进水杯一样,激起心中奔腾的慈悲之情。而这原是哪怕有一丝猎奇的企图,都会刹那就破坏殆尽的感情。

他有一双即使在被传说化的古怪国度里也不会被迷惑的诚实而尖锐的眼睛。他第一次到中国,是1957年,然后是1965年,1979年和1993年。他一双德国人的眼睛,透过东方和西方,左派和右派,各种各样关于中国思想和见解的迷雾,捕捉到被形形色色的判断与幻想以及谎言再三打扮的日常生活中的人性——中国的生活里充满了政治符号,和戏曲化的对峙,有时连一个中国人都难以相信这样的生活中还能看到人性,他记录和保留了它们.在几十年前出版的极易失真的中国摄影集里,他呈现出的日常生活中丰富的人性让我感动。

这时代外滩仍旧是混乱而令人兴奋的,与哈瑞特·瑟金特描写

第二章 川流不息

的1930年代的外滩没有本质不同。它在茫然中独自前行。它如同一个梦游者，不设防地，随意地，一往无前地走向无从猜测的前方。它奇迹般地保留下自己丰富的矛盾性格和混杂的特色，即使经过了四十年的禁锢，它还能在友谊商店外面的墙上画出一整幅"全世界劳动人民大团结万岁"的宣传画，表达自己对不同人种混杂的强烈兴趣。

看那张马克·吕布1993年在外滩堤岸上拍摄的上海的良家妇女带着孩子散步的背影，她那骇人的、紧裹在双腿上闪闪发光的紧身裤上，是一件装有夸张的垫肩的针织外套，她矜持地穿着它，端着肩膀，握着晚会用的礼服包，郑重其事地走着。她的踏脚裤下，配了一双当年上海妇女热衷穿的高跟鞋。她外套上的图案是外滩的天际线，天空处织着浪漫的大星星，星空下，汇丰银行的圆顶在她的腰部隐约可见。

1993年春天，三十六年里四次来上海、拍摄中国影像的德国摄影家马克·吕布最后一次来到上海，在外滩刚刚修好的堤岸上捕捉到了这个女人的背影，一个背影，糅合了自卑和自大，不肯安分守己却又四顾茫然，整个身体像雷达一样敏感地接收着任何外来的注意，又像雷达一样寂寞地张望，却不愿意像雷达那样不停地转动，而坚持着昂然而过的面子。她清高的样子与她身上骇人的闪光紧身裤，形成了富有象征意义的景象。那是1993年，上海终于等来了松绑的机遇，它像一只鸟，正在抖落翅膀上的风霜雨雪，准备起飞。

形势正渐渐放松，立了陈毅铜像的小广场成了跳交谊舞的好

外滩（摄影：Marc Riboud）

第二章 川流不息

地方。人们自备了交谊舞音乐，邀请了舞伴。因为是室外，不能讲究舞场的礼仪，所以他们中许多人是穿运动鞋来跳交谊舞的。

有时他们看出来在一边的观光客有跃跃欲试的意思，就会主动邀请他们一起来跳舞。所以，看到来上海观光的外国老人在外滩与一个中国老人一起，合着《蓝色多瑙河》的节拍跳华尔兹，并不需要惊讶。

1991年，海外娱乐团第一次租下太平洋战争前夜沙逊爵士举办假面舞会的舞厅，举行通宵的化装舞会——贝拉·维斯塔舞会。次日清晨，他们中的一些人走出门去，加入到堤岸上的跳舞人群中去，接着跳舞。《金融时报》的记者发回伦敦编辑部的照片，就是浓妆艳抹参加完化装舞会的海外娱乐团成员，与外滩脸上遍布风霜的布衣老人，在陈毅像前相拥起舞。

那些在露天跳舞的人，你能看到他们脸上风吹日晒的痕迹。看到他们漫不经心地邀请舞伴，又带着不那么自然的表情，在舞曲结束时离开舞伴——他们会跳交谊舞，喜欢，需要，但对它的礼仪仍旧感到不自在，因为它太西化了。那就是1991年的外滩。

埃舍尔的小人儿在迷宫里颠倒而理所当然地走着，坐着，在从另一个角度看起来悬空的桌上吃着正餐，这便是再次呈现在世界面前的外滩。上海人的外滩，它在经年的茫然和不安中，已养成自己的气质。当绝大多数西方的上海书籍七嘴八舌地抱怨着上海的呆滞与黯淡时，当他们充满对比地形容着外滩漆黑的夜晚和席地而起的旋风，以及鬼魅般的大楼阴影，它们没料到外滩还有比埃舍尔的画更多彩多姿的逻辑。它从一个十九世纪远

埃舍尔小人儿（作者：M.C.Escher）

东通商口岸城市的符号，默默成长为充满历史象征和未来寓意的上海人的外滩。

四、大楼们

1、成千上万只15瓦的灯泡亮了

1966年的最后一天，大乱之年，人心惶惶，但外滩仍旧依照传统亮了灯，庆祝新年到来。寒冷的夜晚，为了保暖，气管弱的人便戴着大口罩。可即使口罩遮去了大部分脸，露出的眼睛里仍旧流泻出他们麻雀般机警的表情。这是个不适宜庆祝或者许愿的年份，但那

成千上万只15瓦的灯泡亮了（摄影：Emil Schulthess）

二、不可能的世界

个晚上外滩还是挤满了前去看灯的人。

1966年夏天,海关大钟的报时曲,从英国曲调改为《东方红》。每一刻钟就奏出一句乐曲,到正点时,就能听到整段乐曲。对于大钟来说,即使是这支单纯的陕北曲子,也过于复杂了,能听到有些走调了。在灯火通明的夜晚,缓慢的报时曲调每过一刻钟便拂过黑压压的人群,仿佛是一只巨大的黑色翅膀,带着羽毛的叹息气息和温暖的气味。

人们缓缓从被成千上万只十五瓦的灯泡勾勒出轮廓的大楼前走过,海关大楼的钟楼、和平饭店的金字塔顶,一一凸现在暗夜里,像一个个惊叹号。那一年,和平饭店楼上的中餐馆传统的中国龙凤以及蝙蝠的浮雕被人用白报纸贴了起来,沙逊在外滩的家称为上海历届市长最喜欢的高级小餐厅。尼尔·巴伯在书中提到的那尊弥勒佛坐像被放在库房某处的地上,与沙逊请客时使用的银具堆放在一起,而华懋饭店时代客房的陈设和家具却仍旧使用着,包括传说中洗脸池上方的银质龙头。如同奇迹一样,沙逊家族的族徽也原封不动地保留在墙上,楼梯上和屋顶上。但怡和洋行门楣上刻在花岗岩上的标志却被铲除了。

汇丰银行的标志并不是在那时被清理的,1955年,上海市政府将要迁入,在对大楼的整修中,工人们用薄薄一层石灰老粉将大堂里的壁画掩盖起来,没有动门口的狮子,也没动铜门上的银行标志。要到三十多年后,在上海经济起飞中,新兴的浦东发展银行置换到汇丰银行大厦,这家新兴的银行才将汇丰银行的标志一一铲去,换上自己的标志。他们的新标志与修正后的大堂,充满海事时代通商口岸风格的壁画形成悖论般的对峙。

　　大楼的外表还与过去一样坚固，但它们散发着过度使用但少有维修的异味。桂林大楼里多年没好好清洗的厕所散发着阿摩尼亚气味，电台大楼一楼的食堂散发着煮面条经久不散的碱水气味，外贸大楼里的大部分抽水马桶都漏水，在安静的长走廊里，能听到无处不在的潺潺流水声，海运局大楼的下水道因为老旧而时常堵塞，因此厕所的洗手池里遗留着一圈又一圈褐色的茶渍。从前的桌椅终于用旧，开始被淘汰出大楼。而新的涂捷克式清水蜡克的本地产桌椅沙发，在高大的旧办公室里，显得非常单薄与不匹配。

　　而它的外部则蒙满了灰尘，让对烟尘过敏的人在路过外滩时可以连打几十个喷嚏。

　　电灯在上海普及以后，每到重要的节日，外滩大楼就会张灯庆祝。这个传统贯穿了外滩的租界时代，以及后来社会主义时代的几十年，直到1972年元旦才突然停止。

2、宿醉

　　1980年代后，到了每年的国庆节和五一国际劳动节，外滩楼群的天际线再次被千万只由电线连接起来的彩色灯泡装饰起来。与1960年代不同的是，这时虽然用的灯泡还大多是十五瓦的，但其中有了不少彩色灯泡。入夜，电闸一合，阴沉的大楼突然大放光明，像暗夜中突然集合而来的大船，挤满了从前的泥滩，赶来参加中国人的欢庆之夜。

　　外滩挤满了人，人们手里拿着气球，红色的纸国旗。你走在人

宿醉（摄影：Hiroji Kubota）

群里，就像一滴水落进大海。

仰望高楼，那些粗大的柱子，讲究的窗框，一种久违了的以奢华为美的气息在大红大绿的灯光里飘曳而出。经历了那么多事，那么大的变化，外滩过去的风光和传奇，渐渐成为上海人口头流传的民间故事。当灯光照亮了风尘仆仆的大厦，当你仰望灯光里的大厦，它们的传奇便浮上人们心头，也浮上了人们的舌头。

走在看灯的队伍里，常能听到有人悠悠一声叹："这房子真好看呀。"

然后，听见另一个声音答道："那是自然，你晓得这从前是什么地盘？全上海最贵的，在全世界也数得上的黄金地段。"这个声音

第二章 川流不息

老于世故,有些讥讽,又有些牢骚和炫耀。

"你看那扇门里的走廊!"惊喜的手指直指过去,灯光照亮了一个铺满金色小马赛克的走廊,"金碧辉煌噢。"

"从前的《字林西报》大楼呀,外国人办的英文报纸。上海最早的一家新闻纸。你阿晓得洋泾浜英语?来叫come去叫go。"他所见到的旧上海,那个被反帝反封建的词语密密封锁起来的世界,便露出万丈光芒,"在这种外国人的地方找到生活,一个人就能养活全家人,到新式里弄里去顶一栋房子,雇一个阿妈,一个苦力,绰绰有余。"

"那你阿晓得从前这房子是什么?"再问,声音里一半是好奇,一半却是不相信。这不相信里面,一半是不相信从前真有这么好,另一半是怀疑他的吹嘘。

"从前是汇丰银行呀!这里我倒是从来没进去过,中国人不好进去,这是外国人的银行。大班才能进去。他们炒银洋,你知道怎么炒?都是半夜里船直接开到外滩码头上,蚂蚁一样密密麻麻的苦力,要搬上整整一夜。"再回答。那声音怎么听,都是吹嘘的,但却无法反驳他,"你知道里面有多少根意大利运来的大理石柱头?这房子号称是整条苏伊士运河上最豪华的房子。你只要看看,就晓得那时候上海有多少钱了,哪里是现在的瘪三相。"

"这里从前就是饭店,外国人开的,不让中国人进去的,就是鲁迅也不能例外。"那声音又说,这是在介绍南京路口的和平饭店北楼,"哪里叫和平饭店,它从前叫皇宫饭店。"

"现在也不是差不多?老百姓也不能进去的,就是进去了也坐

二、不可能的世界

不下来的,我们又没有外汇券。"年轻的声音说。

上海故事就这样沉渣泛起。仿佛是偶然的,萍水相逢的,通过一个苍老的声音。

如果你此刻转过头去,你看到的一定就是灯影重重的沉默的脸,你被江南人颧骨微隆的脸包围着,这里有上海人阅历深厚的眼睛,那里有被劣质纸烟熏得焦黄的嘴唇。但你找不到刚才对话的人。他们都默不做声地看着你,而你只能在别人警惕的眼神里感觉到自己的唐突。聪明的人就装聋子,一路跟着走下去,听下去,看下去。

被灯光照亮的大厦,有种奇异的面貌,立面留下的巨大阴影仿佛是时光交错的痕迹,一个传说中充满魅力的旧世界正在闪烁,好像万灯齐明的外滩一样稍纵即逝。那些柱子,亭子,窗台,门楣中央的石头浮雕和被撬坏的痕迹,被鞋底磨出凹陷的大理石台阶,你熟悉,又陌生。那种华美,颓唐,炫耀和捉襟见肘,你样样都似曾相识,都能心领神会,仿佛就发自你的内心。人们仰着头,看着一栋栋在灯光里列队相会的大厦,被灯光晃花了眼睛和心。时光飞逝,沧海桑田,那些粗粝的暴发户的往事,被怀旧的感情抹去了它们热气腾腾的世俗,变得含情脉脉,有种浪漫的追忆可以好好把玩。

节日之夜过去,清晨到来,那不再发光的电灯泡,禁止车辆通行的通知,被千万人踏过,还没来得及清扫的马路,就让人想起了灰姑娘留下的水晶鞋。

第二章 川流不息

3、一间外滩厨房的传说

这是一间宽大的厨房，有六角形的白色马赛克地面，和乳白色线条精致的门框和窗框。白色的洗碗槽很宽大，与1930年代的美国东部公寓厨房里的洗碗槽是一个类型的。这间厨房属于旧海关高级职员宿舍中的一套公寓。

1949年春天时，它的主人是在海关工作的高级华人职员，他是一个上海地下党员。但他家里没人知道这个秘密，他的家人在这套公寓里过着安稳的资产阶级的生活。他的孩子在厨房的冰箱里取冰激凌吃，他的太太常常亲自下厨调制烤鸡翅的蜜汁，他早晨上班前在厨房桌上翻7点钟就送到的《字林西报》，喝牛奶。他家的女佣叫阿小，是宁波人，她做的上一家人家是户美国人，所以她很在意厨房的干净，却不怎么会做菜。她1947年才来他家，因为她的旧主人举家回国了。

很快，中国解放了，他被国家调往北京的海关总署，他家的房子就空了出来。

1950年，这套公寓被一分为四，租给了四家海关职工。主卧室住进一家留在上海海关工作的地下党员，他在解放前夕保卫海关的时候，就将自己的家小从松江乡下接到海关大楼来了。他家最早从海关当时的单身职员宿舍里搬进这里，将自家的一只木头碗橱搬了进来，放在本来放冰箱的地方。相跟着搬进来的是从老区海关来上海接管上海海关的解放军一家。那是一户年轻的山东人家，他们几乎什么家当也没有。一放下行李，就满街去找大蒜和大葱，还有面粉。不到一个星期，厨房里就充满了不易散去的大蒜气味——

一间外滩厨房

他们家不管做什么菜,都先放一小撮拍碎的大蒜去戗油锅。接着,另一家搬了进来,男主人是从前为英国高级职员开车的海关司机,现在他为接管海关的解放军首长开车。他已经在海关后楼住了大半辈子了,与海关的后勤人员住在同一层上面,为了服务的方便。这次,是他的长子结婚了,海关因此又分了一间房间给他。他家最有过

第二章 川流不息

日子的样子，搬来了煤炉、碗橱和大蒸锅，还有一个圆台面。他们在厨房墙上打了一颗大钉子，将圆台面挂了上去。又在门框上打了一排钉子，挂了竹篮、铁锅，和一只风鸡——他家是浙江人。原先厨房里的煤气已经分给了地下党员家，后来的人家只能用煤炉烧饭了。他家的煤炉就安在吊橱的下面，所以，那排乳白色的吊橱很快就变得又黑又干燥。最后一家搬来的，是从朝鲜战场上荣归的军人，他没在海关工作，组织还是将他家分配来这里住。理由很简单，因为他的妻子就要生孩子了，这里是外滩离医院最近的地方，对他们很方便。他们住在这套公寓的餐室里，离厨房最近，还有一扇门，可以直接通到厨房里。晚饭时分，一只煤气灶和三只煤炉一起开伙，厨房里烟熏火烤，蒜气缭绕。到1970年，他家的第三个孩子已经长到实在不能与父母同睡在一张大床上了，他们必须为这个孩子安排一个晚上单独睡觉的地方，他们在那间屋里量了又量，终于决定将通往厨房的门封死，把一张沙发放在门前，给孩子睡。

1970年，这套公寓的每一处都挤得不成样子。孩子们出生并长大，即使是老司机的房间里，也挤进了长大的孙子孙女。老司机夫妻早已与儿子一家分开开伙，每天晚上孙子孙女在楼上吃完晚饭后，就来他们这里睡觉。

所有的公用部位都塞满了各家的东西。"公用"成了令人头痛不已的公共关系。合住的人家共用一个电表，一个水表，一盏厨房灯。天长日久，谁家用厨房时间长，谁家就在电灯费上占了其他住户的便宜，因为厨房的电灯费是平摊的。于是，大家决定不合用厨房灯了，大家各自点自家准备的煤油灯做饭。

二、不可能的世界

在住户们多年力争后,电力局来为各家装了分户电表,厨房里这才有了各家自用的电灯。厨房的电灯开关并不装在厨房里,而是装在各家房间里,这样可以保证别人不会用自家的电灯。谁家要用厨房了,人还没进厨房,灯就已经亮了,他们在房间里面先开了灯。要是忘记了开自家的灯就进了厨房,常常等别人家烧好了饭,端进屋里去了,厨房突然黑了,这才发现自己刚刚用的是邻居家的电灯光,自己家的电灯没开。就在厨房大声喊上一嗓子,让在自家房间里的人开个灯。那喊声里倒没有不快,只是冷清。

临近春节的晚上,家家户户都在厨房里准备过年的食物,四盏煤油灯照亮了整间厨房,那里一派繁忙。山东人从老司机家学到了用一只盛饭勺做鲜肉蛋饺的本事,松江人家在煎单位里发的冰冻小黄鱼和小鲳鱼,老司机早已退休,他的头发仍旧每天梳得一丝不乱,脸面上收拾得仍旧极干净,他在厨房里忙着做香酥鸭、醉鸡,发香菇和金针木耳,做十八鲜,他还教会了山东人家做八宝暖锅,他家人多,又能吃,暖锅是最受欢迎的。最下面一层,放多多的大白菜,然后再铺上一层粉丝,然后,铺一层咸肉,肥肉和肉皮都是好的,在肉皮和咸肉上,铺一层冻豆腐,然后再铺一层蛋饺,从前,蛋饺就是元宝的意思,过年了,总要讨个吉利。蛋饺上铺一层香菜、海带丝,这就齐全了。山东人家的大女儿,在这套房子里出生的第一个婴儿,已经长成了一个灵巧的上海大姑娘,她一天能做出上百个蛋饺来,放在竹篮里,在寒冷的风口吊着,够全家人从年前一直吃到正月十五元宵节。

初一早晨,山东人家起来的第一件事就是煮饺子吃,他们也特

第二章 川流不息

意给一间厨房的邻居家都送上一碗，他家的饺子，是最正宗的北方大饺子，深受邻居的欢迎，甚至别人家也试图像他们一样，吃生蒜就饺子。老司机最受不了这个，每次都败下阵来。而老司机的孙女则吃了以后，整天嚼着茶叶，也不敢出门。

从天南地北汇聚到这间公用厨房里的人家，彼此感染了对方的口味。

天长日久，乳白色的厨房一点点变黑了。墙上，窗台上，玻璃上，地上，瓷砖缝隙里，门框上，凡能挂住灰的地方，都挂满了油汪汪的、黏稠的褐色灰尘。裸露的电线上，像晾着纱布一样挂满长长垂挂下来的烟尘。除了各家的灶台和煤气灶，各家都只管自家领地的干净，对公共的厨房墙壁和屋顶的重重油污视而不见。用煤球炉做饭的人家各自设法装上了煤气，但用煤球炉的年代留在屋顶上的烟黑，在墙上一直保留到了大楼大修的时候。大修的时候，公家出钱粉刷墙壁，工人从墙上铲下了一寸多厚的油灰。

到了1980年，松江人家的大儿子带来了一个女孩。

那天傍晚，其他人家正好都集中在厨房里做饭，昏暗的走廊里出现了穿得整整齐齐的大儿子和矜持得谁也不看的女孩，他们一掠而过，好像惊慌的麻雀。那是进入这个合住公寓的第一个特殊的外人。厨房里的人们立刻心领神会。这是一个特殊的时刻，提醒日日埋头在生活中的人时光的流逝。

邻居们各自在自家灶台上忙着，抗美援朝家的妈妈却突然回忆起了自己第一次路过这间厨房的情形，挺着大肚子，从来没用过煤炉做饭，连有两道蓝边的瓷碗都是现买来的。"那时候，你还梳了

二、不可能的世界

一条大粗辫子。"山东人家的妈妈在自己身上比划了一下,"像个蝌蚪。"厨房里的人都被这个比喻逗笑了。

紧接着,老司机的孙子也带女朋友回来了,山东人家的女儿出嫁了,出嫁那天在不远处的东风饭店办酒,将家里的锅悉数带去,装回没吃完的酒席菜。而老司机家的女孩却吹了对象,她认识了一个香港海员,立刻决定跟海员去香港。她的未婚夫为家里买了友谊商店里全套的优质家用机器:上海牌的全钢手表,蝴蝶牌缝纫机,凤凰牌脚踏车,金星牌电视机。他们家将那些令人眼馋不已的家当一一搬进房间的时候,那些崭新的纸板箱给陈旧拥塞的走廊带来了动荡与欢快的情形。

儿女们的婚事,儿女亲家的背景,都是厨房里重要的交流。厨房是邻居们的公共客厅,外来的媳妇和女婿们,就是在这里互相认识的,在公共厨房里认识是最得体的,即不特别隆重,又有格外的亲切。邻居们凑趣地告诉他们些孩子们小时候的趣事,一半是客气,一半也有家人般的亲热,还兼有外人的挑剔和比较以及冷眼,这时候,厨房就变成了另一种品头论足的审判台。

1990年的冬天是个上海当时还不多见的暖冬,那一拨孩子中最后一个结婚的人终于生了孩子。她是抗美援朝家最小的女儿,回家来坐月子。按上海人的习惯,她每天得吃五顿。厨房里整天炖着给她发奶的鲫鱼汤和蹄髈汤,热气袅袅。肮脏的玻璃窗上流淌着一条条蒸汽。可她就是发不出足够的奶水。到了半夜,她妈妈就披上件蓝色的旧海军棉大衣,到厨房来给小毛头烧牛奶。她是个粗心的女人,常常将牛奶烧得太烫了,一下子冲进玻璃奶瓶里,冰凉的

第二章 川流不息

玻璃奶瓶承受不住热胀冷缩,"嚯"地轻响一声,就裂开了。牛奶沿着裂缝,流到油污的桌面上,又曲折地流在遍布油垢、疙疙瘩瘩的桌面上。她便赶紧从煮奶瓶的大锅里再取一个出来,这次她小心地先倒一点热牛奶进去,晃一晃,让玻璃瓶均匀地热了,才继续倒下去。然后,给哭做一团的外孙送过去。

1990年的时候,老人们和孙子辈的孩子在厨房里进出,第二代大多已经住出去了。

五、2046

埃舍尔画中的流水也是不可思议的。你看着它落下,转动了水轮,然后,水流顺着水渠流走了。你的眼睛跟着水流,看到它的确沿着水渠往下流去。但,流着流着,突然,最远最低的地方,变成了最近最高的一处,流去的水竟然顺理成章地从底楼流回到三楼,它们再次从原地落下,再次转动水轮。这是一条永动的,无穷的,不被打断的水路,打乱了你对前途和方向的常识。东风饭店的前世今生,以及在沧海桑田中那貌似荒诞,却

作者:M.C.Escher

1950年，在上海总会长吧喝酒的记者们是留在上海，目睹时代变迁的最后一批西方人，也是长吧最后一批客人（摄影：佚名）

有着永动着的内在，就像历史用了一百五十年的时间，将埃舍尔画在纸上的不可能，在上海外滩复制了一个现实。

从1950年到1953年，去上海总会的长吧喝点什么，不光是外滩式的生活，更是侨民之间互相温暖和鼓励的聚会。对职业记者来说，也是交换新闻，联系同行的重要方式。上海开始镇压反革命运动，这里更是打探有谁失踪的好地方。看到某人长久不在长吧露面，他已被共产党抓去，甚至处死的消息就在酒杯之间流传开来。

照片中的记者乔治·万（右二），就曾经被传失踪，而且已被打死。当他再次出现在长吧，惊喜的朋友们为他举杯压惊。

这是一张有趣的照片。与其说它记录了在倚靠着长吧的社交，更应该说它记录了长吧正在消失的时刻（摄影：Godfrey Moyne，1949年）

  Godfrey Moyne为它留下最后的影像，鼎盛时代的气焰已是风烛之弱。1920年代时，"班格勋爵曾经想象那是个艳俗之地，进出的都是形形色色的水手，四海为家的冒险家，鸦片贩子，白种奴隶贩子，交际花之类的人，但那里大大出乎他的想象。那地方看上去就像圣詹姆士一样安稳。长吧给他留下很深的印象，特别是在星期六午餐前，周末将至，生意繁忙的时候。那时，穿白衫的中国酒保并肩站成一排，服侍在吧台外面站得满满的会员们。吧台的一端有个九十度拐角，与外滩平行，那一小段吧台是特意为大班们留出的专区，别人不被邀请是不得进入那个专区的。"当它第一次出现在瑟金特笔下时，它已经被斩断成三节："被分割成一块块的长吧，让我想起神话中被短柄斧砍成几段的巨蛇，没人想象它那种死法。碎裂的长吧呈现出中国人的报复：它曾见证了他们在这里服务，自己却从没机会点一杯喝的。"在被分割成三段的长吧上，可以

2000年，东风饭店关闭

买到正广和的橘子水和青岛啤酒，以及绍兴黄酒。当年在一起喝压惊酒的四个男人，已星散于世界各地。乔治·万和他的妻子住在波恩。他们再也没回过上海。

  1971年，大楼改名为东风饭店，向公众开放。设有长吧的房间被改造成了中餐厅。那里供应1970年代口味浓重的上海菜：清炒河虾，松鼠黄鱼，香酥鸭，和三鲜汤。

  家中几代人都是等在外滩洋行外，兜外国人生意的老黄包车夫，终于为自己儿子的婚礼，在东风饭店定下酒席。1974年的某个傍晚，他带领全家老小，沿着正门的大理石台阶，走了进来。这里的情形令他大失所望："服务生粗手粗脚，圆台面摇摇晃晃，店堂里人来人往，一点也没有派头。"他经过酒水柜台，那是长长的，但看不出必要的三段式柜台，他不知道那就是从前这里著名的长吧。二楼宽大的洗手间即使窗户大开，阿摩尼亚气味也经久不散，还永

第二章 川流不息

远能听到哪一个马桶水箱潺潺的漏水声。从沿江的长窗望出去，透过布满雨痕的玻璃，黄浦江的风景仍旧是吸引人的，特别是当在桅杆上挂满小旗的远洋船缓缓经过的时候。风尘仆仆的铁船上，巨大的铁锚上带着黄色的铁锈，仿佛昨日再来。1910年的西门子电梯哐啷哐啷地上升或下降，在楼梯上，能看到客人半截身体，让人很容易想起第一次世界大战前的西方电影里的情形。

老黄包车夫心中升起被欺骗的不快。

在我看来，长吧的消失，更可能是废物利用的缘故。酒吧在1950年代已经销声匿迹，在漫长的中国内陆城市的拘谨生活中，东风饭店的管理者实在看不出它的前途。这情形，就像我母亲当时将她满满一箱丝绸手工旗袍拿出来，给我改制成夏天的内衣裤一样。这不是仇恨，而是茫然。那是一个不知道拿精美而百无一用的旧物怎么办的时代。那时很容易感觉到失落，但十年后，酒吧将在这里重新开张的乐观，却很需要想象力。

十年后，东风饭店的酒吧开张了，它是上海最早向公众开放的酒吧之一。有人说，它的前身，就是国际海员俱乐部时代，面向波兰，阿尔巴尼亚和香港水手的酒吧。那里可以喝到当时极珍贵的进口洋酒，最早出现在这个酒吧的洋酒，是英国的红方、黑方和人头马干邑。那时，上海人刚刚听说人头马，酒吧特意用人头马的广告词作为招徕，还郑重地定做了一圈霓虹灯，将它框起来：人头马一开，好事自然来。

那时，酒吧是暧昧的场所，没有人会轻易去那里。酒吧老板大多本着破罐子破摔的决心，才下海开酒吧。他们自觉自愿，就把自

2000年，东风饭店的酒吧霓虹灯

已划到阶级敌人的队伍里。

从这间酒吧中，传出了一个上海著名的笑话。

笑话说，有一天，一个上海暴发户，领着一大群人，到酒吧开荤。

吧女过来问："老板喝点什么？"

"老板我要开一瓶乘零。"暴发户高声回答。

吧女不明白，又问："老板要的是什么？"

"我已经说了，一瓶乘零。"暴发户看不起那个土气的小姐。连这样有名的洋酒都不知道，算什么吧女。

最后，他不得不亲自去吧台，将酒架上的那瓶酒点给小姐看。"你的业务不灵嘛。"他抱怨。

那是一瓶XO。

等我去看那间酒吧的时候，已是1990年代末。大楼里原来的单位都已搬离。政府将这栋当年外滩最高级的俱乐部大楼空出来，吸引投资。但因为房屋太旧，租金太贵，这房子的历史太奢华，一直

第二章 川流不息

无人敢来接手。竟然一年年地拖下来,至今,成了电线老化,满楼潮气的危房。暴发户和小姐都不见了,空酒架上积满了灰尘,连墙上酒吧当年的霓虹灯都坏去一半。因为是被关闭的空房子,所以我只能跟着一些从美国来的投资咨询人员进入房子。他们每个人手里都拿着一叠上海总会的背景资料,还有一个强光手电筒,因为电线系统严重老化,许多地方的电灯已经不能开了。雪亮的手电筒光柱,在昏暗的酒吧里交错。他们想要寻找瑟金特当年见到的哪怕已经截成三段了的长吧。我告诉他们"乘零"的故事。他们愣了一下,哄笑起来。有人说:"真可爱!那个暴发户,这不就是活生生的上海!这不就是广为流传的上海总会的暴发户精神!这不最适合外滩的今天!"

如埃舍尔那捉弄人的流水,砖砌的水渠一定是在什么地方接错了,才导致了这种不可能的景象发生。那么,是在哪里连接错了,才导致了这世界上最长的酒吧,在外滩发生这样的故事呢?

对比着看右页这三张照片,能看到1910年和1996年以及2000年的不同。它们如同埃舍尔瀑布里的那四段水渠,那捉弄人的流水,就是沿着那四段水渠默默流淌,然后颠覆了理所当然的世界。

1910年,它是仅接受白种男人入会的外滩最高级的夜总会。"会员们可以坐在回廊里喝着微苦的金酒,看江上过往的小舢板。二十世纪初,上海总会翻造了带有希腊廊柱的华丽建筑,那时,会员们可以住在顶楼的客房里。早晨他们可以吃到有欧洲烩饭,培根和鸡蛋的早饭,冬天还有稀饭,以及吐司面包和牛津果酱。新出版的报纸也在早餐时送到了,还都是温热的,仆人用熨斗刚刚烫过。"瑟金特的书里,这样描写了当年的上海总会。

1910年，上海总会
（摄影：佚名）

1996年，东风饭店
（摄影：B.Baker）

2000年，关闭维修中的建筑
（摄影：陈丹燕）

在另一本书里，我又读到，当年建立汇丰银行的念头，就是几个贩卖鸦片的大班在这里饮酒闲谈中诞生的。

再有一本书里，写到了第二次世界大战时的上海总会。提到传说中沙皇家唯一存活下来的小公主，不在法国，不在德国，也不在美国，而是在上海，在上海总会当歌女。老人们都不肯相信这种传说，他们说处在社会底层的白俄走投无路，最喜欢造这种无伤大雅，但满足所有人虚荣心的谣言——对客人来说，被落难的皇室服侍，是很有面子的奇遇。对俄国人来说，落难的身份巧妙地帮助他们维持了自尊。上海的1940年代，很容易就遇到一个俄国公主，或者伯爵，连说俄语的点心师傅，都不忘记标榜自己，原先是落难的宫廷点心师。

1996年，能在照片里面看到1980年代用的那种笨重的窗式空调，它正很粗鲁无知地从1910年精美的旧窗饰中探出来。一旦开始制冷，它的出水管就会不断地滴出水来，沿着窗台，沿着墙皮，留下一条发黑的痕迹。它让我想起来1980年代末和1990年代初的时候，上海许多窗台上出现过的情形。那时，人们是这样急切地需要空调，一台空调，是更好，更现代化的生活的具体象征。人们顾不上

第二章 川流不息

别的,更没想过自己对建筑这样做有多粗鲁。

多少年过去,对摩登的追求还是上海人生活的最高目标,上海人的追求仍旧带着无视传统的浮浅与热烈,像从前在街头呼啸而过的阿飞少年。

1910年的照片上就看到的雨篷,还在原处。但在这张照片上,它被东风饭店和肯德基炸鸡店的店标挡住了。东风饭店这个名字,出典于毛泽东率领中国与西方决裂时的宣言:东风压倒西风。用它来命名旧上海总会,实在是有象征意义的。对上海人来说,也很有时代特色。它意味着在精美的大房子里,坐在摇摇晃晃的油腻桌子前,吃一份刀工粗糙,加了洋葱和甜椒,用大油热炒的蚝油牛肉,或者红烧肚当。沉重的白色碟子的边缘,邋里邋遢地布满了油渍和肉汁,常常还能看到大厨留在上面发黑的拇指印。这是上海物质匮乏时代典型的餐馆景象,犹如一家破落户的生活。

1910年坚不可摧的六根希腊式水泥柱,此刻也已锈迹斑斑,1910年的钢筋在风吹雨打中,从水泥里面锈了出来。而1910年宴会厅的吊灯,却从一楼的窗户里透出了光亮。宴会厅多年以来保留了上海总会时代的传统:窗台上装饰着白色窗帘,而且以维多利亚时代的趣味松松地在两边款住。新秩序是建立起来了,但旧面貌仍点点滴滴,如锈迹浮现。

这时,山德士上校的美式微笑也出现在东风饭店店招的下方。此时,上海第一家美国肯德基炸鸡店在这里开张了。在大理石古旧的大厅里,炸鸡店红蓝白三色的招牌似乎并没破坏原来的华丽,反而为那里增添了更多的异国情调。

二、不可能的世界

我常把它们拿给美国人看,然后再说上海总会的故事。他们大都看着发笑,好像为肯德基炸鸡店在上海被如此抬举,而感到不好意思。但我并不觉得耻辱,而是觉得有趣。这便是外滩历史最真实和自然而然的痕迹:它虽然荒诞,但却提供了一个历史视野。

那里总是挤满了喜气洋洋的青年和孩子,是情人约会时吃饭的好地方,也是孩子们得到奖励时最热门的礼物。6月1日,这里更是挤满了带孩子过节日的家庭。许多孩子脸上还留着重重的油彩,眉心中间点着粗大的吉祥痣——他们刚在学校的庆祝会上表演过节目。那个时代,在门口等位的旧习惯还未在市民中苏醒,店堂里每个坐着吃东西的人身后,都站着焦急等待的人。天棚高而精美的店堂里充满了炸薯条的香味。店堂里,到处都是令人向往的蓝色、白色和红色,以及小心翼翼用薯条蘸着一小包番茄酱的人。他们坐在肯德基环球一律规格的桌椅间,三十四米长的长吧,在这里是没有意义的。他们兴致勃勃地品味全球统一的炸鸡配方,还有美国式服务的笑容,"露出整齐洁白的牙齿。"

年轻的一代不抱怨这样的变化不成体统,他们为自己能在中国的土地上就能感受到自己与世界切实的联系而高兴。那些年,有人在这里庆祝过订婚,有人在这里过了自己的十八岁生日,有人在留学美国前,将与好友的告别聚餐特地订在这里,喝着可口可乐,感受着细小有力的气泡在口腔里到处爆裂带来的微麻,彼此相约:"苟富贵,毋相忘——在美国见。"

1998年,大楼关闭,等待修复。然后,变成外滩最著名的危房。

2006年,我在美国的演讲中用到这张照片。演讲结束后,一个

上海总会时代的台球室（摄影：佚名）

温和的中年男子走过来对我说，他就是当年在东风饭店的肯德基店吃到第一顿美国快餐的。他说，他至今难忘的是，服务生将装有他点的食物的红色塑料托盘递给他，服务生兴奋而极不自然的微笑。他当时被那微笑吓了一大跳。他和服务生，都不习惯微笑，但都为这微笑感动了。"比美国的微笑实际上要真挚多了。"他对我说，然后，突然微笑了一下，"露出整齐洁白的牙齿。"

看上去，这里真是一片混乱，充满冲突。但每一种冲突，都有自己的逻辑。这不就是历史最有趣的面貌吗？历史在这里，就是埃舍尔的流水，它荒诞地流淌着，理所当然地创造不可能的连接。它可真是怪异，但眼见为实，它很雄辩。

一楼酒吧旁边的台球室被保留了下来，这大概要归功于当初被尼尔·巴伯讥讽的共产党的决定：将上海总会改成上海国际海员俱乐部。建筑也有自己的命运，但它总会展示出自己的奇妙之处。俱乐部的形式在全世界劳动人民大团结的口号下继续存在下去，这也许正是上海总会时代的台球室得以保留的原因。太平洋封锁时

PAGE（166）

2000年，东风饭店时代的台球室

1949年的上海总会大堂（摄影：Godfrey Moyne）

代，能来上海靠岸的国际海员实际上很少，这大概又是室内的用具多年以来没被破坏，也没被用坏的原因。

台球室的窗户上拉着积满了灰的厚窗帘。刚走进去的时候，眼睛几乎什么都看不见。我去拉开窗帘，马上抖出了无数细尘。要保持球桌上绿绒桌面不发黄，就要让它尽量避免日光。我猜想，这是现在仍旧窗帘紧闭的原因。你不能觉得这情形的可笑，从前的球桌不就是这样才保留下来的吗？

如今，在一团狄更斯小说里描写的灰尘气中，还能看到装饰着彩绘浮雕的天花板，只是颜色已经被氧化了。周围的深色的护壁板也还在原处，甚至还是坚固的，只是被涂过一层深褐色的劣质油漆。油漆乌糟糟的，反倒连累了护壁板的成色。钉在墙上的老式记分牌居然是照片里看到过的，那上面记录了至少三代人在这里玩桌球的分数，一代大班，一代海员——也许是个波兰人，还有一代1980年代的暴发户。可惜它不会说话，只是默默标明他们的输赢。桌子上方的吊灯位置没变，但灯已是另一种式样的灯。这是情理之

2005年的东风饭店大堂

第二章 川流不息

中的事。突兀的是天花板上的日光灯。它在这里出现，自然是刺目的，但却明明白白地照亮了时光的沧桑，让人不至于恍若隔世。

带着对1949年上海总会大厅最后一张照片的记忆，2005年，我来到已关闭八年的大厅。那天是为了迎接另一个重要的台湾投资商，房管部门冒险打开了房子里所有可以用的电灯。被灯光照亮的大堂中央，放了一把用旧的躺椅，大理石的地上还放了一只搪瓷的大茶缸。它们是守门人的家当。躺椅上还有一个小收音机，守门人平时就在大堂里半躺着，喝茶，听广播。竹片的旧躺椅，印着单位的有盖搪瓷茶缸，还有砖头大小的收音机，都是1980年代初的旧物，放在1910年大理石的大堂里，四周布满了2005年的凋零，那个书中气派的大堂，现在，更像一个装置艺术作品。

王家卫将电影《2046》中未来车站的场景选在这个大堂里。王菲就在这里，搭车去了2046年。那是香港回归中国后的第五十年，中央政府承诺对香港的政策五十年不变。2046年以后将要发生什么，是悬在人们心中的疑问。人们不由自主要联想起上海1949年以后发生的变化，害怕香港的明天，就是上海的昨天。

我站在大堂里，四下打量着，却怎么也回忆不起《2046》那个未来车站的样子。

就问守门人。

他说，搭了景，又打了灯，这里就完全变了样子："老实说，我天天在这里，都看不出电影里的和这里有什么一样。"

我猜想着王家卫的心思，既然搭景要搭到谁也认不出这地方，那为什么还劳神来借这危房拍电影，不如到电影厂的摄影棚里新

二、不可能的世界

搭一个,岂不更干净利落。他是那么聪明的一个人,这么做,一定有自己的讲究。他是在讲究一个场景所能散发出的真实寓意吗?他需要一个地方无限的旧气,和旧气中无限的可能来象征通往未来的道路吗?以他一个七岁就离开上海去了香港的人,会有对上海和香港如此意味深长的,奢侈的,形而上的想象力吗?

埃舍尔的流水,汤汤而去,又汤汤而来,真是永无休止。

第二章 川流不息

三／1∶20的纪念

半条巨鹿路，从陕西路，往常熟路方向一直到底，竟然在高速发展的经济和剧烈的城市改造中幸存了下来，而且渐渐有了从前黯淡岁月里没有的元气。如今它是上海旧城区里的一条法定永不可拓宽的街道，伤害它就违法了。

所以，在2019年的盛夏，沿着这半条老街道，走去画家贺友直故居所在的那条弄堂，我不再有前些年穿过废墟或者战场的狼狈心情。

梧桐树下，斑驳的、发绿的夏季阳光在人行道上闪烁着，蝉鸣声在头顶响成一片，这些蝉，好像它们只肯生活在梧桐树上似的，新兴街区的樟树和玉兰树上难得听得到蝉鸣声。

可蝉鸣声多么重要，对巨鹿路来说。幸而它们都一代代高高地活在巨鹿路的梧桐树上，风吹雨打都不怕。

贺友直曾经为程乃珊写的上海故事画过插图，画的都是上海市井的生活，程乃珊写的故事也是，他们惺惺相惜，是好朋友。这个夏天，他们两个人都已经作古。擦肩让过一个行人时，我突然回想起程乃珊微笑的圆脸，想来，当年她来找贺友直的时候，也这样侧着身子让过人行道上迎面而来的行人吧，她总是笑盈盈的，富态的脸上闪烁着一副大框眼镜。

今天，人行道上洒满了夏季中午斑驳的阳光和热力，贺家所在的弄堂里，谁家屋子里传来了电台经典947里的午后古典乐。如今，我能体会到这种慢慢走过一条熟悉的街道，心里安定的感受：这就

三、1:20的纪念

是劫后余生的意思吧,忍不住觉得自己有点太幸运了。

小龙花站在一幢新式里弄房子的后门口,他是贺友直的外孙,就在这条弄堂里出生长大。小时候他喜欢躲在外公画案下玩,和他爸爸妈妈小时候做的一样。小龙花的爸爸妈妈从小也生活在这条弄堂里,青梅竹马。所以,这条弄堂是小龙花全部的根,爷爷奶奶、外公外婆,以及爸爸妈妈都生活在这里。

站在爷爷奶奶家后门窄长的门框里,面对着外公外婆家的阳台,他身上散发着一种童叟无欺的自在,就像那些长长久久生在门上的把手,有被生锈的螺丝与天长地久的油垢紧紧黏合在一起的自在。在其他地方看见他,他更像一个在学校里教书的年轻艺术家,长发,清峻,长着一股子不肯合众的旧气。可在这里见到他,他还原成一个客客气气的年轻男子,穿着一双理所当然的大拖鞋,与这条弄堂绝配。

关上门以前,他遥遥一指对面的房子,"那里是外公真的房间。"

我是去看他的作品,《外公的房间》,那是一间按照1:20缩小的贺友直生活了六十多年的房间。

贺友直的家,是一间再典型不过的上海人家的房间,又拥挤又文雅,所谓螺蛳壳里做道场。

一间朝南带阳台的大房间,巧妙地布置成三个区域。一角是贺友直的画室,放着写字桌、书柜,能就着南窗的天光,也是房间里最明亮的一角。对面用衣柜和布帘隔出一间小卧室,放着贺友直夫妇的眠床,一张四尺半的棕绷床。睡了许多年,木头床架子上的浑水漆都磨掉了。当中留了条通道,通到阳台上。阳台已经封了起来,

外公一过世，我就把他的房间画下来了
（作者小龙花，贺友直外孙，上海工艺美术职业学院教师）

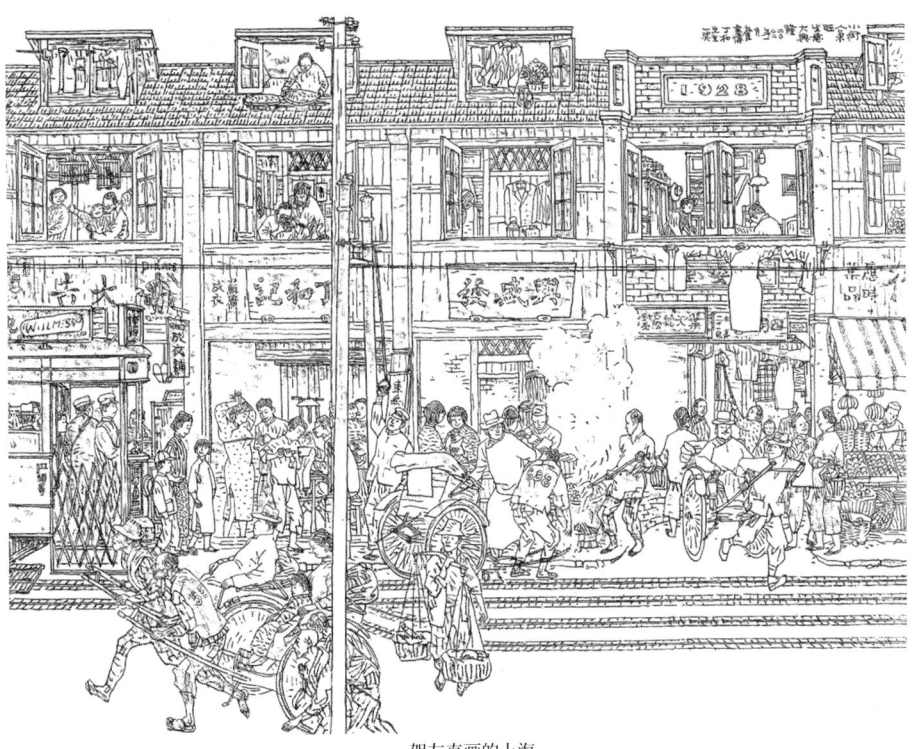

贺友直画的上海

(贺友直，上海著名连环画家，中国美术终身成就奖获得者)

成了自家独用的洗澡间。过道上放了一张可以移动的躺椅，就没浪费过道。房间靠后的门边做了饭厅，八仙桌、冰箱、电饭煲、电视机都在那里。房间门后背的衣架上不挂衣服，挂抹布。门后的墙上，天长地久的，有了一大块霉斑，从绿色的墙纸里透出来。"这里有霉斑。"我点了一下门后。

"我画出来的。"小龙花笑了下，"和外公家的那块一模一样。"

要没有过长辈过世那天塌下来了的感受，一个人大概不会明白老房子墙上那块霉斑的意义。阅历其实是岁月给人心存起来的好东西，好像麝香一样。这块霉斑和童年时代记得的一轮红彤彤的落日，差不多是同等的分量。

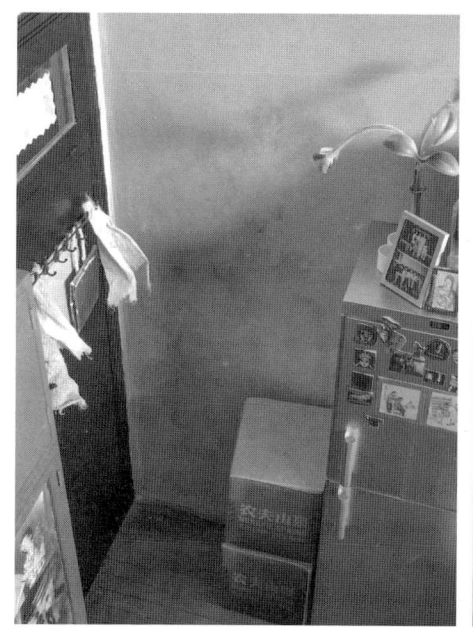

用油画方式画出墙上的水渍　　　　　　　　准备房间里的小物件

小龙花：模型厂慢慢把微缩的房间和家具送到了。家具基本上都是木头做的，模型厂的老板也觉得质感应该要还原，感觉就会真实。还有大量的家居细节。

陈丹燕：许多复刻出来的房间，或者名人故居，也许什么都对，甚至是原物，但空间里的生命力就是消失了，有种不能掩盖的死气沉沉。在这些东西没上色的时候，它们也是这样的。

可是经过你上色和摆放，它们突然变得那么真实，带着温暖的感受，让我能想起我父亲在世时候的家，他的书房，他的床，他的椅子。

我觉得你不光还原了你外公房间里边所有物件的颜色，还还原了房间里的时光痕迹和亲人生活的气氛。

小龙花：外公的屋子不是一间新房间，外公家1955年搬到这里之

开始上色

家具的毛坯

为微缩家具上色　　　　　　　　　　　房间渐渐成型

后，就一直都住在这里，直到去世。所以这是一间几十年慢慢累积形成的房间，它已经形成了自己的生命。这个家有点窄小，是很典型的一户上海普通人家的样子。

屋子里面的这些道具为什么丰富，也是因为你能看到这些的不断积累。这个过程跟上海的面貌一样。上海这座城也是慢慢由泥沙堆积而成，它也是一个积累的过程，而不是一开始就规划好的，包括上海的马路也是这样，也是多方的介入，各种各样的，外来的移民也好，原住民也好，殖民者也好，它就是一个非常复杂的，通过时间不断积累的过程。外公家也是这样的。是陈酿的老酒啊。

我们家的人小时候，包括我母亲小时候，都是在外公桌子下面的桌洞里玩的。他们也许想象桌洞是个避难所，我不知道。对我来说，它一会儿是赛车，一会儿是飞船。在给微缩房间里放外公的画案时，这些回忆自然浮现出来。我没有特别刻意去想，我要用多少感情在里面，但它自然会无息无声地浮现出来，因为每一个地方都有故事。

在桌洞旁边就是外公经常坐的座位，在做那个座位的时候，我始终在回忆他以前坐在那里的感觉，好像他还在那里坐着。

微缩的房间中，外公所谓"四室一厅"中的书房区

餐桌上的宁波人家家常食物，外公的黄酒杯　　　　　　"四室一厅"中的用餐区

陈丹燕： 复刻外公房间的气氛，颜色，光线这个过程，就是你通过一间微缩的房间，来复刻外公这个人物的过程。

小龙花： 之前，有人建议我做一个微缩的外公，坐在房间里面。我觉得完全没有这个必要。场景就是人。一个人的家反映了这个人的全部。职业，性格，爱好就组成了这个房间，房间里的布局经过那么多年不断调整，其实已最符合他的生活，所以整个房间就是外公和外婆。

我并不是在简单地做场景微缩，我是在塑造人物，塑造一个变迁中的生命，如何在他的私人空间里积累完成。所以这是一个作品，超出了简单的复刻。

对这样的上海人家，你的阅历越多，那你在丰富的场景里能发现的也就越多。

外公早年在旧货店里买了这个柜子，就一直用。我小时候没特别

三、1:20的纪念

注意过，柜子这里用一杆竹尺撑着，不让柜子的格子一点点塌下去。外公家的旧家具这么将就一下，我觉得很正常。

但是之后长大了，发现其实这种将就在许多上海人家都一样。以前人不是都缝缝补补的么。

所以我决定把这个细节也还原出来，可具体这一格的撑脚是怎么断的已经不清楚了，是我外公淘到这个柜子时就残了，还是之后外公放的东西太重压的，我没有去问过。可那里有外公的生活状态。那个尺是一把木尺，而且还不够长，外公在尺下面还垫了一块纸片。

每家大概或多或少都会有一些这样的细节吧，属于这家人自己的细节。

物件的摆放并不是没有理由的，也就是说，在一个物件极其丰富的屋子里面，物件的摆放有生活和个性造成的理由。背后都有深刻的个人印记。谁都可以自己仔细观察一下自己的家，就会意识到，没有一个物件是随随便便放在那里的。

如果仔细观察一家人自己用的家具，比如说桌子和眠床的边角，椅子背，都因为天天用，油漆就磨掉了，或者有刮痕什么的。特别是老人用了许多年的家具，上色的时候，我也把这些被磨损的地方表现出来，上完色后，用砂皮再磨掉一点，让它还原到一个被使用过的样子。

陈丹燕：这个柜子你外公从哪儿淘来的，你还知道吗？会是淮国旧（淮海路国营旧货商店）吗？离你家不远。

小龙花：我还真不知道。据我妈说，这个柜子，包括外公靠窗台的这个写字台，还有吃饭的八仙桌，是最早出现在这个家里的用具。

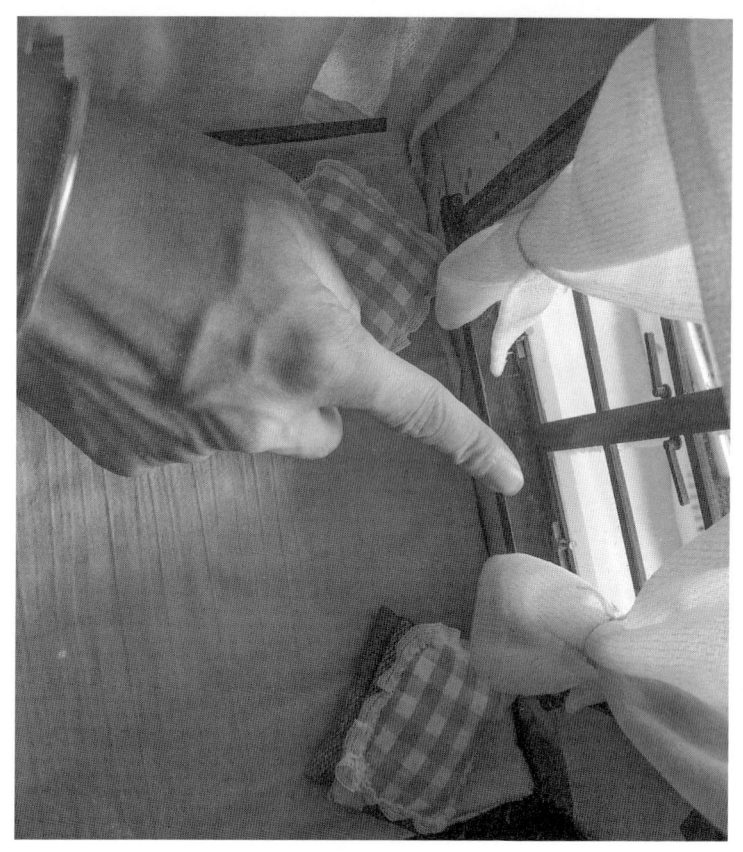

外公外婆眠床旁边的木头窗台

很早就有了,包括他们睡的双人床。那些书柜,衣橱,是后面慢慢添的。但是就是书橱,我也有了许多发现。

  这次最费劲的部分,是书橱。外公的书柜里有各种各样的书,我也是借这个机会,才得以打开了所有的门,从小到大第一回。我这才知道外公到底看了什么书。小时候我开橱门就看他的连环画,长大以后可以看到四大名著,之后我看到他作品的各种国家译本,还能看到在1980年代,他去交流时候带回的法国漫画。

  这次打开以后,我能完整地看到外公的知识体系了。我看懂了哪些资料、哪些书对他的思想产生过非常大的影响。有一年书展,外公让我

微缩的房间

第二章 川流不息

去帮他买梁漱溟的书。我当时对这位老先生一无所知,后来我才知道我外公其实也是一个对中国传统思想有很深感悟的人,而且他身体力行。

回想起来,他对我的教育,我在当时是逆反,可现在深深回到我自己的这个身体里,融入进去,成为我自己的了。

我很多学生,年轻时都会说自己父母的坏话,他爸妈怎么怎么烦,特别是管教自己的无理,还有父母的缺陷如何如何。可我知道,等他长大了,也都逃不掉和父母会一样。自己的性格里面,自己的言行里面会反映出来当年自己讨厌的那些东西。有的时候是以一种相反的方向,相反的方式,呈现出来的。

陈丹燕:看,你现在开始有宿命的念头了。

小龙花:嗯,看到了几座风车。

陈丹燕:那谁是你的桑丘呢?

小龙花:我的理智。

陈丹燕:外公眠床边上的窗台,你也特别用砂皮磨了,做出了一间许多年没有再装修的木头窗台边缘磨损的痕迹。

我记得,很多小孩子暑假寒假的时候,都跑去外公外婆家睡午觉。是不是你在外公外婆床上睡午觉,才观察到窗台被磨损了?还是直到你要做这个屋子的复刻,才发现了窗台被磨损的痕迹呢?

1987年，小龙花与外公　　　　　　2010年，小龙花与外公

还有在窗台下面的墙上，外婆贴的那些硬纸，到底是什么名字的包装纸呢？

小龙花：并不是我小时候就观察到了。小时候看到这些，都习以为常。还是因为这次创作。外公去世后，我开始细细打量这间房间。

我看到天花板上剥落的墙皮，我记得我小时候打地铺睡在地上时，看到的就是这样的天花板。现在它们还在天花板上挂着。但时光就这样流逝了，外公不在了，可挂下来的墙皮却物质不灭。

它们让我感到震动。

它们让我对外公房间里更多的细节睁开了眼睛，就仿佛这个人还生活在这个环境里面，并没有走掉。

因为外公外婆的床靠在窗台下，时间长了，床边的墙壁就磨脏了，我有时候在他们床上睡觉，碰到坑坑洼洼的墙壁也感觉不好，外婆就想了个主意，灰色的厚纸摸上去比较干净，比较滑，比较舒服，她就把它钉在墙上了。

之后上面的那些金色贴片，其实是老年人缓解关节疼痛用的膏药贴，应该叫经络贴吧，可能外婆觉得好看，就随意把它贴在墙上，感觉像一个个小金币，就变成了一个装饰。

外公有个理论，他说，一个故事成败，或者一幅画的成败，除了大的思想，其实成就画面，拯救故事的，是细节。所以我觉得，要有无数

小龙花与外公的房间

细节的堆砌，才能够把自己想要表达的全盘托出。

细节是制胜的。

陈丹燕：所以，其实你在复刻外公房间时，使用超大量的细节，这不光是因为有私人的感情和记忆，造成的难以割舍，更是认同了外公在创作上给你的指点。你宿命地认同了外公的细节观。

这样的精神上的反抗与理解，常常会发生在最受长辈溺爱的下一代的成长过程中，就如我跟我的父亲。我至今都没有确定，是因为强烈的爱，导致了在精神传承时的压迫感，引起了反抗，还是因为溺爱激发了为所欲为的权利，所以才对精神相通有了更高的要求，这样才导致了叛逆的发生。我记得自己一直都跟父亲争论对世界的看法，对社

在做外公的房间 (摄影: 黄蓓蓉)

会主义思潮的看法,对世界大同的看法。直到父亲去世后,我也是整理他的遗物(至今他过世五年多了,他的遗物我还没有整理结束),漫长的整理和阅读,让我看到一个纯洁固执的灵魂,我也在自己身上看到了他的影子,就像我现在长得也越来越像父亲了。

当然啦,一个著名的画家外公,一定会给同样当画家的外孙重要的影响。

第一张照片,你在外公身边,就是个单纯快乐的小孩。第二张照片,你开始学油画了,外公的身体语言里出现了一点教师关怀的样子,但你说这时却是你抗拒外公影响力的时期,你感到相当的压力。

小龙花: 他其实是非常严肃的人,所以对我来说,这个屋子,除了

第二章 川流不息

家人聚会时给我欢乐的记忆之外,其实很多时候,它笼罩在外公的严肃里面,我觉得压抑。

我父母对这屋子的印象也是这样的。外公画画时,他们进屋来,不能出声。妈妈说蹑手蹑脚。我小时候经常也要蹑手蹑脚,外公非常寡言,非常严肃。

特别是当我也开始学习美术,要和他吃同一碗饭的时候。外公开始对我非常严格,画了画,要拿给他看。这间房间对我来说像是考试场所,每次把画拿给外公看,都是放在桌上等着。外公可能还在干他的事,或者还在沉思。我也不敢多说几句,我就离开了。

然后,他会喋喋不休,把很多理论反复再反复,他特别固执,也可以说,他已经把自己打磨成了密度特别高的一颗金刚钻,他想用他的炼金术来锻造我。我离他那么近,这个灼烧感很强烈。

我许多时候反抗他,躲避他,慢慢我找到一套语法,是他喜欢听,而且他能够接受的,慢慢地,学到一种作为画家与他相处的方法。当时只是为了躲避,现在过了很多年,我也慢慢能够理解到我当时是有多差,理解外公对我说的那些话,到底在画画上有什么作用。

陈丹燕: 你看第三张照片的时候,你其实是从复刻房间的阳台门外面看进来的。那时候你看上去有一点吃惊,你在想什么?

小龙花: 其实当时就是玩了一下,想要有一个这样角度的照片。真的站在这个角度,就吃惊于,怎么会有一个这么小的房间,和我家对面外公的房间是一模一样的。

微缩中的外公的书桌

微缩中的外公的卧室

感觉自己是个窥探者。

也就是说我可能也不是我,也不是在这个家庭关系里的一个人,我是一个第三者,我是用第三视角去看这个环境的一个人。

陈丹燕: 那你感受到什么呢?如果你是个他者。

小龙花: 其实做到完全的第三者的视角是不可能,里面还是有很多自己的感受,现在回忆起来,发现其实外公帮到我的太多了。所以我就是也用我自己所有的能力为他做点事情。

陈丹燕: 其实每个人都会有这种感情,要等亲人离开了才会发现。遗憾是一个越来越大的洞,你找到了一个出口,非常幸运,通过一五一十来制作这间房间,更深地理解你的外公,理解从前不理解的事。

你难道不觉得,这是外公最后对你的帮助与期许。你通过做这个作品,理解了自己与这间房间在精神上深刻的联系。我觉得不是你在

微缩中还原外公写字桌玻璃台板

为他做一件事,而是他在为你最后做一件事。

我们今天看到的是一间微缩的充满感情的房间。但对你来讲,不光是感情,也是在艺术上面往前走了一步。

小龙花: 这个房间里其实包含了三个时间。日历是记录了制作这间房间的时间。在制作这间房间的7月,我观察每一个物件所在位置的时间。还有一个时间,是外公在世时的时间,桌椅的摆放,还是外公在用的。餐桌上摆着他日常吃的饭菜。房间的环境还是在那个时间里面。还有一个时间是外公刚去世之后。外公的第四代是在他去世之后才出生的,如今在玻璃台板下有很多第四代的照片,这是外公活着的时候没有的。只有家里人看,才会明白这间房间里有三个时间。

在外公房间里出现三个时间线,像三个空间一个一个叠加,比较有意思。

在外公离开以后,他常坐的那个凳子,我始终会觉得它上面留下了外公的影子,它像一个黑洞,像一个被挖走的空间。外公一直常坐的这个凳子,它的空间也已经变化了。

第二章 川流不息

陈丹燕: 时间在一个空间里的叠加,应该是有一种特别的意味,它的意味是什么?对你来讲是生生不息吗?还是生死两隔?或者说是艺术品上的时空交错流动带来的意义,如每个失去过长辈的人都会有的时空生死之隔的恍惚感?

小龙花: 就是带有很强的主观色彩。

首先我希望外公还在。还在那个凳子上用餐,所以我在八仙桌上还是摆出要吃饭的样子。

同时我又希望他再生,在他有生之年就能看到这个第四代。所以我把第四代的照片放在里面。

再有就是制作时间,日历上标出的是这个场景被还原之后的一个日子。我也不会忘记这一天,这个月份,这一年。

陈丹燕: 还原的意义在哪里呢?为什么就这么值得纪念呢?

小龙花: 这个工作给了我一次机会,让我能够真正进到那个房间,在他离开以后,与他相处。

也给我一个机会,可以借由这个工作,从我母亲和我阿姨那里听到这有关这屋子和有关他们过去生活中的很多故事。这对我来说也是一个非常大的收获。我们一直生活在一起,但这却是第一次听到上一代人的回忆。

对我们整个家族来说,我觉得也是一个好的纪念。这个复刻的房间留住了时光,留住了往事,留住了场景。我相信我们家的人,哪怕之后的一代一代,看到这种场景,都能够感受到这个场景里面的人和这个场景的故事。这是我们家族对于记忆的保存。别人则能在场景的还

三、1:20的纪念

原里,看到外公日常的生活,了解到外公这个人是怎样生活下来的。

陈丹燕: 能让你家的世世代代都看到这个房间,看到家里人怎么生活的,对你来说竟是这么重要的事吗?

小龙花: 是的,对于理解,它非常重要。

小龙花的工作室,曾经是他爷爷奶奶的家。在那里,和他一起向下望着那间将会永存的房间,那里有着一团云朵般的,沉浮着他对自己记忆的爱惜,对自己家人的祝福,这是份温柔的感情,它让我想起我父亲的家,他活着的时候,大前门牌国产香烟辛辣的臭气,他冬天穿的棉大衣,他用了几乎一辈子的二战战利品:美军单人羊毛毯,现在是我家茶几上的桌布,他的红蓝铅笔,他存着的一沓沓整整齐齐的《参考消息》。我在想,自己为父亲的家做得不够。

小龙花一一指点着房间里他留下的机关:外公家的八仙桌上放着一碗每年春天都会做的烩双菇,外公家的窗帘原本是雪白的细布,他用茶水泡了,让它们有点老气,外公家的电视机里正在播放着从前上海电视台在这间房间里做的访问,外公正在电视里介绍说:我家的一室四厅。

我是个生活平顺的作家,并不想为了写出伟大的作品去尝遍人间疾苦。但看着1995年写旧城街道的时候,满城拆迁留下的旧屋尸体,到2019年,看着一间人去楼空的房间如何永生,也算听到时代向前的脚步声中,有声音说出了"不服"这两个字。

第二章 川流不息

四 / 爬上高楼

一、2019年：金莹的历史课

金莹说起自己小时候，脸上带着一种溺爱的嘲弄微笑，就像我们大多数人回忆自己童年时，脸上会情不自禁地微笑一样。

她说起自己小时候的一桩往事。

当时住在成都路一带的老房子里，正是上海城市改造的第一个大规模拆旧，建造成都路高架的时候。有一天听说天上轰轰响的直升飞机是在航拍我们这一块地方，我和妹妹在家里将窗帘拉紧了，怕被拍到家里的情形。但是剧烈的轰鸣声响起时，我和妹妹谨慎地把窗帘拉开了一条小缝，我们小心翼翼地遮蔽着自己的脸和自己的家，但观望着天上的飞机。许多年后，我进入上海电视台，开始成为一名纪录片编导，在电视台的片库里找到当年航拍的素材，才发现一个小女孩真的多虑了，那天航拍，留下的是正在拆除的大片旧城，那时成都路还是平坦的大马路，高架还未开工，从房子里伸出的阳台，看上去就像一个个火柴盒子。根本看不见两个躲在窗帘后面的小女孩，和她们家的房间。就是我的小学操场上的国旗，都难以找到。

第一批旧城改造时，金莹家的房子正好划在了动迁街区之外

四、爬上高楼

的一条马路,她读书的小学没有了。但是,后来她的家还是拆迁了。

金莹在上海苏醒并巨变的时期长大。到了她做纪录片导演,开始拍摄上海故事的时候,她发现1992年后的上海,与1934年后的上海很相似,都表现出一种兴致勃勃的扩张活力。

"这次做的纪录片,要拍的楼包括:龙华塔、外滩气象信号台、海关大楼、沙逊大厦、中国银行大楼、百老汇大厦、国际饭店、中苏友好大厦、联谊大厦、东方明珠、金茂大厦、环球金融中心、上海中心。"

金莹和我一起画了一张她拍摄的上海天际线变化的高楼图,这些都是上海各个时期的城市制高点。她差不多都上去过了,她从天际线上打量过我们生活的这个巨大的城市,这让我很是羡慕,我也喜欢从高处看城市的那种奇异的感受。

金莹和她的拍摄小组,在这些制高点上,一起完成了他们的天际线历史课。

龙华塔是北宋时代的上海制高点,一千年了,那时我们这里是水网丰富,土地肥沃的江南,是中国最古老的稻米之乡。

然后,另一座塔来了,外滩的气象信号塔,十九世纪法国耶稣会传教士修建的,向整个东北亚发布航海气象,船进出港口的时辰,这时,我们这里是重要的通商口岸城市。

然后,到了1929年的沙逊大厦,它曾是外滩的最高建筑,也是最现代和建造精良、追求华丽的酒店。这时,我们这里是亚洲最繁华的都市,引领着城市发展的潮流:摩天楼出现了。

然后,到了国际饭店,1934年,摩天楼已成为上海重要的面容

第二章 川流不息

与骄傲。当时流传着一个故事,一个乡下人戴着草帽来到上海,走到国际饭店下,他抬头想看看楼顶,抬啊抬啊,帽子都从头顶上掉下来了,但还是没看到楼顶。

然后,到了1955年的中苏友好大厦,斯大林式建筑,它塔顶上的那颗红五星是许多年的上海红色制高点,夜晚散发出红星的光芒。这时,我们是新中国最大的工业城市。

然后,就要到1985年的联谊大厦了,上海终于又开始造高楼,而且一上手就是玻璃幕墙的高楼,与贝聿铭同时在巴黎卢浮宫设计金字塔使用玻璃幕墙,以及当时香港的最高建筑中银大厦使用玻璃幕墙的时间几乎一致,联谊大厦一建成,就刷新了上海摩天楼的制高点。它可以说标志着上海开始醒来。

然后,到了1993年,上海开始经济起飞的准备,东方明珠电视塔成为整个上海的制高点了,在浦东,先见之明。果然,浦东从此成为新的摩天楼摇篮。

然后,就是我们看到的浦东三件套,先后二十多年,件件刷新上海天际线的高度,真正的起飞。到了上海中心,它已经是世界第二高的高楼了。

金莹说,她是在一次次去到上海城市制高点的天空下,梳理了属于自己的上海简史。当她2019年,从天际线上勾连起一部上海简史时,上海超过两百米的高楼已经有超过五十栋之多,是个名副其实的亚洲超大都会。

这是一个上海年轻人那么与众不同的地方历史课。当一个人长大,离开中学,通常的历史学习就结束了。然而金莹幸运。

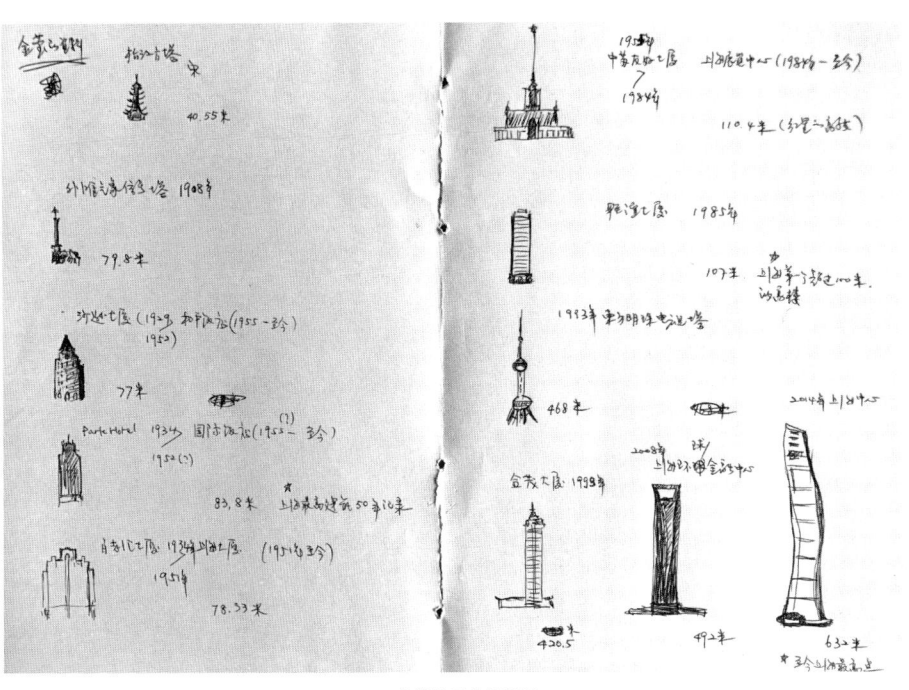

金莹的历史课笔记

　　金莹白净的脸上掠过柔和的笑意，谦恭而愉悦地接受了我的羡慕。

　　让金莹意外的地方是，这次拍摄不光是她有机会为自己创造了地方历史课，而且还让她发现了高楼上的时光机，让她能穿越到历史尘封过去的时光机。她的时光机不是安徒生童话里的木鞋，而是上海的天际线：

　　龙华塔只有四十米，但却是从北宋以来，上海几百年来的最高点。文人们和和尚们才能去到塔顶。许多时间，他们看到的是江南的田野与小河。等到我上去时，已经在龙华各种高楼的包围之下，好像一个小平台了。但是，我还是能看到龙华古塔上的飞檐，感受到塔顶的微风，当看到下面临近的龙华寺，黄灿灿的大殿屋顶旁边，有人在烧高香，求平安。有

第二章 川流不息

人举着正在白烟袅袅的线香，小心翼翼上着台阶。有人双手合十在大殿前祈祷。啊，北宋的时代也许人们也是这样祈祷的，求平安的生活，求得到庇护的心情，现在也没有什么变化的吧。

我很感动。

还有一个令我感动的楼顶，是国际饭店的顶楼。在历史资料里，我看到一些太平洋战争时期留在上海的外侨的回忆录。日本人轰炸闸北，炸掉商务印书馆的珍本图书馆和印刷厂的时候，有人特地到国际饭店的天台上去看。其实天台朝北的地方，视野并不开阔。但是在烟囱的缝隙里看到闸北的时候，我能强烈地感受到1932年遮天蔽日的黑烟，也许夹杂着随风飘来，源源不绝的商务印书馆珍本的灰烬。上海被迫停滞下来。

我很感慨。

第三个地方，是上海大厦顶上的两个平台。两个平台，一个朝西，一个朝东。当年上海将要开放的前夕，到访上海的重要外宾都会去朝西的平台上观看市容，比如为尼克松访华打前站的黑格将军，还有法国总统蓬皮杜。上海从不引他们去朝东的平台，因为它面对浦东，当时那里什么也没有。现在，我们去拍摄时，首选是朝东的平台，因为那里可以拍到浦东的高楼群，6点钟亮灯的那一刻很震撼。我在两边的平台上拍摄，到傍晚6点钟的那几分钟，整个城市突然亮了灯。好像城市的另一个时空被突然打开了，洋溢着与日出时刻非常不同的生命力，更加属于城市本身的活力。

晚上6点钟突然出现在我面前的璀璨城市，让我感觉震撼。

我让金莹说一说，她在上海一千年以来的天际线上，观看上海的体会。

四、爬上高楼

一开始做纪录片时特别强烈的一个感受是，上海1930、1940年代的城市气质和已经过去的二十多年的上海城市气质特别像。有一批高层建筑出现，而且还有种互相竞争的感觉，整个城市的活力，不管是主动还是被迫，确实有一种被赶着往前走、往更高发展的态势。

但是纪录片做到后来时，又发现，其实之前1930、1940年代的那批高楼，也并不是那种为了高度争得你死我活的样子。比如沙逊大厦、中国银行大楼、百老汇大厦、海关钟楼，这几幢楼的高度几乎是差不多的，有几幢最接近的甚至只有0.3米的高度差。

所以，我就突然发现，其实这一批建筑，与其说它们是为了追求高度而存在，不如说追求的是彼此的独特。中国银行大楼虽然高度没有沙逊高，但它是外滩唯一带有中式建筑的元素；百老汇大厦虽然也没有国际饭店高，但它是外滩唯一可以看到浦东浦西两岸江景的建筑。就是这种和而不同的气质，其实才是这座城市的气质。而现在浦东三件套身上，其实也是能看到类似这种的体现。

在金莹看来，她看到的是上海的基本精神：那是一种包含在无限动力里，和而不同的宽容。

二、2012年：柴猫找到的密码

七年前，2012年，有一部微电影在上海国际电影节期间完成并放映了，题目叫《天台》。这部微电影记录了上海一个叫"看天台"

第二章 川流不息

的兴趣小组，去上海高楼顶上看上海的经历。金莹是这部微电影的编剧，在电影里穿着一件灰蓝色的衬衫。电影里还有一个小小个子的女孩子，每次都是她用密码开门。

这个女孩就是柴猫，兴趣小组的发起人。

2012年时，柴猫突然发现自己渐渐喜欢上了去高楼顶上。然后，兴趣小组就成立了。其实也不过就是几个也喜欢上天台的年轻人。

那时候，上海新建了许多超过二百米的高楼，是全中国摩天楼最密集的城市。上海的年轻人里面，渐渐出现了"爬楼党"这个词，用来形容用各种手段去爬大楼的年轻人。有人是从里面上高楼天台的，这些人通常留在大楼里面，为了拍摄到好照片。也有人是要爬到外面去的，好像一种极限运动，即使是不当蜘蛛侠，也会把双腿荡在大楼顶端的天台边缘，拍一张令人心跳加速的照片，寻找的是刺激。很快，上海高楼的物业就发现了，纷纷加强管理，锁掉通往天台的门是最常见的手法，不让外人去楼顶。爬楼党为所欲为的日子就这样结束了。

但是，柴猫却在一部描写纽约的电影里学到了寻找密码的手法。她是从电影里送外卖的波多黎各人那里学来的。当她想好了，要跟兴趣小组的人一起去哪栋大楼之前，她就会去站在大门口，等着看别人按密码。要是看到面善的人，她也小心翼翼地问一下密码。她自己就是个面善的人，生得又娇小，所以，密码不是问题。

不过，她去天台，从不爬出去，甚至也不怎么拍照，特别是不拍那种全景的大片。柴猫去天台，就是为了看一看。不知是不是这个

柴猫的天台

第二章 川流不息

原因，在微电影里，她好像就是那个负责按密码的人，听到门锁咔哒一声开了，她白净的、鼓起的额头上开心地浮出一抹粉红色。然后，就混入兴趣小组的人群之中。

有一次，她看到天台上，有个老先生用各种坛坛罐罐，种出了一个小型的植物园。那些花草小树，都是寻常的植物，活在各种各样的花盆里，瓦罐里，甚至用旧的铁锅和面盆里，但是那个老先生把它们养得鲜活。她跟老先生一起去看他的花草，还去看了他用一只大米缸沤的有机肥，臭得要死，却充满了生活本身的温暖。

有一次，她在靠近雁荡路的天台上看到了雁荡路和南昌路上的行道树顶。那时还是早春，从街面上看，那些梧桐树都还是黑秃秃的，可是从天台上望下去，却已经能看到一些最初的绿意，一种带着鹅黄色的绿意。上海的春天常常被都市繁忙的生活和商店里明亮的灯光掩盖，等人们意识到春天来了，常常都是在一个穿不住毛衣的午后，人们的身体总是比眼睛先感受到暖意。而在天台上，柴猫却是在寒意重重里，先看到了树顶离太阳最近的地方，绿色出现了。她说自己爬在天台上，被突然发现的那轻轻的绿色安慰了。

在别人家的天台上，她总是被居民问，这里有什么好看呢。她也就胡乱回答一下，说，呵呵，也就是看看而已。

女人们有时在天台上晾衣服、晒棉花胎，拍打地毯，看到他们走上来，总是关照他们不许弄脏她们晒的衣物。但是也不是所有的中年妇女都由于对生活失望，而没好声气。也有人引她去看自己喜欢的风景，甚至跟她谈谈生活。

柴猫天台上的小青菜

第二章 川流不息

柴猫也有自己难忘的风景，那是一个屋顶的菜园子里，在一只废弃的立柱台盆里，种了满满一盆鸡毛菜。"正好够炒一碗鸡毛菜。"

在上海长大的小孩，个个大概都知道在春夏之交，晚上的饭桌上，一碗清炒鸡毛菜的含义：那就意味着安稳而日常的生活。

"我小时候住在胶州路康定路附近，我家住在一栋老房子的三层楼上，就在我家的屋顶，一直能看到外滩那些楼，甚至在一个角度，还能看到一点东方明珠。"柴猫说起了她的小时候，1990年代的时候，她家的房子被拆掉了。等她长大，从父母家搬出来，又选择了老房子的附近住。

虽然原来的家已经没有了，弄堂也没有了，可还是想住在那里附近。

她似乎也是在找一架时光机，让她能回到小时候的生活里去。她走不回去，所以她走到天台上去了。

"我对新大楼，特别是办公大楼的天台几乎无感，而有居民住着的大楼则不同。那水斗里养着的鸡毛菜真是难忘。"这是她在天台上看到的。

我给她看另一个加拿大女孩在新大楼上拍摄的天台，一张是东方明珠顶上，另一张是静安寺附近璀璨的大楼外立面。我喜欢那些照片里，年轻一代对上海未来感的明快心情，新了又新，永远不夜的面容，和永动机般，勇往直前的生命力。那是一种上海勇往直前的精神与一个年轻人心中对自己将来期许的重合。

柴猫却不太在意这些让我震动的新意。她也喜欢读科幻小说，喜欢上海新式摩天楼表达出来的科幻感，但她更接受科幻世界里

四、爬上高楼

对人的蔑视，人的孤独。

而她的天台，是水灵灵的鸡毛菜带来的，对一张晚餐方桌的联想，是与这个城市更多的体己。

我想起1990年代时，我跟我的朋友一起坐出租车经过城市高架路，去外滩。暮霭沉沉的城市里，一条条人去楼空的街道，拆到一半，露出搬空房间内部的石库门，那被多年衣衫摩擦，而变成了褐色的楼道墙壁，窄小卧室墙上留着的篮球明星照片，与极目远望时浮现在城市半空中的，此起彼伏的众多塔吊，以及敞开着卡车箱，在城市道路上横冲直撞，一骑绝尘的大型土方车，我们曾默默看着它们，然后说，这大概就是乱世的景象吧。

我想起1980年代时，我跟我的朋友晚上常常一起骑着车，在旧城街道上闲逛。夜雾缭绕在街道上，灰蓝色，宁静而惆怅。旧法国租界的旧房子散发着如豆的温暖灯光，以及电视机传来的电视连续剧片头曲，万人空巷的《上海滩》，但那时我们都不屑追这个剧，因为它是香港人想象中的上海，而不是上海人心目中的上海。我们这一代人经历了城市的巨变，我们以为自己的家园没有了，这已是我们为城市发展付出的代价了。可是不曾想到，付出代价的时间远未截止。与我年纪相隔二十年的柴猫，这一代人并不如我想象中的那样，是新城市的新人类。

他们在童年家里的窗帘后听到了巨变的声响。

他们在失去了少年时代的家以后，渐渐也开始了他们的寻找。城市里的生活此刻已渐渐失去他们儿时的模样，成为他们成年后

第二章 川流不息

的战场。这给他们的寻找带来了另一种意义，类似彼得·潘的故事。

在街上找不到时，他们就找到天台上去了。但这也不容易，需要密码才行。

三、2015年：余儒文爬高楼

年轻的摄影师余儒文在开始拍照的时候，就打定主意，要拍好自己生活的城市上海。他在上海第一人民医院出生，因为他妈妈就在医院工作，所以他也算是在医院长大的小孩。他心里有个口号：总有一天，我要讲自己的世界给你听。这个讲述的方式就是他的照片。这是个有志向的人。

什么叫拍好了自己的城市呢？和所有开始创作的人一样，作家，艺术家，摄影师，设计师，

余儒文的世界,自己与一百五十年的上海建筑

第二章 川流不息

包括一个舞蹈演员，在开始自己的创作生涯时，心里都会有这样关于"好"的疑问。余儒文也是这样，他心里有个标准，但是它还是一条活泼的鲶鱼，他几乎认识它许多年了，可是他就是抓不住它。

在城市里拍摄了两年多，他心里总觉得自己的照片有什么地方不对劲，差了那么一口气。这时，他看到了有人在浦东的高楼上拍摄的上海，辽阔的画面里，上海呈现出它壮丽的人造景观。高空中静静呈现的，那借着切风口鸟儿般的角度震动了他，因此余儒文也决定去爬楼。他成了上海爬楼党里面的一员。

他在楼顶上看到了两条细细的，但闪亮的河流。一条是苏州河，他出生在它的河畔，他记得自己小时候，河水还是黑色的，散发着泥滩的臭气。另一条是黄浦江，他在它的河畔长大，从一个喜爱晚上6点钟收看奥特曼的小孩开始，直到成为一个仍旧非常怀念奥特曼的成年男人。

一个生机勃勃的城市，也是一个喜新厌旧的城市，在他面前铺了开来，一直铺到天边，黄浦江向大海流去的方向。

在摩天楼的间隙里，他能看到还有一小块一小块的旧里弄，旧房子，旧街道。但是很可能下次来，就看不见了。

但是高楼却是不停地冒出来。按照一句江南烂熟的比喻，真的只能是"春笋一般地"冒出来，咯咯有声地日长夜大。也只有在江南成长的人才真的知道这"日长夜大"的含义，雨后春天，漫山遍野都会长春笋，夜里山野里，彻夜不息的声音，就是春笋拔节长高的声音，一周时间，春笋就长成一条竹子了。上海没有春笋，上海的春笋就是那些摩天楼。

四、爬上高楼

从天空上看高楼的诞生，就像在B超前看一个胎儿在子宫里的成长一样，先是骨骼，闪闪发光的钢结构，细小如同血管一般的细部，但它们已经有了自己的生命力，孕育着一个肌体。然后结构封顶，调试电力时通常是在夜里，灯火通明时，生命力带着对将来可预期的期待，闪烁着跃跃欲试的光芒。然后，才能看到它到底长成什么样子，有时它突然变得很丑。那时候，余儒文就会为上海感到特别惋惜。

"不值得为了这个丑新而牺牲了原来的旧房子。"余儒文这样想，要到好几年以后，他才意识到，对自己生长的城市的认识，从自己长大的几条街道，到能像鸟儿那样俯瞰，他是在爬高楼，放宽自己的视野，也辽阔自己的感知力的过程中，渐渐完成的。高楼让他望得辽远，

他因此成为一个心中也有一个全景照片的摄影师。

2015年时，浦东的上海中心正在建造过程中，钢结构已经造到632米了，那里是上海的最高点。所以，他就去了上海中心。

第一次去的时候是4月，街上已经有姑娘穿短裙了，但是楼顶还很冷。他在楼顶上看前两年去的金茂大厦，它那光芒四射的楼顶，如今在他脚下，隐现在薄薄的雾霾里，像一只站在地板上的小机器人。它霎时变得小而精致，好像一件玩具。到了晚上，金茂大厦旁边的环球金融中心通体透明，它的玻璃幕墙倒映着闪闪发光的城市，好像一把英国神话里的长剑。

"没有比在那高处，站在脚手架上观看上海，更能让人感受

第二章 川流不息

到这座城市正在爆炸式发展的了。上海正在以全球其他国家所没有的速度变迁、膨胀。"余儒文为自己在这时成为一个目击者而感到幸运。

他从未被这样急剧起伏的天际线景象和速度推动,好像也在跟着这座城市奔跑,几乎不能休息。

在4月到6月这三个月里,他先后去了上海中心顶楼七次,为了看到早晨的日出,为了看到晚上的日落,为了看到傍晚6点钟整个城市被灯光照亮的片刻,也为了看到凌晨城市路灯熄灭,城市在晨曦中渐渐醒来的那个片刻。他不停地按动他的快门,他同时用几架相机一起工作,他觉得自己一直在奔跑,努力追赶上春笋生长的速度。

"但是我内心却充满了充盈的感情,并不浮躁。"余儒文也观察到在楼顶上,自己平静的心情。他觉得这也是脚底下的城市教给他的。在镜头里捕捉城市的细节,像观察一个人那样观察它,他常常为眼前看到的情形感动。"有一个早晨,太阳升起来了,照亮了整个城市。延安路高架上已经开始繁忙起来,一百多年前,它还是一条小溪流。然后我看到上海中心长长的阴影,一直指向了石门路那里的高架路桥墩,那里的桥墩上包着一条飞舞的龙。"

这是个许多上海人都知道的传说。传说修建城市的第一座高架桥时,桥墩在这里怎么也打不下去,还是玉佛寺的和尚指点了迷津。这条龙就是护佑上海来的。

在这样的早晨,余儒文感受到了自己与上海深深的联系,那是一种近乎神秘的血缘相关性,一种休戚的相关。所以他的照片里出现了一种全景照片难得的情感,一种壮丽而温柔的感情,有时甚至

余儒文作品《皇冠塔》

也有着怜惜和感伤。这样,他开始找到了自己的独特性,就是自己想要的那个"好"字。他不光被震撼,也给予了自己的感情。

他在一个黎明时分拍摄的上海中心顶部,那张照片获得了2015年美国摄影学会的摄影比赛铜牌。

他成了上海爬楼党里面,最有名的一个。

我问他,知不知道当年他睡过一晚上,等待日出的地方,现在已经向公众开放了。在那里,每日都循环播放一首委托法国音乐家创作的曲子:《上海一日》。在那一层放置着一只叫做阻尼器的大钢球。浮游的大球,每当大楼晃动,它就会按照物理的重力原理滚动,帮助高楼在晃动中保持平衡。他说他知道,但是没有再上去过。

他说他有一种奇怪的感情,他再也不想去那里了。

"这是一个造就城市影像摄影师最好的年代。"无论怎样,余儒文都明白自己的幸运。回想在上海中心未封顶的那三个月,他

第二章 川流不息

一有机会就去工地，他知道自己这次是在对的时间，去做了对的事情。而且，他明白自己生对了时辰，这上海巨变的时代，正是属于他的。随着时光推移，余儒文再回忆起2015年的春天，在高楼之巅的经历，拼命拍照、短暂的夜晚、饿醒过、冻醒过，4点钟看着不夜的城市等待日出，看到彩虹横跨天际内心的感动，看到乌云排山倒海而来时，感受到的自然的强大。而人造的城市更强大，它在风霜雨雪中，始终熠熠闪光，充满向上的力量。而上海中心顶楼，就是这座城市头顶上的皇冠。"回想那些日子的所见所闻，在镜头里静静看到的一切，我心里有种难以言喻的幸福。我跟我的城市的感觉，就是幸福的感觉。"

他人生中第一张重要的照片，名叫《皇冠塔》。

四、2019：桑桑的片刻幸福

几乎我访问的所有人，无论是蜘蛛侠，还是摄影师，抑或没什么明确目的，只为了消遣的爬楼党们，他们彼此并不认同，甚至自己也并不完全认同自己的一切。其中，摄影师们与蜘蛛人几乎不共戴天，大多数摄影师会驱赶在场的蜘蛛人，因为他们的亡命徒行为会招来保安对楼顶严加看管，压缩城市影像摄影师的空间。

但在2016年后，上海摩天楼的楼顶还是被越来越严格地封锁起来了。

而摄影师们自己，对城市高空中的呈现，也是各有不同。这种

空中之城

分化也是自然。

但是，几乎每个人提到在楼顶的感受，都不约而同地使用了同一个词：避世。

甚至在照片中呈现出最明亮单纯的乐观姿态的年轻女孩馨宾，也在接受记者访问的时候，提到大楼下面的生活有时过于喧嚣，在楼顶上，能够找到片刻避世带来的宁静。

有人在楼顶上感觉到了自己心中埋藏着人类的古老愿望：像鸟一样从高处看世界。所以人类从没有放弃到高处去的努力，自己也是这样的。

有人说到了从镜头里看到城市全景时，内心受到的鼓舞："你看，"他劝说自己，"那么多拔地而起的高楼，看它们向空中探去，那么的不服输。它们能做到，你也可以。"

第二章 川流不息

有人说到爬楼与爬山的不同之处：山与四周的自然融为一体，所以人只是去天人合一的。而高楼与自然有种对抗和征服，在楼顶上能感觉到人的伟大，高楼的伟大，钢铁森林的伟大。如果这时敢于将自己的身体轻易挂在楼顶边缘，这种征服感，可以超越被摔成粉身碎骨的恐惧，成为片刻的人生追求。"如果不幸摔下去了，"他耸耸肩，"好吧，重力原则。"

余儒文说到了他在取景时，从镜头里找到了宁静。在取景时，他通常会花许多时间，让自己体会这个庞大的城市，让它已有的结构和线条，慢慢在镜头里就绪，得到自然而有结构的呈现。这是个细致的创作过程，看似庞杂的全景里，感情与历史的脉络会渐渐出现，他的心也随之静下来，变得柔软和敏感。这是他在楼顶上最大的享受。

柴猫说到了她在高楼之上，总是发现城市和街道，都变得比在楼下感受到的更美。她总能发现行走在街道上的时候不能感受到的美，而且被它打动。

金莹分析了这样的感情，她觉得，人们因为爱这个城，才会希望从不同的角度去了解它。当看到它不同的面貌时，才会激起心中新鲜的爱意。

几乎所有的爬楼党人，心中都抱有一小块飞翔于日常生活之上的心愿。桑桑给我看了一张她在楼顶拍摄的照片，我爱上海。

她最初喜欢上高楼，是想要看到不一样的城市面貌。后来她发现，自己在天台上的时间越来越长了，有时会随身带些吃的喝的，在楼上看风景，慢慢再变成与风景对饮一杯。

桑桑感激的人是建造上海最高点的一个建筑工人，一个与父亲相仿年龄的人，一个沉默着工作的人

特别是在喧嚣的战场里，心情难免晦暗的时候。

桑桑是个独生女，经历了父亲突然离世的打击。父亲突然离世时，桑桑正在国外旅行，回到上海后，她被加倍的孤单和秘而不宣的愧疚紧紧锁住。

桑桑在一个楼顶找到了安慰。

她上了海陆大厦的楼顶，在那个空旷的地方，看到下面的城市。城市在生生不息。市声浮了上来，"偶尔的车鸣，黄浦江上的汽笛声，天上飞过的鸟叫声，远处工地正在建造各种大楼的声音，路上楼里，从高处看去，各种咪咪小的人，都是一份生机勃勃，努力前进的景象。"街道上，人来人往，车来车往，因为离得远了，它们显得缓慢而安静，即使看到有人奔跑着越过正在转成红灯的街口，他的身影也显出了一种孩子气。桑桑写下她的感受。"看到这些，想

我爱上海

四、爬上高楼

着自己也要努力继续生活下去。"

远远地，透过别人家常开的窗子，看别人家的日常生活。大多数人无法意识到有人从高处看自己，所以，他们以一种不设防的姿态移动，喝水、更衣，显露出令人怜悯和感动的内在故事性。

远远地，城市的边缘被雾霭笼罩，阳光有时穿过它，就像被人形容的那种万丈红尘。但此刻却更能激起桑桑心中的另一种更为贴切的感情。她的避世里有种对人生创痛的隐忍。

桑桑说，每次这样在天台上待几个小时，都会觉得自己还是很爱这座城市的。避世有时是获得一种被擦洗干净，并安放整齐的爱。

她是这么多人的高楼照片里，最喜欢将自己与高楼天台拍在一起的人。在她的照片里，天台好像是个朋友一样，总是站在她身边，她在微笑。

上海的年轻一代，他们不再

第二章 川流不息

像我们这一代那样,骑着脚踏车,穿梭在写满"拆"字的旧城街区里。他们是去爬高楼。像上海这样的城市,要爱它的精神,而不是它的物质,本来就是不容易的事。要找到可以爱它的理由和方式,也并不容易。所以,在三十年前,在它沧海桑田般巨变的街道上漫游的人,用田野调查的方式来找自己的爱。现在的人,则用瞭望它爆炸般冲上九霄的天际线来寻找对它的爱。

五 / 2019年的咖啡闲谈

高明是个温文尔雅的四十岁上海男子,可以说他有点传统宁波人的长相,可他却让我想起比亚兹莱画片里的奥斯卡·王尔德。

他最早的咖啡记忆,是外公家里的咖啡糖,有人也叫它方块咖啡。看上去它像一块硬糖,被一张印满了咖啡豆的玻璃糖纸包着,但外公却是将它在热水里化了,当咖啡来喝的。那天,我们在一张长条桌子上喝茶,吃农庄主人自己风干的柿子,由一块咖啡糖说起了咖啡。

他先前是侧脸,听爽朗的戴踏踏说话。

踏踏正在说如何精心选择世界上优质咖啡豆,谁家出产,谁来烘焙,如何用手工萃取,到底是深烘的豆口味更酸,还是浅烘的豆口味更酸。踏踏还提到了瑰夏咖啡的矜贵和口感丰富。可还有比它更贵的,因为稀少。"全世界都等着那一小块地方,那几棵树上结的豆。大年时还好,小年更紧张。一粒咖啡豆等于二十元人民币哦,所以打豆的时候,掉在地上一粒,我都去拾起来的。"这些精微的咖啡知识,被踏踏理直气壮地说出来,有种不能质疑的嘹亮,整个时代给予的嘹亮。

"我最常买柏林Bonanza咖啡馆'白鲸咖啡'烘焙的豆子。因为喜欢活泼酸度和明亮果汁感,所以偏好肯尼亚产区的咖啡豆。"踏踏说,"一个geek呀,当然也考究生豆的不同处理方式,水洗、日晒,还是橡木桶或者厌氧蜜,都会让人想一一尝试下。"

这样的知识,我这代人真是没有。我这代人对于咖啡的认识,

第二章 川流不息

除了奥斯曼人所说的"思想的牛奶",十九世纪末上海人所说的"咳嗽药水",就是那令人想入非非的香气,那种始终幽浮于1970年代上海日常生活之上的香气。但是这种咖啡的香气却是1970年代日常生活里的精神。

踏踏是网络美食节目的制片人,对中国各地的食物见多识广,当然对世界各地的咖啡也是这样,她真的是喜欢咖啡。从上海的质馆咖啡馆开始认识精品咖啡,是2012年左右,那时她还是个年轻的撰稿人。

"哈哈,上学的时候,我有时去当时的真锅咖啡馆,日式咖啡,感觉很高级啊。"她脸上笑着,即使是她这样的三十多岁年纪,在上海生活着,也有了回望时光奔腾而过的心情,"那时候年轻,只觉得,手里握着一只星巴克纸杯咖啡,一手拎着一只电脑包,匆匆走在早晨的街道上,很有都市感,啧啧,年轻的白领,要去日理万机。现在我不到不得已,就不喝星巴克了。"

"最近出门,突然有了个发现,现在所有咖啡馆门口条凳上都坐着自拍抽烟发呆拗造型玩手机的人,就是没在喝咖啡。这大概是现在最流行的盲目的、周末大型的集体行为艺术了。"她接着说,"其实没什么不好的,就和我们健身自拍一样的,开心就好了呀。别以为我在吐槽,我不反感他们的。咖啡馆本身也不是纯粹喝咖啡的地方,以前是写作、社交、商务,现在是自拍、互拍。现在咖啡馆的设计都喜欢在门口放条凳,门口的窗下肯定要有位子的,方便大家自拍和互拍,啊哈哈哈。"

仔细想想,这代人总还是把咖啡当成某种生活中仪式的

五、2019年的咖啡闲谈

创造物的。

高明一团和煦地倾听着,可突然就提起了咖啡糖。

"啊,那是上海咖啡厂出产的。"他一提及,一桌子的人就都想起了在天山路附近的上海咖啡厂。它原本是一家德国侨民在上海开的咖啡店,慢慢演变成了上海的一家咖啡厂。"现在它还活着吗?"桌上的人谁也吃不准上海咖啡厂的命运。

"它们家出产一种装在矮胖洋铁罐子里的咖啡粉。"其实这是一种云南咖啡。

"咖啡糖。"其实这是一种速溶咖啡。

"麦乳精是它家的吧。"其实这是如今大家已经认识到的可可粉。到了梅雨季,即使把盖子盖得很紧,打开时要用铁勺子柄来撬,里面的麦乳精还是受潮了,结成了坚硬的一团,用铁勺子都敲不碎。

"我这辈子都不怎么喝咖啡。不过,就知道家里面,祖母可以在一只铜吊里煮咖啡,就是祖母又拾回她从前过惯的日子了。"向扬比高明要年长一些,她正在给大家分栗子蛋糕吃。红宝石的栗子蛋糕是上海人喜欢的口味,香甜沉重。她从前在延安路上第一栋玻璃幕墙的联谊大厦里上班,是德国一家航运公司的雇员。在汉堡港口,她见过第一节上海地铁一号线车厢装入中波航运公司的情形。待到向扬渐渐成为一个喜爱在黄昏时分从外面望自己家灯火通明窗子的中年人,上海的地铁已然是全世界最长的地铁网了。她祖母一直喜欢喝咖啡,她父母一直喜欢喝咖啡,他们都在自己的时代里久久不能放弃这项爱好,她在自己遍地咖啡馆的时代,却已经不在意它了。

第二章 川流不息

这个下午，我们集中到向扬朋友的农庄里吃新米做成的菜饭，又吃了阳澄湖的螃蟹和厚百叶蒸咸五花肉，全都是青浦本地的口味。在长桌上远远望向农庄里的田野，晚稻都收了，田野露出了褐色的土地，只有一只白鹭摇摇摆摆地在那里走着。这片田野算是古老的江南稻田了，人们在这里已经种了几千年的稻米，所以这个农庄名叫老谷仓。

这个镇，早年是在繁忙的水路上，它也出产玉米，不过在这里，玉米被人们称为番麦。这个镇上出产的西红柿，被称为番茄。我们玩笑地猜想，是不是咖啡早年在这里被称为番茶。

这些年来，上海从未停止过沧海桑田的奔忙，所以，轻易一个闲谈，都能勾起许多回忆里的涟漪。

高明是上海交通大学学机械的工科学生，如今却是罗德传播集团高级副总裁，大中华区奢侈品业务董事、总经理，他的客户都是这些年蜂拥进入中国市场的世界奢侈品牌，从手表里的江诗丹顿，到酒里的轩尼诗，以及珠宝里的卡地亚。他算是空中飞人。所以他不能像踏踏那么讲究，连在办公室喝的咖啡都自己冲，而且自备了一套咖啡具。他大多数时间都用办公室里的咖啡机，用一粒咖啡胶囊做咖啡喝。听到踏踏说起，早晨在路上手握一杯星巴克的时候，他和气地说，有时候，也是真需要在路上醒一醒，对如今在上海的上班族来说，咖啡还是承担了重要的日常功能。

他坐在长桌的另一头，当他第一次提起胶囊咖啡机的时候，我听成雀巢速溶。其实我自己从来不用咖啡机，在旅行时才用胶囊机做咖啡。所以，记忆里雀巢咖啡的褐色玻璃瓶出现了，那是最早在淮海中路的第二食品商店里能买到的外国咖啡，雀巢速溶咖啡的瓶子，配着咖啡伴侣一起。其实，高明说的是更好口味，更新式的胶囊咖啡机。除了不能按照自己当天的需要来做一杯咖啡以外，胶囊说得上是完整的了。

"说起来，还是胶囊咖啡的口感最稳定。我不用猜想，就知道自己能喝到什么。"高明说。所以，他能体谅那些现在也是早上手握一杯星巴克的人，不光是职场英雄的感觉，也是职场战役之前的热身。

"当年你外公也喝过雀巢速溶咖啡吧？"像外公那样的年纪，从上海咖啡厂的方块咖啡过渡到1980年代最早进入中国的外国咖啡，真是再自然不过的事情了。

高明说，家里煮开咖啡糖的铜吊子，在外公外婆去美国探亲以后就不用了。"他们带回来虹吸的咖啡机。"

一晃，竟然就是沧海桑田。如今上海已经有了超过两千家各种各样的咖啡馆，可生活里不再需要上海咖啡厂的咖啡糖和麦乳精了。

高明不像踏踏那样挑剔。踏踏提到了质馆，提到了芦田家，比较了同样是日本夫妇经营的手冲咖啡，鲁马滋咖啡馆和芦田家咖啡馆的不同。"我更喜欢芦田家的口感。"还有白鲸咖啡烘焙过的各种奇奇怪怪小众的豆子。

高明提到了安福路武康路口的马里巴昂咖啡馆，2005年就开了，在上海此起彼伏开张又关张的咖啡馆里面，它算是老牌了。

第二章 川流不息

要是有时间,约朋友见面,或者想要去遇见什么人,他就去马里巴昂。

"它算是上海最早的街角咖啡馆。"说起咖啡馆,真的没踏踏不知道的,而且她也喜欢去那里。

"说起来,它家的咖啡没什么特别的,食物也没什么特别的,装饰也没什么了不起,可就是让我觉得亲切,觉得气氛跟我合拍。在那里也许能遇到许多时间都见不到的朋友。"高明说,"也许是因为去得久了,习惯了,对它也有了自己的回忆了,就觉得舒服。"

到了2019年秋天,晚稻都收割起来的时候,咖啡意味着什么呢?

向扬说,咖啡意味着久经波折的祖母家,爸爸妈妈家,自己家,又在那喷香的气味里回到了安稳的轨道里。所以,她最喜欢的,是站在外面看自家窗上的明亮灯火。她知道那灯下是她喜欢的蓝色沙发,沙发上坐着她爱的人,食物香气四溢的厨房,从园子里剪下来正在盛放的茉莉亚月季,所以自家明亮的灯火,就是当年祖母家的咖啡气味。它意味着个人对生活的自由选择,人们对自己生命过程平凡但不可剥夺的愉悦。

踏踏说,咖啡意味着好的日常生活。"我妈妈也很讲究咖啡的呀,妈妈就是个普通的退休工人。"在踏踏看来,生活中对咖啡的选择是理所当然的,没那么多象征意义,但却是自然而然的美好。

高明却不能那么简单明了,他说要是生活中喝不到咖啡了,他也一定不肯再回头去喝外公那样的咖啡糖咖啡。他对咖啡并不讲究,可是,真正的一杯咖啡是日常生活中的标配,对他来说,没有咖啡喝，日常生活就不合格。

  我说起从程乃珊那里听来的咖啡故事，当怎么也找不到咖啡的时候，她爸爸曾把青浦买回来的大麦茶，再回锅炒得更焦黑些，冲水，加一点点奶，大麦茶的味道有点像咖啡。程乃珊已经去世多年了，但我还记得她说的故事，甚至记得她说故事时的表情，她那白皙的团团面容上，浮现出一种既自豪又自怜的浅笑。人们回忆起过去，常常都在脸上浮起这样的浅笑，实际上，与其说那是一种笑容，还不如说是对回忆不知所措的神情。她心目中的咖啡如同世界，但我相信她不会有踏踏那样精微的、对咖啡本体的心得，但她却比踏踏更有执念，也更多愁善感。

  忽然发现，此刻我们也是在青浦，在古老的稻田边上说着咖啡。

  "好啦，都来吃水果羹。"

  农庄里新收的晚稻，大火滚一滚，就烧出白蒙蒙的厚米汤。主人自己下厨用米汤做了水果羹。

  冬天暗得早，夕阳还未落，天色就已经暗下来了，热乎乎的米汤来安慰我们的身体了，也许就像许多年前，程乃珊爸爸的那把炒焦的大麦吧。我突然想，程乃珊算是geek吧。

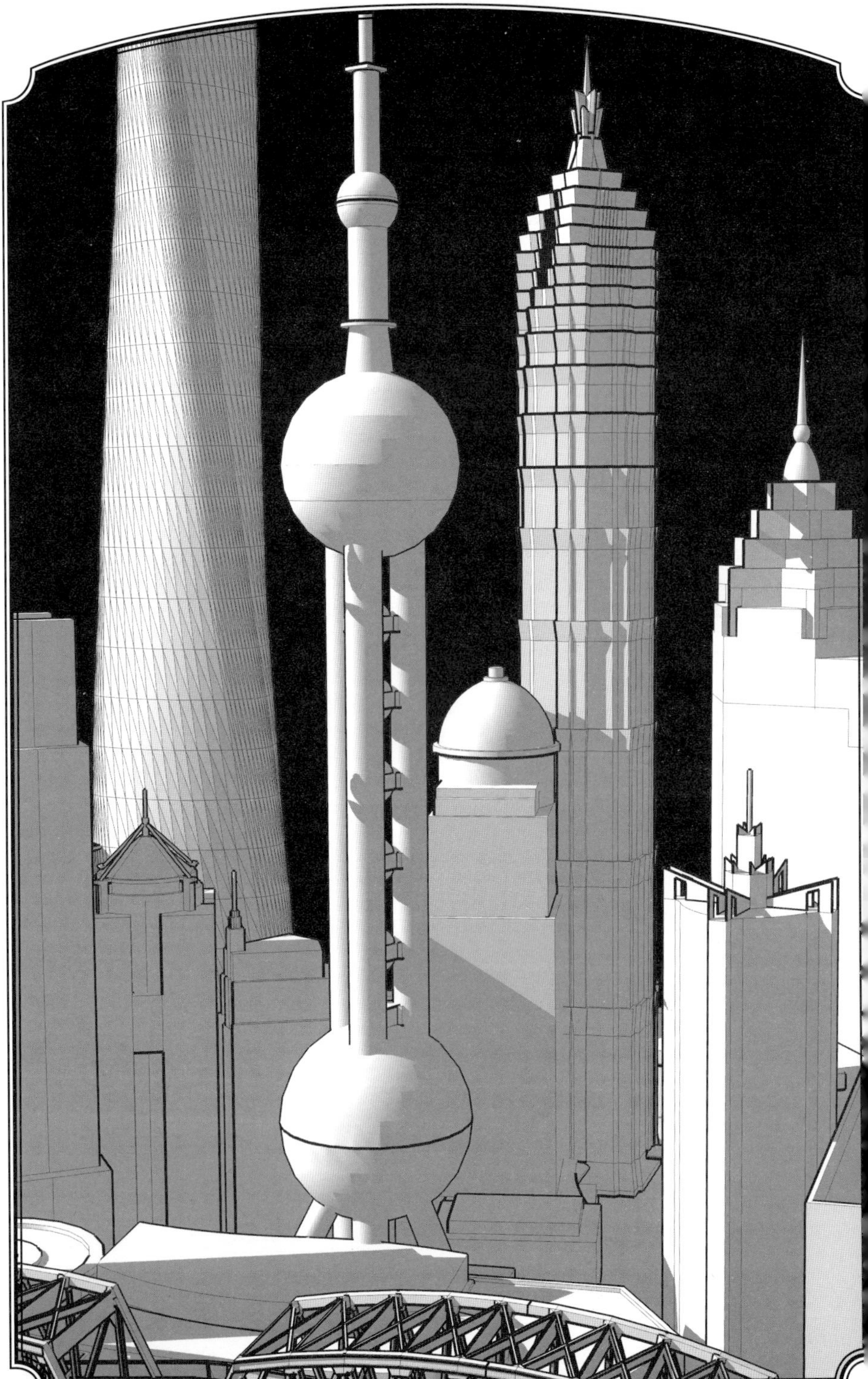

NON-FICTION WORK
OF
CHEN DANYAN

CHENDANYAN'S SHANGHAI

Chapter Three

第三章
永不拓宽的街道

在这些被城市永不拓宽令法律保护的街道上漫步，
从寻找家乡感开始，
追寻街道上与房屋里人的故事，
观看着我城巨变中的日常生活，
记录民间记忆与个人历史。
这些街道就是上海永在的容颜。

第三章 永不拓宽的街道

一 / 从愚园路到江苏路：江声浩荡

一、"江声浩荡，自屋后升起。"

许多读过傅译《约翰·克利斯朵夫》的人都能背诵这句话，多少年来，我只是前赴后继的千万者之一。它在我成为作家的时候，成为我自己词语库中重要的支点，类似房梁那样的必要。

少年时代，我读到巴尔扎克。青年时代，我读到《艺术哲学》。慢慢地，我才知道这都是傅雷遗下的恩泽。

说起来，我就是个欧洲小说的爱好者，一读到小说，就忘记自己大半生以来的作家训练，返回到沉浸在故事里的小说读者本真。我总是最记得细节，很记得故事，比较记得作者，最后才记住译者。但一旦记得，便永不会忘记。当我知道傅雷这个人的同时，就知道他是吊死在自家阳台落地窗的横梁上的。警察早晨破门而入时，由于门打开时的穿堂风，他颈上的绳索断裂，遗体直落在旁边的藤椅上，居然落座得端端正正。而他从前的一张私人照片上，他正坐在那张藤椅上，吸着一支雪茄。那正是他翻译《艺术哲学》的时候。

在他死去五十年后的2016年，我带着《艺术哲学》中的一章，做意大利壮旅。按照书中指引，我一直走到乌尔比诺的宫殿里。五十年过去了，他还指引着我地理上的方向。

"江声浩荡，自屋后升起。"与香港翻译家协会会长金圣华教授相识以后，我才知道这个句子，代表了中文翻译家们至高的追

傅雷旧居

　　求。那是罗曼·罗兰的笔力，克利斯朵夫故事的精神，以及傅雷古雅而铿锵的中文传达，"字字都可以立住"，这是傅雷翻译时的准则。在我，这句话则是一部小说仰天长啸式的开头。

　　我记得金教授仰起她椭圆的脸庞，轻轻朗诵这句话的样子。她双手里捧着一本香港翻译家协会编的书，《江声浩荡忆傅雷》，那本书厚得不寻常，特别是在香港。她准备要送给我，特别因为我从上海来。

　　那天傍晚，我们在中环的上海总会里闲话。走廊里有张萧芳芳的剧照，她离开上海前，家里也借宋淇家的房子住，是傅雷家安定坊的邻居。

傅雷夫妇在1966年，激愤困顿交迫而亡，三十年后，金教授在香港设立翻译家奖，命名为傅雷翻译奖。在我所知的范围里，这是世界上唯一一个为纪念傅雷设立的翻译奖。

江声浩荡，我们未必听得清它咆哮些什么，它只是震撼了我们的心。

它是难忘的。

二、傅译《艺术哲学》

2016年的5月，我得到了一个去意大利做壮旅的邀请。

意大利壮旅从十六世纪开始，在法国作家中蔓延，在英国诗人中形成风潮，到歌德、勃朗宁夫妇、拜伦纷纷前往的时代达到高潮。贵族青年们的加入，使这条文化朝圣的旅行路线成为著名。德国的歌德，英国的狄更斯和莎士比亚，俄国的果戈理，这些欧洲最伟大的头脑，甚至是在意大利得到了他们一生创作中最重要的启示。歌德的《浮士德》诞生在这次旅行之后，果戈理的《死魂灵》写在旅居之中，莎士比亚的十三部重要的剧本采用的是当地的故事，狄更斯《双城记》的拱形结构来源于意大利建筑本身。

这曾响彻在欧洲知识分子心灵的意大利壮游，在1855年英国人托马斯·库克建立旅行社后走向衰微，停顿在第一次世界大战爆发之后。一百年后，我得以重拾壮旅，跟随四百年来层层叠叠的作家足迹，再往意大利中部的文艺复兴摇篮。

一、从愚园路到江苏路：江声浩荡

我的想法，是要按照已有中文译本的意大利壮旅作家当年的路线旅行，而且这些译本是我少年时代就读过的书。在我的壮旅里，不光有意大利的文艺复兴，还有那些络绎不绝前往意大利，并由此盼望能死在意大利的作家们，不光有我自己的阅读历史回望与重读，还有那些将那些伟大的作品翻译成中文的翻译家们。对一个在二十世纪后半叶的中国长大的作家，这样旅行，才算得上是完整的壮游。

通常的情形下，我旅行时只带几本书，但这次我带去整整一箱，那都是我年轻时读过的欧洲名著。创造它们的人，先后都做过意大利壮旅的。译本都是经由岁月的千锤百炼，才留下来的。

从阿雷佐到泼皮城堡的一路上，我慢慢重读《艺术哲学》中，文艺复兴时代的意大利绘画这一章。丹纳主张意大利的文艺复兴，来源于托斯卡纳一带壮丽的山水与独特的光影。地理与风物，是养育出文艺复兴巨匠的理由。在5月米开朗琪罗出生的房子外，如蜜糖般金黄甜美的光线里读《艺术哲学》，不得不服膺丹纳。

我住在凡勒纳修道院里，每天，修道院八点三刻就关山门，也没有网络。所以我有了寂静漫长的读书夜，直到清晨六点钟，早祈祷的钟声响起。

单人床，窄书桌。修道院建在但丁《神曲》中描绘过的高崖上。从那里望下去，四下皆为意大利最甜美的山丘。5月，山里成片的丁香树满树芬芳的小白花，落英如雪。米开朗琪罗就出生在不远处的另一座山丘上。再往前去，便是达·芬奇的出生地，然后，是乔托的出生地，彼得拉克的出生地，然后，是薄伽丘去世的地方。文艺复兴巨人们的家乡就这样梦幻般地环绕着我的修道院客人房。

有一夜，心满意足的我突然想到，《艺术哲学》的译者傅雷，竟然一生都没有到过丹纳写书的地方。

我记得临行时，意大利领事对我说，你真好运气，甚至对一个意大利人来说，这也是难得的好运气。

当时我说，世界真美好，陈丹燕的梦想实现了。

但在寂静夜读中，只要想到傅雷，我这样的好运气里就浮现出一种不能忽视的痛彻心扉。

我出生的那一年，他的厄运正好开始。就好像一脚踩在沼泽里，他慢慢沉下去，直至没顶。在我开始学习认字的那一年，他弃世而去。而我渐渐按照自己从小的理想，成为一个职业作家，而且是个旅行文学作家，一次次前往欧洲。一直到最近的一个长旅行，我还在受他工作的恩惠。

按照丹纳的地理决定论，我来此准备写作地理阅读三部曲的第三部，关于意大利壮旅与少年时代的阅读。表面上是意大利一个基金会邀请我去的，实际上，丹纳和傅雷指引了我的旅程。没有《艺术哲学》，大概也就不会有这样的壮游。

傅雷一直像一朵阴云那样飘浮着，有时他被灿烂的阳光穿透，但从未消失过。

三、安定坊

2016年6月，我完成了自己第一次意大利壮旅。回到上海后，将

傅雷家的小院子。在《傅雷家书》里提到的院子里自家种的月季现在早已没有了

《艺术哲学》放回书架。

  2016年8月，和我的摄影师在渥热的下午去了安定坊，傅雷夫妇自尽之处。我是为我的意大利之旅去的。看过那些亚平宁山中灿烂的光影，我要去看看他天光黯淡如深井的译文之处，对我来说这才是完整的旅行。这样，我才算真的从文艺复兴中归来。

  安定坊的下午非常安静。我却依稀记起了童年中那个8月。满街响亮的知了叫声和透过肥大的梧桐树叶洒向马路青绿色的阳光，还有夏天街道上烧书的火堆与大电喇叭里传出的铿锵歌声。

  我幼时住的街区有些官员的家庭，入夜哪家灯火通明，就一定是在抄家。我父亲是延安社会部建立时最早招募的人，然而我家也

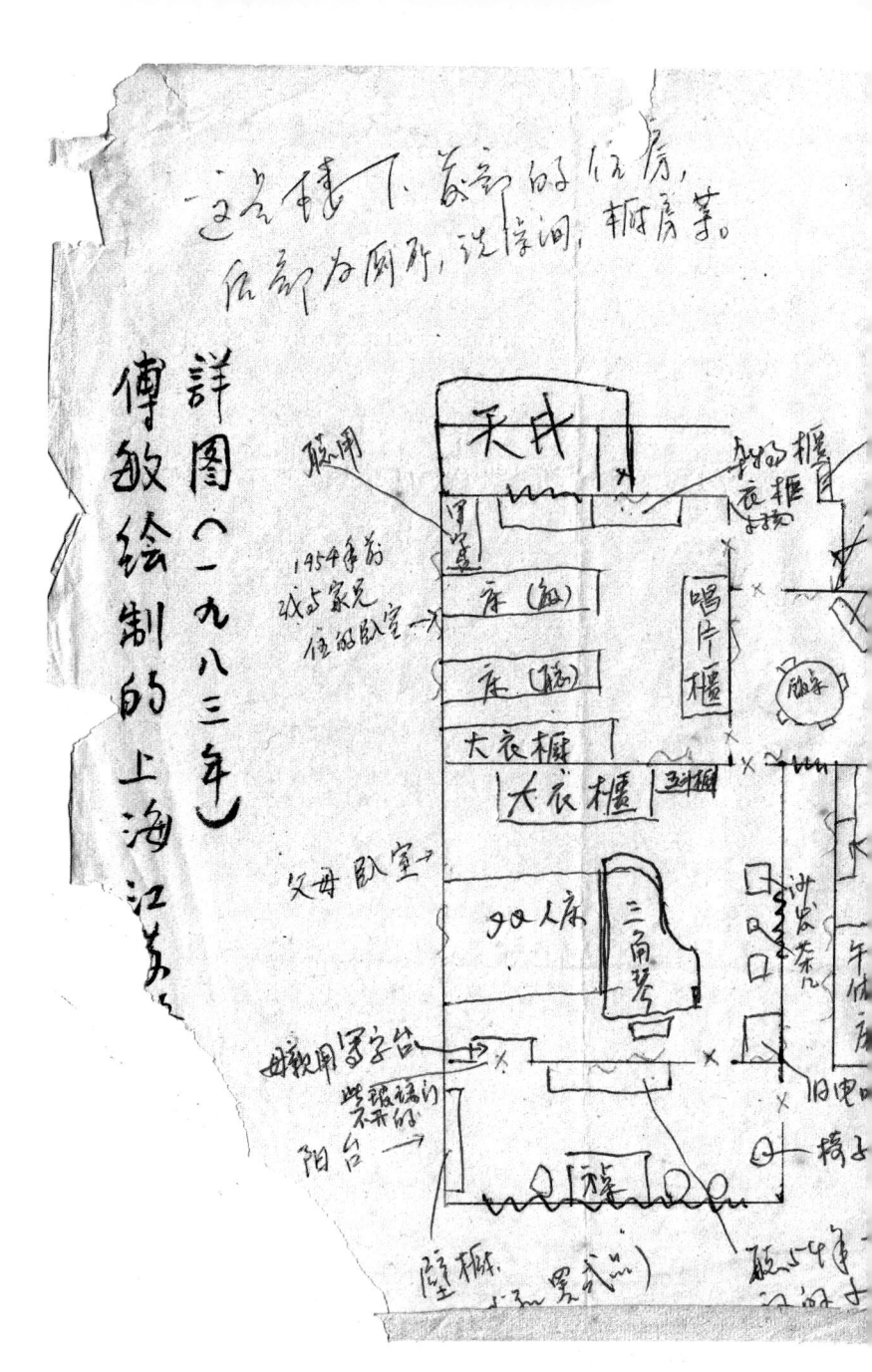

傅雷之子傅敏画下的家（叶永烈提供）

〰〰〰 窗

▭ 书柜（均沿用八层，直到天花板）

╳ 门
▦ 有关世字扎克著作人都
←大门 卡片大箱（未放伏阿）
←仓库 挂画处

↙藏画室

书库

字典书橱

书房

文用调查大字典的
卡片脚桌子

第三章 永不拓宽的街道

被抄了。家里所有的灯都打开，门窗也都大敞。家里的书与唱片统统被烧光，家里公家租给的家具一夜之间被全部收回，我们全家都睡在地板上。我想起来，那个夏天，一醒来就能看到沙发在地板上留下的印子，沙发下的地板比裸露的地板要深些，也许是蜡托没散开蜡的缘故。小孩子不懂事，突然全家都睡在一起，夜里醒来，就能看到父亲在黑暗中一红一暗的纸烟，心里还觉得新鲜得很，却看不见父母脸上那被人踩过一脚的惊悚。

那一年，我丈夫也还是个孩子，最后一年当他的江五小学少先队大队长。从他宏业花园的家，穿后弄堂，经过岐山村，再穿过安定坊，过马路，就是他的小学。他记得在去上学的一路上，差不多每栋小洋房里都在抄家。他家那一栋一共住了三家人，一户小资本家，一户黄埔军校毕业的妇产科医生，还有他家，爸爸是上海地下党出身的中学校长，他们三家也都被抄了。

那一带上海本土的文化家庭多，大约有五百多户。负责那一片治安的民警说，那个夏天，被抄了家的人家总有二百多户。

五十年前的8月底，我后来的大学老师施蛰存在黄昏的余暑中，从一片抄家混乱中的岐山村，无声无息踱到安定坊，他过来看看老朋友傅雷。只见他家外墙被大字报糊满，早已遍体伤痕，酷暑里门窗紧闭，鸦雀无声。

五十年后，傅雷故居黑色大铁门紧闭，仍旧鸦雀无声。从门缝里望过去，能看见靠近当年傅雷书斋的那扇窗紧闭着，在他写字桌左手边的窗子也紧闭着。傅敏当年为叶永烈画过一张家中的平面图，1960年代，傅雷在出版无望、健康垮塌的绝望里，翻译完成

《艺术哲学》，和《幻灭》。那张翻译了这两部著作的桌子就放在两扇窗之间的地方。那张桌子远远对着阳台门，那里正是他们夫妇上吊自尽的地方。

隔着小格子钢窗，就是他家的花园。他们将头伸进绳索时，能看到夏日的院子里，他们夫妇培育的五十种不同的月季花已被音乐学院的红卫兵全部捣毁了。

那是个一片狼藉，花瓣撒了遍地的院子。待我见到这个院子时，里面只有一方平淡无奇的草地，五十种月季荡然无存。

1966年，上海那些有花园的人家，好像许多人喜欢自己培育月季花。我记得自己小时候，在马路上见到过一个开满鲜花的园子，我隔着稀疏的菱形竹篱笆望进去，里面忙着种花的老人穿了件白衫，笑嘻嘻的。

我妈叫我叫人。

"老伯伯。"

我记得那个园子里的老伯伯，剪了枝瘦小而芬芳的红花给我。我家有支宝蓝色的漆器花瓶，回家后，我妈把那枝花养在里面。但回家的一路上，我都很骄傲地举着它，因为那枝花是送给我的。

在傅雷家留下的照片里，依稀见到过那些花儿活着的样子。还有傅雷夫妇宁静得好像鼹鼠般的脸。看到他们当年遗留的照片，我才觉得傅雷当年对自己面容的描绘真正传神。这么个要体面的人，对自己面容的变化，怕是不高兴的吧。

那天我们走进弄堂的时候还有阳光，转眼，阳光就变得玄黄而含糊了。

四、安定坊流言

我的摄影师对这条弄堂很熟悉,十多年前,她的广东朋友陈先生买下了安定坊另一栋花园洋房的底楼。她一直都怀疑傅雷家不是住在五号,而是住在这栋房子里。因为在那里出现过一些奇怪的事。

在下雨天的黄昏或者傍晚,她的朋友,不止一个人,陆续宣称在底楼客堂的落地钢窗前,见到过一个老年人,有时是一对老夫妇对坐在椅子上。只要一开灯,他们就不见了。

最后,连从无锡雇来的司机都看见了。

她的朋友们私下里都在传说,这里就是傅雷夫妇自尽的地方,他们冤魂未散。

"你看见过吗?"我问她。她说,这倒没有。好像有点遗憾。

但见到过的朋友都谈之色变。南方商人素来相信异层空间和因果轮回,陈先生搬来后,于商,于私,诸事都不利。甚至性情也变了。后来,索性消失在人海里,两下断了联系。

五号的门楣下,长宁区政府钉了块咖啡色牌子,用中英文写了傅雷故居的介绍。想来这是不错的。

"奇怪哦。"我的摄影师嘟囔了一句。她天生是口吃,我信她的话,因为这样的人说句整话出来都不容易,该是不愿意麻烦自己,这样辛苦编故事。

傅雷在这个窗边翻译了《艺术哲学》

"他们长得可像傅雷夫妇?"我问。

"小无锡哪里见到过他们的照片。他又不看书的。"我的摄影师说,"见着他们的人,都说那对夫妻瘦瘦的,对坐在藤椅上。"她说着,做了个双手袖在肚前的样子。那样子倒也真像从前人们的坐姿,有种古雅的斯文与体面,照片里梅馥就是这样的姿势,杨绛在照片里也是这样的姿势。

"咦。"她摇摇头。

陈先生非常忌讳楼下的异象。

所以大家只在私下议论。

不过司机是再也不肯住楼下了。

在玄黄天光笼罩下,心里只觉得寒气出来了,渐渐逼近。

我们从大门紧闭的五号走到弄堂深处,陈先生家的院门敞开着。阳台被扩出来了,成了平淡无奇的办公室。有个年轻女子端坐在电脑前啪哒啪哒打着字,背后露出黑发里一段雪白的脖颈。

我的摄影师东张西望,只说变得不认识了。

这里有人能背诵"江声浩荡,自屋后升起"么?五十年过去了,这里还有人记得傅雷夫妇的面容么?他们的朋友们都已弃世而去,钱钟书,周煦良,柯灵,施蛰存。最后一个是杨绛,今年6月去世,活过一百岁。他们渐渐都变成了传说。

五、"宋家客厅"

我们慢慢沿着五号的院子围墙走了一圈。我只想看一眼当年傅

一、从愚园路到江苏路：江声浩荡

雷翻译《艺术哲学》的地方。傅敏画的平面图里，傅雷的大写字桌前后，有齐全的放字典处，放与巴尔扎克相关的资料处，放《四库全书》的角落，还有藏书室和藏画室。在那里诞生了傅译《艺术哲学》。

在隔壁三号的院子里，我借着一棵歪脖子树，爬到了搁在院墙下的木条外包装架子上。站在摇摇欲坠却高度正好的木条子上，我看到了那个院子。那是在疾风骤雨的1960年代，傅雷夫妇苟且生存的螺蛳壳。听说他们在这里招待朋友们赏花和茶会。那时，梅馥还是杨绛笔下沙龙的美丽夫人。直到社会上针对知识分子们的风声越来越紧，他们的朋友们渐渐停止走动，应了那句凄凉的中国老话：大难临头各自飞。

在《艺术哲学》里，傅雷这样翻译了意大利乌尔比诺宫殿里的沙龙聚会：

绅士们都通晓希腊文学，历史，哲学，甚至懂得各个流派的哲学。这时妇女们便出来干预，带点儿埋怨的口气要求多谈谈世俗的事；她们不大喜欢听人提到亚里士多德，柏拉图，和解释他们的那些学究。于是男人们马上回到轻松愉快的题材，说一番娓娓动听的话，补救刚才的博学与玄妙的议论。并且不论题材如何艰深，争论如何热烈，谈话始终保持着高雅优美的风格。他们最注意措辞的恰当，语言的纯洁。

这是些欢欣的句子，不知傅雷孤独地翻译它们时，是否心中也非常向往。

到了1966年8月30日，他们的朋友上门去探望，梅馥前来应门，但只是在门口默默望了望，就关上了家门。现在，开在他们家里的"宋家客厅"餐馆关张了。此地换做苏州生意人的办公室。所以院子里铺了青草，撑了把时兴的太阳伞。不过伞下没有人，草上没有花，原来花坛的地方，现在是个被灌木掩埋了的1970年代防空洞出入口。

六、安定坊的乌尔比诺宫殿

离开三号的园子，那里曾是傅雷家最初住过的地方。沿着围墙找到一处没有出入口的空地，空地上有几个地铁站的大通风口，传说中傅雷家的黑色竹篱笆墙，已换做一道薄薄的砖墙。空地对面有栋兵营式的楼房，当年叶永烈也不得进入他家的园子，就爬到那栋房子的楼梯间去，勉强拍了照片。

如今园子里的树又长高了不少，密密遮挡着这个园子。

我爬到地铁通风口的井沿上，那里比较高，但还是看不清傅雷家阳台的正面。树叶子太密了，树叶灌木都很密，高大茂盛，好像有种奇异旺盛的生命力。隐约间，只见到傅雷书房的一隅笼罩在幽暗而悲伤的光线里。影影绰绰中，好像他们夫妇从窗内望着我，从幽深的井里，浮现到水波的白光里，那是一对将双手团在胸前的老夫妇。

孤独地。

我心中浮现出来的是傅敏画的书房，和狼毫小楷抄就的《艺术哲学》手稿。

《艺术哲学》中提到的乌尔比诺宫殿的窗子

第三章 永不拓宽的街道

壮丽的爵府是圭多的父亲造的,"据许多人说"是意大利最美的一个。

乌尔比诺宫廷是意大利最风雅的一个,经常举行庆祝,舞会,比武,竞技,还有谈天。卡斯蒂廖内说,"隽永的谈话和高尚的娱乐,使这所房子成为一个真正怡悦心情的场所。"

他们打开面向卡塔里高峰的窗子,但见东方一片红霞,晓色初开。所有的星都隐灭了,只剩金星那个温柔的使者,还逗留在白天与黑夜的边界上。仿佛从她那儿吹来一阵新鲜的空气,清凉彻骨。

参加谈话的人物之一,本博,是意大利最纯粹、最地道的西塞罗派,最讲究音节的散文家。其余的谈话,口吻也相仿。

各式各种的礼貌,个个人互相尊重,极尽殷勤:这是最重要的处世之道,也是上流社会最可爱的地方。但礼貌并不排斥兴致。

重重树影里浮现出来的是,如今已成为乌尔比诺美术馆的旧宫殿。夏季意大利中部灿烂的阳光穿透了酒瓶底般的古旧玻璃,长长的铸铁玻璃窗配得上用温柔而灿烂来形容。那也是拉斐尔能画出青春圣母的光线。在乌尔比诺宫殿窗前,当年那些出色的人物观看金星的地方,读傅译的丹纳,好像做梦般的头重脚轻,就像拉斐尔和瓦萨里画过的女人那样。

我有时望望窗下阳光铺陈的广场和远处蓝色的山脉,大多数时间是在读《艺术哲学》里记载的乌尔比诺宫殿逸事——不折不扣的地理阅读。

陈丹燕的梦想是实现了,可傅雷甚至都没等到《艺术哲学》的出版。这梦想毕竟还是苦楚。

一、从愚园路到江苏路：江声浩荡

对不通法文的我来说，没有傅雷，就没有丹纳，没有我精神上的维他命，就没有我这样一个今日可以做意大利壮游的作家。

对我来说，傅译不光是丹纳思想的传达，也是优美古雅的中文典范。丹纳当然是好的，但经由傅译中国式的铿锵和热烈，才成为造就我精神家园的上好材料。对于我这一代中国作家来说，我们精神上的维他命，不光是唐诗宋词元曲，以及明清小说，同样也是欧洲浪漫主义诗歌，现实主义小说，以及散文优美精微的传统。傅译是优美辽阔的中国文化的一部分精华所在。它有种世界大同的文字之美。从我少年时代，它就以它法国的精神和中国的精髓文化着一个从小读禁书的，不肯被愚弄的小孩。在我成为作家后，它是我的词语库里的一根房梁。

在意大利读着傅译，我愿意把自己这个坐在乌尔比诺宫殿窗前的身体，想作是他的，而不是自己的。我愿意自己这双触摸着宫殿的双手也是他的，而不是自己的。就像我去到一处优美的地方，总会想起我那热爱旅行的父亲。他再也不能见到世界的美丽，我为此遗憾。那一刻，我对傅雷遥远地产生了这种遗憾。如果没有他的《艺术哲学》，我也不会对托斯卡纳有这样实证的知识。

翻译家也是我文学上的父亲。

我想起傅雷戴着圆眼镜的脸，不肯将就的嘴唇，悲哀地微笑着的脸颊，交织着屈辱感和自卑感又茫然愤懑的矛盾神情，想起梅馥向傅聪讨要一块黄油的沉痛："牛油是你在家见惯吃惯之物，也不是什么奢侈品，为什么去年（指1961年。作者注）我忽然要你千里迢迢地寄来呢?"因为傅雷得不到足够的食物而营养不良。

有人相信这是张由于营养不良而消瘦的脸吗？我偶尔找到当年傅家家庭医生的儿子，他常到傅家送药。他听到母亲与父亲担心用的药，对傅家来说太贵。但每每他送药到傅家，梅馥总留他多坐一下，吃块饼干，有时也是小蛋糕，喝杯茶，再走。在他印象里，傅家一直窗明几净，傅聪琴声不绝于耳，傅家人一直都整洁体面。他从未想到过他家也会拮据。由于他们竭力掩盖经济状况，因此他们的拮据里另有一种惊惧惶恐。

我喜欢傅雷的脸在最后几张照片里呈现出来的脆弱和刚劲，惊骇于它的营养不良。这个因为不肯改名字发表译作而为衣食忧的人，这个1960年代绝无仅有的几个脱离任何体制以期自由的人，这个终于为自由付出生命的人，翻译了意大利十六世纪最风雅宫殿里彻夜不休的、欢快的谈话，在译文中模仿了意大利文优美的尾音。我猜想就是傅聪也难以想象父母在衣食上遭遇的困顿吧。也就是医生之子也从未意识到的原因。

金庸说的不错，傅雷就是个传统的中国君子。

七、傅雷的书房

2016年8月31日。五十年前的这天，傅家迎来疯狂的抄家的日子，五十年后的这天，我在医生之子的帮助下走进了傅雷旧居。外面虽然秋日明亮，屋内却晦暗沉郁。我看到屋后的那两扇钢窗之内，

一、从愚园路到江苏路：江声浩荡

傅雷翻译《艺术哲学》的地方，现在被改造成了一间饭厅。圆桌面上，蒙着一层浅浅浮尘的玻璃，像林中寂静的水洼一般，倒映着窗外的树梢，和树梢上高远的蓝天。

完备的辞典角当然已荡然无存。医生之子悠然想起，当年他见到过的傅家客人，埋首于傅雷的字典中，那个人竟然就是施蛰存。

我站在两扇窗子中间，当年傅雷就在窗内的天光里翻译完成了《艺术哲学》，如今我站着再读变成铅字的字句，这也可以说是傅雷最后的心血了吧。这一章的最后，写到了建筑学家瓦萨里，他是世界上第一个写艺术史的人。上次我读到瓦萨里这一节，是在阿雷佐的瓦萨里故居的空中花园里。在古老街道上，6月的夕阳镏金一般地镀在瓦萨里花园的小径上，以及花蕾初放的菩提树上，甜蜜的气味轻轻笼罩在我头上的树荫里。"我们已经注意到，要产生伟大的作品必须具备两个条件：第一，自发的，独特的情感必须非常强烈，能毫无顾忌地表现出来，不用怕批判，也不需要受指导；第二，周围要有人同情，有近似的思想在外界时时刻刻帮助你，使你心中的一些渺茫的观念得到养料，受到鼓励，能孵化，成熟，繁殖。"

这里说的是文艺复兴时代的意大利，也是中国。

医生之子在我身边环顾四周，这是他少年时代体面的人家，由于这里，他这个学生物的学生，开始读巴尔扎克和罗曼·罗兰。由于他家与钢琴家顾圣婴家比邻，他也喜爱钢琴。他在房间里走动着，比划着书房里放词典的位置，放二十四史的位置，走到窗前我身边，他突然学着傅雷当年招呼他的样子，粗着声音说："小朋友来啦？"

这是我第一次听到有人学着傅雷的模样说话。

那年的9月1日,是我作为一年级新生上小学的日子。我记得那个火热的操场上,老师站在领操的台子上说,"同学们,无产阶级文化大革命开始啦。"

一年级的小孩懵懂地听着,心里想着:哦。

我七岁时,不知道开学的第二天,傅雷就死去了。

6月我在意大利时,就计划了回上海后去探访傅雷书房的旧地。那是为了我意大利壮旅寻根。我知道我意大利壮旅的根在中国,而不在意大利。

八、冤魂

上次离开安定坊时,我的摄影师突然问,另外那对老夫妇是谁呢?

我想是另外一对老夫妇。他们不如傅雷夫妇这样著名,所以现在我们已经不知道他们是谁,为什么双双自杀。但是,他们的冤魂也未散去。

比起傅雷夫妇,这对不知名的老夫妇更为哀伤,好像大江东去般辽阔而浑浊的哀伤。

这次离开傅雷家的时候正是中午,树影婆娑的江苏路上,傅雷家的对面仍旧是江五小学和市三女中,明天就要开学了,在路上我看到一个背新书包的小孩,像一只擦得锃亮的锅盖般闪闪发光地走在他爸爸身边。这是我的影子吗?明天开学的时候,他的老师会站在领操台上对他说起,今年是"文化大革命"发生的五十周年吗?

二 / 从宝庆路到复兴中路：
琥珀内的气孔

一、徐元章

　　1992年初夏，我是被谁带去徐元章家的，已经忘记了。不过我记得他家满园子疯长的野草，园子里的一株玫瑰却开得很瘦小，水红色的，好像发育不良的瘦小孩。

　　有人叫他：元章，元章。一条身条细长的狗从平厅里箭一样地窜过去找他，这是一条好管闲事的杂交了的牧羊犬，名叫维基。

　　他从园子深处高高的狗尾草丛里站起身来，难为情似的扎着一双手，手套很大，胳膊却细，好像稻草人。我记得他路过一个旧篮球架，网破得无影无踪的旧篮球架。园子里只留下了一个篮球架。他很瘦小，穿着白寥寥的拉链衫，有点神经质。

　　走近了，他笑着招呼我。然后不等别人说话，他就急急拉下手套，伸出瘦小单薄的手掌给我看，"陈小姐呀，这可是少爷的手呀，倒要做园丁的活，哪能做得好呢！"他的手指甲里黑乎乎的，是画油画时留下的颜料。

　　他和我们一起转过头去看他家的花园。这应该是市中心最大一处保留到1990年代的私家花园了吧，靠墙种了一排冬青树，这些冬青树都长久没修剪了，长得厚厚的，好像男孩子头上好久没整理的头发。他爱怜地，哀怨地望向园子，好像寡妇望着自己的遗腹子。

第三章 永不拓宽的街道

"现在上海市区哪里还找得到这样的私家花园呀。按理说,雇一个专职园丁都嫌不够呢。现在就靠着我一个人除野草。"

他开始说姨妈们想要卖掉这个花园的事。好像我走进这个花园的那天,亲戚想要卖掉花园变现的想法就已经困扰他了。"要我离开这个花园,我就没活路了。我哪里能到社会上去住。"他那时就这样说,"没有这个花园,我就死了。"

那时我就知道他的身世了,他虽然从小在这个花园里长大,但始终是他爸爸带着他们兄弟二人借住在母亲娘家的房子里。母亲是正牌的周家小姐,但借着去香港奔丧的由子离开上海后,就再也没回来过,也渐渐就与他们父子断了联系。他最爱这个园子,却是亲戚里最没权利主张园子去留问题的。他的身份说到底,就是一个借住于此的外姓亲戚,不姓周。

他将园子里破旧了的平厅收拾出来做了画室,他的小画展也办在平厅里。他礼遇我们,所以开了嵌在天花板吊顶里的霓虹灯给我们看,说是原装的德国霓虹灯管,直到他收拾这里做画室的时候,才发现那些1940年代的霓虹灯都还能用。

"德国货是什么质量!"他说。他开了一下,连忙就关上,怕用坏了,"屋顶上那些瓦都是外国货,裂了就再也配不到了。"他又说。

我去徐元章家,就是为了看他画的旧房子,水彩画,英国式。他在家里为附近领事馆的外国人办了个画展,卖出去一些画。他的画有修养,有情调,但技巧与内涵都有股公子哥儿的散漫。他只画上海洋房,说是写生,但入画的全都是美好的园子和阳光灿烂中的洋房,草坪上开着一团团的蔷薇,或者绣球,画面里从未有过一根

二、从宝庆路到复兴中路：琥珀内的气孔

狗尾巴草。

徐元章很客气，留我们喝了咖啡。盛咖啡的玻璃杯还是1980年代上海出产的拉花玻璃杯，很薄，滚烫的一杯握不住。他也对杯子不满意，让我们对付着用，"按照道理这是不可以的呀。"他指出。

趁我们喝咖啡，他到旁边的厢房里去为我们选择了一盘他自己编辑过的咖啡音乐，里面有他最喜欢的欧洲大战后乐队演奏的轻音乐。他的重点不在咖啡上，而在喝咖啡时听的音乐上。他尤其中意一个德国乐队，它处理乐曲特别抒情，特别是那把瓮声瓮气的小提琴。音乐从吊在天花板的两个小音箱和立在屋角的两个大音箱里响起，回荡在充满草木气息的画室里。他从厢房的移门后踏着一组华尔兹舞步旋转出来，殷切地观察我的反应。"味道浓哇？"他是想要镇定一点的，但到底忍不住。

对音乐的兴趣和口味，来自他小时候在无线电里听到的美军太平洋电台里播放的音乐。"连美军电台停止播音的那天我都记得清楚。那时我正好在外婆家，就是这里。无线电里的频道突然什么也听不到了。"他脸上的表情，就像被人劈面踩了一脚，那时他还是个幼童。

他说的都是旧事，都是旧时代的事，这是一个靠只言片语，道听途说与丰富想象活在他并不属于的时代的人。1970年代对他这样的人，上海有个特殊的称谓，叫老克勒。

上海的1970年代悄悄诞生了这样一群人，所谓老克勒。他们为人客气文雅，从不轻易伤害别人，但人们却会轻易就看不起他们对浪漫生活的追求，看不起他们誓做旧时代寄生虫的心愿。人们觉得

第三章 永不拓宽的街道

他们免不了虚荣和软弱，更像破落户。他们喜欢所有洋物，但却大多没有好英文，当然也没有好法文和德文。他们读一本司汤达，一本奥斯汀，然后谈论一种叫英国乡村四步舞的社交舞，所以他们喜欢的并非是西方文明，而是西方情调。他们苦苦追求个性自由，这种自由与生活方式关系密切，与政治倾向关系不大，他们不去想这么严肃的事。相对知识分子追求思想自由，他们只是追求可以体面地吃上一顿像样西餐的自由，能自由选择一支流行乐曲，无所顾忌地穿上与众不同的衣裙，找到一处好像西方太平世界的背景，摆好战后那些好莱坞电影里的明星姿势，好好照一组照片，假装在外国的自由。他们大多数人并非没有阅历，但都缺少在严酷环境下出人头地的勇气和耐力，他们总是步步后退，直到脱离单位，回到家庭，所以他们中的许多人缺乏获得自己憧憬的生活的能力，尤其不会挣钱，不懂竞争，却敏感脆弱。因此，上海老克勒的黄金时代其实是尼克松访华之后的1970年代至1980年代，不过十几年，正是禁锢时代与物质时代的空隙。当物质时代真的到来，国门真的开放，他们却越活越窝囊，渐渐不合时宜。这时他们是真正落魄了。

这是我所认识的上海老克勒。

徐元章在我心目中就是这样一个人，他自诩周家少爷，如果我没记错，他也是街道工厂的一名临时工。

直到上海再次苏醒，追寻自己城市的过去成为走向未来的底气，上海的过去成为时髦的话题。一些老男人会穿镶拼系带皮鞋，拿个烟斗吸烟丝，衬衣领子里衬一块小方丝巾，他们统统自称为老克勒。这些人以他们的乱赶时髦，替代了1970年代那些人在生活态

二、从宝庆路到复兴中路：琥珀内的气孔

度里微小温和而坚持不懈的旧时代趣味。另一些人则忍无可忍地宣称，在上海老男人里，只有上过工部局小学的人才够资格自称家世与教育俱佳的老克勒，或者在1949年5月前真的进过上海舞场的人才够资格自称为老克勒，其余的人非请莫入。时至如今，老克勒成了一种可悬挂的勋章，一种与今天暴发户相异的有钱人的象征，但却变味。

徐元章一直在原地，守着园子。春天他与无所不在的狗尾巴草做殊死搏斗，秋天烧掉落叶，为园子的土地积存一些草木灰。冬天办一些午后交谊舞会。来舞会的都是老朋友，来时大家都留下些碎钱，帮着他负担电费和咖啡钱。有时舞会后大家兴致未尽，也一起去小餐馆聚餐。尽欢而散时，各人付账。有时他们说上海话：劈硬柴。有时他们说英语: go dutch。

从我认识徐元章那年起，到此后的许多许多年，时代变了又变，他却没有，连他每次见面所说的话也都没变，咖啡音乐，平厅画展，园子被亲戚卖掉，自身价值和家园全然崩溃，无有容身之处的恐惧……他渐渐活成了一具木乃伊。有时他也会说到世事之变，那时脸上就有一点坚毅，他说穷人变富不像样，富人变穷不走样。

似乎又过了许多年，卖掉园子的传言终于成为现实。徐元章也终于接受了位于莘庄的新房子，据说还是收购方发扬人道主义精神给他的安身之处。他悄悄地搬离，与大多数因为园子认识他的人断了联系。然后，辗转传来他去世的消息。果然如他所说，他离开园子是活不下去的。周家园子的新主人据说要好好打造这个花园为市中心的高级会所，这我非常相信，只不过再豪华的会所，也就是

第三章 永不拓宽的街道

豪华了再豪华,直至乏到人仰马翻。在我心目中,徐元章不在了,上海的老克勒也就因为他的谢幕而退场了。他一直是个化外无用之人,谁也不知道他的去世却算得上是个句号:一小部分被命名为老克勒的人群潜入上海地方史。

2015年初春的中午,差不多十年过去了,我路过他家园子的时候,发现朝向马路的这一面,密密地被木板墙挡住了。墙上印着一个绿意葱茏,照料良好的花园。原来的旧黑铁门也换了。透过木板墙之间的缝隙,能看到一点点里面的园子,令人惊异的是,园子过了这么多年,非但没修缮一新,成为旧上海的缅怀之地,反而比徐元章在的时候更荒了,原先早已退化的草皮竟然不见了,原来满地摇曳的狗尾巴草也不见了,徐元章当年苦苦维护不至于荒芜的花园草坪并未由于新贵资本的注入焕然一新,如今园子里一陇陇的,种的都是绿汪汪的小青菜和鸡毛菜。

挡着的木头墙太高,我看不到平厅如今的模样。我总是记得他穿着白寥寥的一件咔叽布拉链衫,随着美军太平洋电台里播放过的轻音乐,双臂夹在肋间,拘谨又抒情地摇晃着上身,随音乐摇摆的样子。在他身后,是狗尾巴草四处摇曳的园子。园子旁边的宝庆路上,电车站时不时就传来15路电车进站时发出的锐利刹车声。它们似乎有某种象征意义,一直发出浑然不知狗尾巴草和鸡毛菜之间的谜语的尖利声音,然后离开站点向前。

二、从宝庆路到复兴中路：琥珀内的气孔

二、柯灵

2015年，由于夫妇皆已过世而空关九年之久的作家柯灵故居，准备建成街区名人博物馆。我跟着街道主任，带着柯灵家的大门钥匙，打开了他家的大门。

时光养大了园子里贴墙生长的青藤，它们爬上二楼，爬满了柯灵书房的小阳台，拉扯得从墙体里凸出去的小阳台摇摇欲坠。青藤封死了久未打开的长窗，又向四周蔓延，封死了隔壁浴室的窗子以及卧室的窗子。

在室内望出去，只看到喝饱了雨水的粗壮枝蔓紧紧扒在玻璃上，蜘蛛网似的密密麻麻纠缠着枯叶，天光艰难而无辜地穿越重重

2015年夏将至，柯灵故居外面的复兴中路

浴缸边的窗子和窗外的常春藤　　　　　　书房和书柜顶上的1966年毛泽东胸像

腐殖败叶，带来隐约的蓝天，放在书橱顶上的白色毛泽东石膏胸像高高俯视着这间房间，只是后来屋角失修漏雨，天花板阴湿发霉，如今白色的石膏像上落满了褐灰色的水渍。这就是柯灵幽暗的书房，他家里最初保留下来的房间。

在柯灵书桌的玻璃板下端端正正压着一张娟秀小楷抄写的贺卡。这是1992年钱钟书夫妇寄来的新年礼物。他们夫妇是1940年代柯灵做编辑时的作者，与张爱玲一样。柯灵从1940年代用起的美式墨镜也还在台灯旁边放着，他当年是否就戴着一副时髦的眼镜见到参加文化界大会的张爱玲，现在不得而知。想来，柯灵一定是个爱惜作者的编辑，直到1980年代，他还为钱钟书的小说《围

留在书房写字桌玻璃台板下的钱钟书抄录的小楷和柯灵的眼镜。柯灵与钱钟书在1940年代的上海结下友谊,并保持了一生

城》写文章,希望文学界不要忘记这部质地精致的长篇小说。也为在大陆刚刚被人想起的张爱玲写了《遥寄张爱玲》,向当年一知半解的张迷介绍这个他的旧作者,带着真挚的感情,做出理性公道的评价。他一定也是个宽容的人,能容忍知识分子的狷介,甚至能理解刻薄之词后面的那些不足为外人道的痛苦,所以他记人论事总是温文尔雅。

写字桌上还留下半瓶美国产深海鱼油丸,二十年前这种保健品曾是从美国回来的人送老人体面的伴手礼。现在早已过了保质期,可塑料瓶里的胶丸看上去却仍安然无恙。

柯灵用的写字桌是柯灵太太从娘家带过来的铁写字桌,原来

客厅里放着的是他们各自葬礼上用的遗像，和二十世纪初的小铜像

是银行里用的，非常沉重坚固。柯灵从1950年代开始，一直用到去世。那些坚固的抽屉里放满了他的信件，便条和笔记，以及《文汇报》从前用的方格稿纸和红蓝铅笔。现在除了稿纸受潮后生出些细小的褐色霉斑，一切都还是柯灵生前的习惯，抽屉里仍旧散发着一个经历坎坷的文化老人细腻敏感的私密空间气息。

　　书架里的书，有许多关于上海历史和地理的，这大概就是柯灵晚年为写上海百年史诗准备的资料。他在七十岁后一直想写一部上海百年风云录，但未得以完成。只在1994年的《收获》杂志上发表了第一章《十里洋场》。1994年，正是上海出发去寻找自己城市记忆的前夜，经历了多年忧患重重的生活，柯灵仍顽强地保留了一个

2014年,失去了主人因此也失去了客人的客厅还保持着最后一次接待客人的样子。这里保留了都会特有的斯文与摩登趣味。门厅口摆着Art Deco的方茶几,靠窗有Art Deco的大菜台,矮柜上安放着十九世纪初新艺术风格的铜持灯女雕像,主人布置过一个很精致舒适的客厅

作家敏锐的感觉,甚至比他1950年代写作《不夜城》时对时代的感觉更准确和中肯。

柯灵去世后,柯灵太太努力保留了柯灵世界的完整模样。柯灵从未自己提到过故居的事,而陈国容更有勇气,更执着,更坚贞。她心中似乎一直想要证明自己1960年代自杀前,写在遗书上的那句话:"亲爱的,我们是无罪的。"

她多活了七年,最后,她不光留下了完整的书房,也留下了整个家。她使他们的家成为一块像柯灵这样的上海知识分子生命的化石,她相信,有一天她家里留下的一切会被人理解,被人纪念,被人缅怀。

第三章 永不拓宽的街道

柯灵的遗言提到了自己的太太陈国容，称她是他的支柱。

从柯灵书房出来，与之相连的浴室天花板几乎受潮坍塌，但浴缸上方的木头十字衣架上还晾着一条上海产的丝光毛巾，面盆架的刷牙杯子里还插着一套用过的牙刷和牙膏。我猜想这是柯灵太太被送往医院的前一晚用过的。那是夏天，所以她的床上还罩着毛巾毯。她的矮柜上还放着一迭公共事业费用的账单，旁边放着厚厚的英文辞典，这是她最常用的工具书。直到现在，针织十九厂出产的毛巾毯还铺在双人床上，大衣橱里还挂着洗烫整齐，又厚又重的呢大衣。

然后就是卧室了。

柯灵先生晚年写《回看血泪相和流》，1991年发表在巴金先生主编的《收获》杂志上。这篇文章痛苦不堪地记述了"文革"中在这间卧室里发生的事，所以在我还未见到这间卧室时，就已经在柯灵先生的文章里认识了它。后来，我又辗转听到柯灵太太对那段日子的回忆。他们夫妇的回忆在我心中形成了彼此参照的视野。所以在我心目中，这是见证了他在剧烈痛苦与屈辱中灵魂自洁的房间，一窗一镜都是见证，都留在旧时光里。这种时空完全打开的感受非常奇异，走进他们留下的卧室，就好像滑入一个熟悉的噩梦里。

从1966年夏天说起。柯灵先生突然被叫到作家协会办公室，旋即就被人带走关押。对柯灵太太来说，活生生的人突然就没了下落，而且不知死活。为了找到丈夫的下落，她曾终日奔走于在上海各处召开的批斗大会，她希望在被批斗的人里找到丈夫。她居然还

二、从宝庆路到复兴中路：琥珀内的气孔

真的在一次文化广场召开的大型批斗大会上见到柯灵的身影。日后回忆起来，她还记得那次她拼命朝前挤，想让丈夫也看到自己。但她滑倒在泥沼中，被人踩掉了鞋。

三年后的夏天，柯灵被释放回家。

> 我回到家，满目凄凉，恍如隔世。客厅、书房都贴着封条，只保留了一间四壁萧然的卧室。在那样地老天荒的年月里，国容掘俱穷，没有拖欠国家一文房租。那时不知有多少人家扫地出门，我仗着国容，出狱后才有这一片容身之地。
>
> 我和国容历劫重逢，怎么也没想到，她会发生这样剧烈的变化。不但容貌变得我不认得了，而且丧失了语言能力，说话佶屈聱牙，格格不吐，完全像洋人生硬地说中国话。她本来健谈，却变得沉默寡言。又学会了抽烟，一支一支，接连不断，没日没夜，把自己埋在烟雾弥漫中。她绝口不谈过去的事，我一谈，她就用眼色和手势制止。
>
> 有一晚，我靠窗坐着，窗上映着我头部的剪影，忽然一声锐响，我遭到了射击，没有击中，落在地上的是一粒小铅球，想必是邻家的孩子干的，那时这样的恶作剧很流行。国容惊魂甫定，轻声说：我们给人家当作特务在审查，你知道吗？四面都有耳朵。说时神情惨淡，和我泪眼相向，久久无言。
>
> 那天我们谈得很晚才休息。将近破晓，我在睡梦中被一阵钝重的抨击声惊醒，开了灯，只见国容躺在长沙发上，用毯子蒙着头，我过去揭开一看，我一生也没有经过这样的打击，天崩地裂也不会使我这样吃惊。
>
> 注：摘自1991年《收获》第4期，《回看血泪相和流》

柯灵家厨房里的碗橱，里面还留着大半瓶泰康黄牌辣酱油。直到此刻他家的筷子筒还挂在原处，里面还插着洗干净的竹筷

现在这是间四处挂满灰尘，气味潮湿的卧室，窗下的沙发椅上堆满杂物，窗外遍爬的青藤使得室内黝黯，我就站在他们的大床旁边，此刻似乎也令人恍若隔世。他们曾在这里泪眼相看，在时代的碾压下经受生离死别。柯灵太太自尽未遂的情形，柯灵始终不忍写明。可是，柯灵早年曾两次被日本宪兵队抓去关押用刑，他并不是没见识过可怕的事，他理应比一般生活优游的知识分子坚强。他写了自己经历的重重屈辱，但他还是不忍复述。读他这段文字时，我一直联想到巴金先生写"文革"中妻子受难的《纪念萧珊》，它们是一样的悲愤与怜惜交织，令人读得心惊肉跳。

如今卧室几近荒芜，但似乎还荡漾着一股纸烟燃烧的气味。当年柯灵默写给妻子的诗，妻子写下遗言的小书桌就在窗边，我没看

二、从宝庆路到复兴中路：琥珀内的气孔

到长沙发，但闻到纸烟的气味。这让我想到固定在琥珀里的那些气泡，那本是古老的空气，早已无处可寻的空气。

在厨房碗橱里，我看到装在花生酱玻璃瓶里的，是早已结块了的散装白砂糖。碗橱深处放着工厂技校食堂用的白色蓝边洋铁碗，"文革"后，上海的许多人家都有这种工厂食堂里带回来的铁碗，1970、1980年代时，人们都喜欢用它直接在煤气灶上热剩菜，或者煮沸鲜牛奶。即使是柯灵这样大半辈子住在上海的左翼文人，那时日常生活中也沾染上工人阶级的生活细节。不过，在毗邻着厨房的客厅里，我看到一套1940年代风行于上海中产阶级家庭的ART DECO客厅家具。还有一套带木头书箱的四库全书，这是许多知识分子家都没保存下来的珍贵古籍，说起来，这还是因为1966年造反派查封了客厅，它们侥幸留在原处。

站在柯灵家敞开的厨房窗前，隔着一个1940年代的洗碗池，和靠在水龙头旁边的一只细竹丝编成的淘米箩，我望到楼下梧桐深深的复兴中路。街对面有家新开的红酒馆，几个金发的洋人在桌前望着外面，桌上放了一本蓝色衬底的孤星旅行书和耐克的防水背包。现在来上海旅行的外国人也懂得去过外滩和豫园后，在历史风貌保护区里花更多的时间，寻找自己独特的上海体验。人们来这里吃饭，漫步，喝酒。而我觉得自己是站在琥珀中心的小虫子的角度，向他们张望。我相信他们慢慢在不寻常地大敞的窗户里望到了我，他们好奇而平静地望向我。于是我们互相张望着。我相信他们看到了琥珀难以复制的时光之美，而我看到的是琥珀沉淀并永恒的悲欣。

第三章 永不拓宽的街道

三 / 南京东路：传真

季晓晓走进大堂。这是她第一次代表饭店招呼客人，她用手掌最后一次抹平身上的制服，正摸到自家的心扑扑地跳。

一个穿着入时的中年人正侧身靠在柜台上，一条腿闲闲地搭在另一条腿上，露出一只干净的鞋底，就像悠闲的旅行者。她迎上去问："先生？"

"我是威廉姆森，香港来的。"那人伸手过来行握手礼，中指上一颗硕大的捷克水晶戒指在灯下闪闪发光，晃了季晓晓的眼睛。那人的手温暖干燥有力，不像有的男人，手又湿又冷不算，还软绵绵的，连握都不会握住，令人尴尬。

"我们董经理这就下楼来，你想要找销售部经理谈话，对吧？"她说。

他点头，"是的，一桩大生意，大生意。"

他微笑地环视了一下狭长的大堂。圣诞节刚过去，饭店还没有将闪闪发光的红绿彩带撤下。按照中国人的规矩，这些装饰一直要到春节过后，圣诞节，元旦，春节，一连串冬天的节日才算过完。去年夏天以来，饭店的生意一直很淡，此刻大堂咖啡座里空无一人，褐色的皮沙发显得格外暮气沉沉。但他一边看，一边轻轻点头，好像一个顾客正打量一件合身的呢大衣，决定要买下来。"你知道这地方原先叫华懋饭店吗？"然后，他转向她，他的口气好像在谈论一个伟大的秘密。

三、南京东路：传真

"我还是个实习生，此番是来为董经理做翻译。"季晓晓谨慎地说。她认为它很高档，因为暖气很足，上班穿单件制服就够了。洗澡的地方还有个简易理发室，免费给员工吹头发。还听说市长喜欢到楼上的沙逊阁请客吃饭，沙逊这个名字是从前饭店主人的名字，是个外国人，瘸子。不过，季晓晓知道，这些说出来太零碎了，简直不像话。

"不过，我知道沙逊。"她谨慎地说。

"对呀，维克多·沙逊爵士。我会租下他的卧室，你们现在称为沙逊阁，开鸡尾酒会。"他再次微笑，脸上出现了梦幻般的辽远。

"WOO。我竟然会用他的私人浴室。"

一辆载重卡车路过门外的滇池路，通向滇池路的转门处传来微微的震动。这是1990年冬天，外滩正在分段改造，不远处的黄浦公园正在建造人民英雄纪念塔，每天都有装满黑褐色泥土的载重卡车经过滇池路，留下一股冰凉河泥的土腥气。

季晓晓每天上班都踩着从卡车上落下来的泥块进门来，都要在大门口的擦鞋垫子上用力擦干净鞋底，才走进来。第一天上班，走在她前面的一个女职员就是这样做的，那年轻女人是个黑里俏，微微发胖的身材玲珑有致，有种让季晓晓暗自羡慕的丰饶。她将皮包抱在胸前，一边在擦脚垫子上用力踩着脚，一边笑着骂卡车是"瘟生"。她被制服包裹着的梨形腰身波浪般地拧动起伏，好看得不得了。季晓晓于是也一边擦鞋底，一边在心里骂一声"瘟生"。

擦干净鞋底的烂泥，走在擦得闪闪发光的大理石地面上，好像

第三章 永不拓宽的街道

走进了另一个世界。

季晓晓心里总是庆幸自己能在这里工作,她以为这里比虹桥那些新造的宾馆高档,虽然不及它们时髦。分去那里的同学趾高气扬炫耀他们的制服衬衣都是烫过的,让她不甘心。

威廉姆森说,他想要租下整个和平饭店,举办一场通宵舞会,他将会邀请五百位客人从香港来参加这场舞会。"你们酒吧里有一味鸡尾酒,叫熊猫,届时在沙逊爵士的卧室里,我们就喝熊猫鸡尾酒。"他说。

董经理的眼睛在咖啡座的暗处忽闪了一下,他紧盯着威廉姆森的脸,嘴里吩咐季晓晓说,你问问他,是将整个饭店全包下来的意思吗?除了客房,我们还有中餐厅、西餐厅、沙逊阁、老年爵士酒吧呢。

的确是这样,全包下来。和澳门的贝拉·维斯塔一样。

"你可知道澳门的贝拉·维斯塔酒店?"威廉姆森先生问董经理。

"不知道。"董经理摇头,"只知道香港有个半岛酒店,它是香港的第一块老牌子。"

"半岛酒店太国际化了,已经不够地道。"威廉姆森先生摇摇头,"但贝拉·维斯塔不同。它旧啦,而且原汁原味地老,和这里一样。你知道,这种时光的印记不是营造出来的,而是沉淀下来的。香港太标准化,味道已经不够纯正了。"

威廉姆森先生的这番话,季晓晓翻译了好几遍。威廉姆森先生的"旧",是老的意思,不是破烂,不过,也许有点老古董的意思,是个褒义词。威廉姆森先生的"国际化",是与国际接轨的意思,不过不是他想要的那种个性化,是个贬义词。与威廉姆森先生来来

三、南京东路：传真

往往解释了好几遍，季晓晓才确定自己把这话翻译利落了。她捏捏手心，捏到了一把细汗。

董经理点点头表示理解，"就是上海老克勒，叫他晚上先到我们的老年爵士酒吧去看看。要是说原汁原味的话，那里是真正的原汁原味。六个老头子，二十几岁的时候就已经在上海的舞厅里敲爵士了。味道浓得不得了。他们夜夜演奏的曲子，都是二十几岁的时候上海滩上流行的。"

威廉姆森先生已经去过了，他就是昨天晚上在酒吧里做出这个决定的。澳门的贝拉·维斯塔酒店被日本人买下了，要关门大修。他正发愁今年没地方去开舞会。

威廉姆森先生的舞会，就叫贝拉·维斯塔舞会。

"那么，贝拉·维斯塔舞会就是想要怀旧咯。"董经理带着季晓晓去总经理那里汇报。总经理说出一个在1990年冬天人们还很陌生的词，一个带有颓废意味的词。季晓晓坐在一边，暗自庆幸自己用那个"味道"，算是用对了。

总经理的椅背上搭着他的灰西装，里子上露出培罗蒙的商标。

总经理的身体前倾，探着头，眼睛也像董经理在楼下紧紧盯着威廉姆森看的样子一样，紧紧盯住董经理的脸。不过，他看上去可比董经理精明多了。季晓晓忍不住也看了董经理一下，他瘦削的脸上，正用一种"听凭领导做主"的顺从掩饰着兴奋。但季晓晓觉得他那张本地人宽大并向外凸出的颧骨上，那种循循善诱的热络，与威廉姆森先生其实是一样的跃跃欲试。

第三章 永不拓宽的街道

董经理说:"伊拉外国人嘛,总要有个花样才玩得起来。"

总经理倒是去过澳门的贝拉·维斯塔喝咖啡。他说,那个酒店的规模比和平饭店可是要小,设施也没和平饭店这么时髦。"这个人怎么好拿澳门来与上海比。我们上海在三十年代时,可是与纽约齐名的世界大都市。我小时候就听家中大人讲过,华懋饭店是上海滩上最高档的地方,国际饭店都不在话下。"总经理不甘心别人这么抬举澳门的那一家。

"听我师父说,我们和平厅的地板下面还特别装了弹簧呢,考究得很,专门为跳舞准备的。整个上海,除了联谊俱乐部舞厅有弹簧地板,其他地方还没有这么好的跳舞地板呢。"董经理接口。

季晓晓不知为什么他们两个人,都不对着他们彼此,却只看着自己说这些话,似乎为了向自己解释,威廉姆森先生的选择没有错。

"你知道这是啥意思吗?第一天客人陆续到上海,入住,第二天,舞会,第三天,休息购物,第四天,陆续离店。光客房的收入,就是一百万美金以上。"董经理啪嗒啪嗒敲打着一只三洋牌计算器,对季晓晓说。"还没算套房的价钱。"

然后,他才把计算器放到桌子上,对总经理推过去,"现在饭店生意正淡得不得了,我们这几天,毛估估就可以赚到这个数。"

还没算上客人们在饭店里的吃用和酒水开销。

在和平饭店历史上,还没有一次,将整个饭店打包全租出去的经历。也许唯一的一次全包,是免费接待苏联海军访问上海的舰队,那是1956年的事情了。

季晓晓看到他们两个人的眼睛都亮了亮。"不管他们外国人怎

三、南京东路：传真

么想，我们总是为国家创造外汇收入。"他们异口同声地说。

她想，他们决定要做这桩生意了。

威廉姆森先生站在英国套房幽暗的走廊里，看上去很失望。

这个冬天阴霾的下午，季晓晓与董经理陪着他从沙逊阁一路沿着楼梯走下来，去看了九霄厅，龙凤厅，扒房，他们沿着装饰着镜子和厚玻璃壁灯的走廊向和平厅去。走廊里的灯光真是金色的，沉甸甸的，散发着季晓晓难以表达的神秘与高雅，或者说，就是威廉姆森先生所说的"味道"。在灯光里，威廉姆森先生纠正了董经理"厚玻璃"的说法，他说，那厚玻璃是世纪初在欧洲和美国非常流行的拉力克玻璃，一种出产在法国的玻璃，贵得很。现在这些拉力克玻璃都放在博物馆里。他还从未见到过世界上有别的地方，像和平饭店这样，仍旧将它们装饰在饭店各处，甚至九霄厅的两扇木门上，就像三十年代人们的用法一样。"不得了，不得了，这个和平饭店的奢侈，简直就像处女对纯真的奢侈。"威廉姆森先生压低嗓音用力说，好像不得已，要这样才能平复自己的激情。

季晓晓第一次听到有人这样喑哑着嗓子赞美自己工作的地方，心中暖洋洋的，有点飘飘然。

拐到和平厅里的时候，中午的婚宴刚结束。有两个中年妇女正用家里带来的大钢精锅子装没盛完的老鸭汤，空气里弥漫着一股鸭汤热烘烘的土腥气。但这没影响到威廉姆森先生，他兴致勃勃地在地板上跳了又跳，感受地板下面弹簧的波动。

走到和平厅的另一端，那里有个套着的小厅。威廉姆森先生指

第三章 永不拓宽的街道

出,这里应该是原先舞厅的正门,这个小厅是原先舞厅的入口处,四壁装饰着的,都是拉力克玻璃,非常华丽。旁边那个狭长的小房间,现在用来堆放圆台面的,一定就是从前的衣帽间。小厅外面就是宽大的电梯间,雕梁画栋。当年舞会的主人,就应该在这里迎候客人。威廉姆森先生说着走到一只红木花架旁边,向电梯的方向欠了欠身,"就是这样。"

直到走进电梯里,窄小如同方格子般的电梯也被他全心全意地赞扬了一句,"不愧为完美的二十年代空间。"

一路上,董经理笑得好像个正在献宝的孩子一样。后来,季晓晓觉得不是他们带着威廉姆森先生考察饭店,而是他在为他们讲解饭店的身世。

季晓晓突然想起一件事,仗着气氛非常和睦,不再像接待外宾,她就问了:"威廉姆森先生,我有个问题。我们饭店的墙上,窗上,包括顶楼的金字塔尖顶下面,都有两条狗的图案,你知道那是什么意思吗?"

"应该是华懋饭店的LOGO。"威廉姆森先生建议说,去仓库里找一张从前华懋饭店的信纸,或者从前沙逊洋行的信纸,就能确定了。

"不过,"董经理说,"现在和平饭店库房里,最早的东西,就是1956年开张以后置办的银餐具,再以前什么都没留下,连一根毛都没有。"他说着,舌头在嘴里响亮地弹了一下,表示什么都没有了。董经理从香港酒店培训回来,打算新做一套饭店明信片,已经到库房里去翻过了。

三、南京东路:传真

"那么就去档案馆试试。"威廉姆森先生建议说,"其实,你们自己都可以办一个小的博物馆。看起来大堂里的那些皮沙发也是三十年代的旧物。"

改造过的套房和新家具,好像给威廉姆森先生吃了一记响亮的耳光。

他站在门口不肯踏进门去。

董经理解释给他听,饭店从1956年重新开张以后,一直都没有大修过,饭店外面看上去很好,可里面都已败坏了。原来的钢窗不密封,外滩的市声吵得客人一直投诉,所以不得不加装一层铝合金窗子。原来的客房家具是深褐色的,几十年用下来,床架子散了,抽屉脱底了。房间里显得很暗,很阴沉。也许从前流行过这种英国风格,但现在已经不是国际流行了,所以才换浅色的客房家具。原先的确是大理石浴缸,比现在的浴缸气派大,但是因为太旧了,服务生擦浴缸很费力。

"我进饭店,最开始就在这层楼当服务生。日本客人喜欢泡澡,他们泡完澡,肥皂会粘在浴缸壁上,我第二天清浴缸,要刷好久才能刷干净。"董经理告诉他。

"但这才是地道的旧时代。"威廉姆森先生说,"我知道,那时候每天送进房间的报纸,都有专人用熨斗烫平整,才送来的。房间里所有的卧具,都是上好的亚麻布。你想想,这里曾是东亚与泰姬玛哈齐名的豪华饭店呀。"

季晓晓不知道泰姬玛哈在哪里,威廉姆森先生说,是印度的一家殖民时代豪华酒店,直到今天,它还是印度最好的饭店。

第三章 永不拓宽的街道

　　三个人沉默地站在门口，季晓晓觉得自己与董经理好像在教师办公室里罚站的学生一样。
　　"那么说说看，你见过原来的房间是怎样的。"威廉姆森先生终于打破沉默，重起炉灶。
　　董经理点点头，在房间里比划起来。这里是一对对床。当时的床有深褐色的木床套，席梦思架子嵌在床套里，下面还装着小轮，可以推动。
　　对床靠在一起，床的两边是两个床头柜，抽屉上刻着菱形的图案。
　　更衣间比现在要宽敞多了，里面有褐色的抽屉，鞋架和衣架。
　　房间里有五斗柜，抽屉很薄，正好能平摊开一件衬衣，不用叠起来。抽屉的四边都用一条车成圆形的木条嵌起来，摸上去很舒服。清洁抽屉也很方便。
　　"这里总是放着一块老式地毯，边上有排棉线流苏的那种。"董经理走到斜靠在窗前的贵妃榻前，蹲了下来。"清理完地板以后，将地毯翻回去是个手艺活。"他突然微笑了，他的师父教他此时用力要恰到好处，地毯边上的流苏才能被平整地摊开，不会粘在地毯上。这是和平饭店客房服务生的基本功，做得干脆利落才算过关。
　　"那么现在这些家具在仓库里吗？"威廉姆森先生问，"要是能按照原样恢复，就会是令人感动的时光倒流。它们没有过气，它们其实是非常浪漫的。"他双手合十，对季晓晓恳求道，告诉他，你一定要告诉他，它们都是些非常浪漫的物件。
　　"不。"董经理转脸过来看着季晓晓，用上海话急促地说，"不

三、南京东路：传真

可能了，家具早已经处理给郊县的招待所了。"

季晓晓不敢看威廉姆森先生期待的脸，也不敢看董经理尴尬的脸，她只看着自己隐约可见的鼻尖。嘴里用上海话回应，"那我就不用全翻译给他听了吧。我怎么解释呢？"

"我也毋啥办法想。"董经理说。

威廉姆森先生没等季晓晓翻译，他走过去哗地一声拉开窗帘。遍布雨痕的玻璃外，能看见对街古老的安妮公主式的大房子，那是和平饭店南楼，整个外滩最古老的房子，1907年的。

"不，它不是什么和平饭店南楼，它是皇家旅店。你们一定知道英国有个爱美人不爱江山的国王，他爱上的那个美国女人，辛普森夫人，当年就在那里住着，等她的海军丈夫来上海。他们就是在上海找律师离了婚，比在美国方便。当年她就说过，在上海，什么事情都可能发生。""我亲爱的，"他叫董经理，"我最亲爱的，"他又叫季晓晓，"故事就在身边，从未走远过。可是我们不能用这样的房间，来面向辛普森夫人的窗子。"

一字一句翻译着威廉姆森先生的长篇大论，季晓晓突然觉得自己好像在朗诵，她心中弥漫着一种奇异的感情，好像是感伤，又好像是惊异与欣喜。她才二十岁，从未体会过这种复杂难言的感情，不知为什么，她只是生怕自己哭出来。

她其实都不知道自己为什么想要哭。

董经理仰头默默听着，他脸上的颧骨显得更高了。

"那些花纹是原来的。"董经理指着天花板，他突然开始缓慢地，小心翼翼地说起了英语。"记得我第一次看到这个天花板时，

第三章 永不拓宽的街道

心里还想,这到底从前是什么地方呀,这辈子我从来没看到过这么好看的天花板,那是九年前的事了。当时带我的师父,是老华懋饭店时的服务生。他告诉我说,他刚来饭店做服务生时,这些花纹还是彩色的呢。他说,小瘟生,你算是没得眼福。"

董经理结结巴巴地吐出一个个单词,不过,他的声音却变得柔和。"那时我每个月都要为这间套房打一次蜡,我熟悉地板上所有的钉子眼,每一块松动的地板木块,还有女人细高跟鞋留下的又小又圆的瘪宕,客人拖箱子后留下的划痕。有时候心情好,我就会猜想,这里到底从前住过什么样的客人呀。"

季晓晓望着幽暗的光线里,董经理好像沉浮在绿水中的红鲤鱼似的脸,心想,那么,这个人就是自己的师父。

"你来吧,下次我会为你恢复这间房间的原状。"董经理许诺。

自威廉姆森先生回香港后,贝拉·维斯塔舞会的事就在饭店里传开了。对董经理和季晓晓来说,它变成源源不断的传真纸。办公室那台三洋传真机前面,常常拖了一条长纸,一直垂到地板上,有时还在地板上堆成雪白的一小堆。本来它放在董经理的办公桌上,后来季晓晓收发不方便,就将它单独放在茶几上。常常早上打开办公室的门,迎面就看见茶几前面的地板上蛇般地盘着一堆纸。

TO PEACE HOTEL:我们已在香港招募客人,客人们会从东南亚,澳大利亚,甚至英国来。里面不光有富翁,艺人,还有英国的历史学家,甚至还找到一个老先生,他1939年在华懋饭店结的婚。

三、南京东路：传真

季晓晓忍不住问了声，那么他老婆也来吗？她被董经理教训了一句，小姑娘管这么多客人的隐私干什么。我们做酒店的，只管照顾好到你店里来的客人就行了，别的事情不要管。

TO PEACE HOTEL: 我们已开始采购为五百个客人同时服务的用具与酒水饮料。这是和平饭店成立以来第一次为舞会准备的大型宴会和酒店服务，是我们接待的最大一个散客团体，大家都很重视。饭店同时也开始了对服务生，领班和经理的培训。我们预计那个晚宴的三道菜加上一道甜点，需要上下四千多只盘子，三千多只酒杯和五百只咖啡杯加杯碟，整个四天的服务，我们会准备充足的烈酒和软性酒，也已经开始从法国预订足够的依云矿泉水。我们服务生们上菜和撤盘的路线已经制定，并进行过一次预演。为了确保服务质量，我们请已经退休了的老员工回来坐镇，他们富有经验。我们的主厨保证，到时候每只端上来的盘子都是热的。

TO PEACE HOTEL: 贝拉·维斯塔舞会的传统，每次都会有一个主题。这次和平饭店的主题，是领呔，三十年代男士用的领呔曾风靡一时，因此，在这里我们也暗指三十年代。这也是华懋饭店最风光的时代，是上海最风光的时代。上海在三十年代曾到达过世界著名大都会的高度，与纽约巴黎齐名。这点也许现在的上海不以为然，但海外却仍旧仰慕追忆不已。在舞会上，客人们会打扮成三十年代的样子。另外，还将邀请一个易装艺术家小组来舞会做特别表演。他们也将演绎三十年代风格。关于季小姐的问题，我在香港查到了一个答案，那两条狗——其实是两条猎犬——，是华懋饭店的标志。香港这里有

第三章 永不拓宽的街道

人在上海出版的旧英文报纸上找到了带有这个标志的华懋饭店广告。

TO PEACE HOTEL：我们和平饭店很高兴知道了那两条猎犬标志的含义。经历过"文化大革命"初外滩破四旧，我们周围的大楼都砸毁了不少过去的东西，但和平饭店却侥幸保留了完整的历史印记。我们饭店已经扩充了为客人洗烫衣物的工作间，虽然五百个客人要是同时需要洗烫衣物，对饭店来说工作量太大，但我们一定会满足客人的要求。关于易装艺术家表演小组来华事宜，我们必须向上面申报。由于他们并不是公开演出，我们决定将他们作为客人申报。关于解释易装艺术家的含义，我们认为他们与我国传统京剧中的旦角表演性质相同。

TO PEACE HOTEL：我们在《南华早报》上刊登了前往和平饭店的广告，反响非常热烈。撰稿人提到了三十年代在上海的《北华捷报》上曾有过介绍沙逊爵士举办的那些传奇般的舞会的照片，那次是以马戏团为主题的，沙逊爵士自己装扮成一个魔术师。附上简报一份，似乎他们当年的照片就是在我们曾站立过的位置拍摄的。当时正是太平洋战争前夕上海最后的和平岁月，歌舞升平。沙逊爵士的舞会是上海侨民无法拒绝的娱乐。这个报道极大地开拓了女士们置办新装的想象空间，香港的私人裁缝最近生意奇佳！托尼和苏珊，你们一定要知道，你们手中握有的无价之宝，就是你们那饱经风霜的老饭店。世界上有如此多美丽的酒店，但像和平饭店这样的，仍是我所见到过的最有情调的，最能感受时光如何流逝的浪漫地。相信我。

季晓晓，也就是威廉姆森先生所称的苏珊，自然而然地成了董

三、南京东路：传真

经理的文字助理。她负责把这些传真归档，摘出重要的句子打印出来，做成简报。贝拉·维斯塔舞会渐渐变成了整个饭店的中心工作，季晓晓因此认识了各个部门的同事，因为他们见到她，会主动问她进展的情况，不少人喜欢问她那个外国人又说了什么饭店的老故事。当有一天，季晓晓发现自己竟然在为集团下来检查工作的领导讲解九霄厅门上的拉力克双面玻璃，发现总经理正站在灯下笑眯眯地望着自己，董经理站在总经理旁边也笑眯眯地望着自己，她突然慌了，脸热烘烘地红了起来："不好意思，我乱讲了。"

董经理笑了起来，他说，哪里，小姑娘天天收发传真，做简报，从那里面真学到不少货真价实的东西呢。他们团支部搞义务劳动，帮和平厅清洁地毯，小姑娘都先去给团员做了一个饭店历史的报告，算是动员会的一项内容。

"讲得不错呀。我最早从部队复员时，也在和平饭店做过服务员。我也记得看到窗子上和墙上的两条狗，我今天才第一次知道到底是怎么回事。"领导长着白净软胖的圆脸，脸上微微笑着，好像一尊菩萨。

"威廉姆森先生一口一个'你们的饭店'。"季晓晓说，她的确对此有点不习惯。

"当然啦，我们都是饭店的主人。"领导说，"现在大概这种爱店如家的教育薄弱了，我年轻时进饭店，新员工培训时，最开始就教育我们，我们是国家的主人，我们是饭店的主人，所以要爱店如家，不许浪费。"

董经理说，他进店里的时候，也教育新员工要爱店如家。

第三章 永不拓宽的街道

季晓晓在饭店里渐渐有了名气，因为从她那里常常能听到一些饭店过去的事。虽然都是旧闻，但对饭店的年轻人来说，却是新知。她是个和气害羞的小姑娘，贝拉·维斯塔舞会的进展情况饭店里人人关心，只要有人问她，她总一五一十地说给别人听。所以，董经理出门去找已经卖出去了的旧家具，饭店里的人马上就知道了，知道的人统统大骂当年三文不值两文卖掉家具的人是败家精。等董经理押着一车旧家具回来，饭店里能从岗位上跑得开的人都去围观，好像迎接老相识回家那样，你一把，我一把，帮着把它们抬下车来。董经理浑身香烟味，从卡车的副驾驶座里跳下来，高声骂了一句："册那！"季晓晓不知道她师父这是太自豪，还是很生气，或者是有点不好意思。

那天，她下楼来到大堂里，老年爵士乐队已经演出了，大堂里响彻了他们的音乐声。季晓晓好奇地走到酒吧门口张了张，哪知道酒吧里的女人认出她来，很热情地把她往里面让。

那人，就是季晓晓第一天上班时在滇池路门口遇见的女人，季晓晓心里称她黑里俏的那个女人，原来她叫阿四。

这是季晓晓第一次进酒吧，她新奇地看着屋顶上的铸铁吊灯没照亮的地方，暗影幢幢中，有人正随着震耳欲聋的音乐起舞，像水草一样荡漾。满墙琳琳琅琅的外国酒瓶子前，一个穿黑色马甲的瘦高酒保正摇动手中的SHAKE，摇着摇着，突然向半空中抛上去，引得吧台上坐着的一圈客人都鼓起掌来。季晓晓想起母亲从不许自己去酒吧和咖啡馆的家规，在本分的父母看来，出入那种地方的小姑娘，都不是什么正经人家出来的清白女儿。

三、南京东路：传真

虽然第一次来酒吧，可季晓晓一点也不觉得陌生。她似乎很适应这种幽暗的光线和总是慢了半拍的乐曲，和平饭店天生就应该是这种光线。乐队老伯伯们在乐曲中摇晃的脸上，有时被追光灯照亮，有时又荡入暗影中，这让季晓晓想起蹲在地板上的董经理，她的师父，想到他在套房里的幽暗中荡漾的脸。季晓晓觉得这样的脸，也是天生就属于和平饭店的。她甚至觉得自己很喜欢这里沉重空气里面的香烟气味和酒精气味，这种不清白对她来说真激动人心。

阿四领她到吧台的空座位上坐下，麻利地给她倒了一杯可乐，拿了一小碟花生米。说，"苏珊，你该到我们酒吧来体验一下生活，将来好对外国人好好介绍我们饭店。"她果然是个热情的女人，再三夸季晓晓的报告做得好，"我从小跟着我爹爹来饭店，那时候，龙凤厅天花板上的龙凤比现在要清爽多了，现在只管一次次往上面刷涂料，线条都不那么清楚了。其实要是能乘机将饭店好好修一次，就更好了。好容易遇到识货的，总是要做得地道才好呀。"

季晓晓嗳了一声。她暗自遗憾自己没能得到一杯吧台上人人都在喝的烈酒。和电影里的情形一样，客人在手里慢慢晃动着玻璃杯子里金黄色的酒，冰块发出晶莹的响声。她觉得自己虽然本分，心中却有种对豪华大饭店熟门熟路的喜爱。

阿四的爹爹被饭店请回来，到厨房压阵。

"原来上次饭店演习时，我在大厨房门口看到一个大厨，威风凛凛挺着个将军肚，叉腰站着，他就是你爹爹呀。"季晓晓恍然大悟，她从来没见过这么威风体面的厨子。董经理告诉她，他是和平饭店厨房的老法师，舞会前面的晚宴定下来的三道菜，第一道：清

第三章 永不拓宽的街道

汤罗西尼，第二道：忌司烙鲜贝，第三道：美国沙朗牛排，都是他拿手的，特别是牛排。

那次，各路老法师们都被请回来为饭店出谋划策，季晓晓和董经理在大门口迎接他们，整个饭店好像过节一样，有一股张灯结彩般热烈的喜气。

阿四脸上很自豪。

其实，季晓晓心里也很自豪。她说，"下次我把沙逊的照片带来给你看，我们在档案馆里找到了他的照片，准备镶个镜框，挂在沙逊阁的走廊里。"

阿四眼睛都睁大了，"他好看吗？"

"蛮有派头的，戴了一个眼镜，那种夹在眼眶里的，外国电影里看到过的。"季晓晓将食指和拇指圈成一个圈，压在左眼睛上，"脸上一丝笑也没有。西装的插袋里插了一枝白色的花。"

听上去一表人才哦。阿四笑着吸了吸嘴角。季晓晓心中暗暗微笑，阿四果然与自己一样。这种兴趣如果就是政治老师谴责的那种叫爱慕虚荣的坏品质，她也找到了一个同道。

"所以这人才那么喜欢开舞会，一表人才的人总是最好别人也都欣赏自己呀。"阿四还在想，"你说，他是不是真的不愿意跟自己的女人合用一间浴室呀？饭店里的人都在传他定规不要别人进他的浴室。他怕什么呢？要么有洁癖。"

"大概不高兴别人看到他的跷脚。"季晓晓说，没有什么人是十全十美的。"所以他也不结婚。"

"你说你到现在为止，最喜欢饭店的什么地方？我最喜欢滇池

三、南京东路：传真

路转门上面的那个小阳台。我最喜欢坐在那里看下面人来人往。"

"我也是！下面要是烧咖啡，味道就蒸上来了，好闻极了。我能看到别人，别人不会注意到我。"

她们相约找一天中午休息的时候，到那个面对大堂的半圆形阳台上去碰头。

年轻女孩心中总是有种对同类甜蜜的亲热，总是乐于分享，尤其乐于分享那些与俗世训诫相背离的内心感受。友谊油然而生，阿四与季晓晓就这样成了小姐妹。

TO MW AND COMPANY：我们饭店必须在舞会开始前两天就不接受预订，在舞会结束后的两天之内，整个饭店都需要休整清洁，也无法接受新客人，因此我们仔细核算后，不得不提高这几天的房价，来弥补一部分损失。这是我们这次报价不得不比我们的市场价高的原因，希望得到客人的理解。

TO PEACE HOTEL：我们认为还需要在浴室里放更多法国进口的矿泉水，因为客人们需要用那些瓶装的矿泉水漱口。鉴于我们中有许多人曾在印度和东南亚其他地方旅行过，并有过腹泻的痛苦经历，以此有必要大量增加瓶装水的供应。如果临时供应不足，我们也可以用低度葡萄酒代替。不过了解更多的中国文化也许是个好主意，所以我们都同意第二天早上安排太极拳课。地点在外滩堤岸上也很好，我们会事先招募愿意去学打拳的客人。

TO MW AND COMPANY：我们这边已经凑齐了套房的老家具，带有流苏、花样传统的波斯地毯也找到。家具是到郊县去，分

第三章 永不拓宽的街道

别从好几家招待所里找回来的。那些旧家具,即使是郊县的招待所,都嫌太旧,用得四分五裂了。运回饭店时,不少人到员工通道口来欢迎。请木匠整修过,重新上了层蜡克,已经放回原位。

董经理站在窗前,望着对街的老房子,将双手插在三件套培罗蒙西装的马甲襟上,口授着传真内容。季晓晓觉得师父在这种时候,会不由自主地模仿着苏联电影里运筹帷幄的列宁。董经理最后加了一句,"马丁,我说到做到。现在你可以告诉你的客人们,他们将要看到一个真正的上海高级老饭店原汁原味的样子了。"

这时,他和威廉姆森先生已经互相称呼名字,不再先生来,先生去。

TO MW AND COMPANY: 我们饭店今日召开员工动员大会,要求客人到达以后,至少全部党员和团员都要住在饭店里,不要请假,保证服务。员工们就在办公区打地铺休息。接机过程已经确定,客人到达后,行李与客人在机场就将分离,全部托运行李由饭店员工帮忙取回饭店,分送到各个房间。所以务请客人在行李吊牌上写清自己的姓名和房间号。客人们将直接上饭店班车,在班车上即可办理入住手续。虽然还有千头万绪的工作要完成,但我们已经准备好了。欢迎来到和平饭店。

马丁,我们虹桥机场见!

TO PEACE HOTEL: 传真一份我给我们客人的忠告给你们备份,我如此感激你们做出的努力,请相信我们心中此刻充满感激和

三、南京东路：传真

对和平饭店舞会的无限期待。"各位：上海和平饭店的员工们为我们的舞会付出的努力和热情是我们目前很难想象的，他们将我们视为文明人，所以各位千万珍重自律，不要让和平饭店失望。"

托尼，我们虹桥机场见！

TO MW AND COMPANY: 十万火急！我们向广播电台借到了下半夜舞会需要用的唱机和功放，为了保险起见，还借来了两台。但是实在找不到可以做DJ的人，你们得自行解决。切切。

TO PEACE HOTEL: 我们会从香港带DJ过来，放心，不会让下半夜冷场的。睡个好觉！

最后一次向那个香港区号的号码发送传真，季晓晓看着那张写满英文的传真纸从传真槽里滚出来，滑落在地板上。她想起董经理在套房地板前说的话，现在，她也可以用他富有感情的语调说起带有流苏的波斯地毯那样，说起这台三洋牌传真机。她发现自己心里已有了种老员工的感觉。

明天舞会的客人们就要启程来到上海，董经理在外面忙了一天，落实放在客人班车上的车资箱。直到今天上午，董经理才想到，客人们一下飞机，就伸手向他们收车钱，有损于大饭店的气派。所以他想在班车上放车资箱，由客人自动投钱进去。董经理不在，就季晓晓一个人镇守在办公室，不过，董经理答应明天带上她一起去虹桥机场接站。季晓晓在大堂礼宾部的柜台那里见到椭圆的黄铜迎接牌，上面欢迎贝拉·维斯塔客人的牌子都夹好了。记得当时威廉姆森先生就斜靠在那里，现在真正是万事皆备，只欠东风了。

第三章 永不拓宽的街道

季晓晓弯腰拾起地上的传真稿，存进文件夹的最后一页。关于贝拉·维斯塔舞会所有的来往传真都存了档，足有半尺厚，最早的传真已经开始褪色。她心里还是不太相信，舞会明天就要真的开始了。

季晓晓望得见办公室窗子对面的房子，那就是去年威廉姆森先生指给他们看的辛普森夫人住过的房子。她想象那个澳门的贝拉·维斯塔酒店，一定是天堂一样的地方，自家自惭形秽，只有努力工作，努力满足客人的需要，才能争取到这样的舞会。现在她意识到，也许这一刻的到来是必然的。

总经理已经一星期没回家了，董经理也是，就是她这样的小巴拉子，都一星期没空回家。总经理已经累病了，他就在办公室里打点滴。在季晓晓看来，他已经很老了，不能老睡在办公室里。但大家其实都有点怀疑自家的饭店是不是能做得好，看到他在饭店里走来走去，比较定心。董经理每日奔进奔出，两眼光芒四射，却什么也吃不下，光喝水。阿四整天检查她负责的那些酒杯子，保证它们个个都晶莹闪亮，挂在吧台上，好像晴天夜空里的星星那样一味地闪光。就连从其他酒店借来的吹头发的阿姨也到位了，阿姨们换上了饭店给的制服，一律的白衬衣，黑马甲，黑色领呔，远远看，要先看屁股大不大，才能确定那是男人，还是女人。客房部的换好了白色制服，餐饮部的换好了红色制服，门童也都换好了杏黄色的制服。

忙完了办公室的那些事，季晓晓不由自主要再去看看八楼，龙凤厅，和平厅，明天那里就是整个饭店的心脏。离开办公室时，她听到大堂里传来一阵阵掌声，那是客房部的共青团员正在练习明天夹道欢迎客人，不知有人说了什么，人们哄笑起来，兴奋的笑声好

三、南京东路：传真

像一群被惊起的鸽子那样四下散落。她后来一直都无法忘记那个夜晚的饭店，没有客人，却四处都是跃跃欲试，匆匆忙忙的饭店工作人员。每层楼都灯火通明，新打过蜡的老地板，擦得纤尘不染的灯罩，刚刚做好保养的大理石柱子，四处都闪闪发光。在季晓晓心中，只有小时候跟妈妈去宁波的乡下老家过年，才有这样隆重的喜意。

在龙凤厅门口，她看见正仰头望着天花板的董经理，原来他也在这里。

龙凤厅里所有的灯都打开了，通体透明，好像神话里的宫殿一般。龙凤与倒挂蝙蝠在隐藏在天花板吊顶中的霓虹灯映照下富丽堂皇。蓝绿色上的云朵一层层地卷曲着，有一点变形。所以季晓晓第一次看到它们的时候，老觉得只有在梦里才能看见这样的云。此刻她发现自己大概算是看懂了，原来这就是DECO，是三十年代上海的摩登。金色的龙和凤，还有金色的蝙蝠和红色的夜明珠。原来这就是契丹的颜色，CATHAY HOTEL自己的颜色，就像泰姬玛哈饭店里面火焰形状的拱门，是它们自己的形状。季晓晓想起威廉姆森先生在某一份传真里解释过CATHAY的含义，她自己又去查了字典，契丹是外国人所认识和想象的中国。

天花板好像一个秘境般笼罩着整个餐厅，那是一种红彤彤的神秘。季晓晓暗自在心里点头，难怪威廉姆森先生会看中饭店，到底是见过世面的人，他猜都猜得出来，一旦打扮起来，它会有多么漂亮。只要当时威廉姆森先生侧身靠在大堂一角的柜台边，开口说："我有一个五百人的舞会，你们这里能不能办？"和平饭店就会被唤醒，好像童话里在森林里被唤醒的，已沉睡多年的公主。

第三章 永不拓宽的街道

"要是没有我师父他们用白报纸把整个天花板都糊起来，红卫兵老早就把它们全都砸光了。现在我还真不知道，饭店有什么拿得出手，能卖出这么个好价钱。"董经理突然仰着头说了一句。

正说着，餐饮部经理带着几个一律结着蓝色的和平饭店长领呔的领班走过来，这一行人都中规中矩穿好了明天的制服，皮鞋踩在新打好蜡的地板上，兹拉兹拉地发出一片响声，好像一只坦克开过来。

明天五百个客人的晚宴，和平厅、扒房和龙凤厅，都已摆满铺好整烫一新的红桌布的圆台面。他们最后要再走一遍明天宴会传菜的路线，虽然大队人马已经预演过三次，他们还是再要敲敲定。保证上菜的，和撤盘子的，分开两条路线，快速，不乱。

他们匆匆过来打了个招呼，就往和平厅去了。董经理就望着他们的背影笑，"这些瘟生，本来都是麻将牌，拨一拨才动一动的，现在倒真正都魂灵生进去哉。"

季晓晓突然说，"我以后结婚，一定也要在饭店里摆酒。"她说出口，才发现自己说的是昏话，自己男朋友也没有，工资才一百多块钱，她脸一下子烫了。"癞蛤蟆想吃天鹅肉哦，呵呵。"她赶忙补上一句。

董经理却笑眯眯地点头，"到时候我来帮你申请特别折扣好啦。员工价上再打折，爽气哦？"

季晓晓知道"高潮"是什么意思，但却不知道，贝拉·维斯塔舞会在和平饭店掀起的高潮，会这样不知停歇，高了还要再高。

三、南京东路：传真

这天，客人们陆续到达，大堂里的鼓掌声断断续续响了一天。客人们从客人电梯进了房间，他们一千五百多件托运行李也陆续从货运电梯源源不断送进了各个房间。季晓晓最后没能跟董经理去机场，因为她要留在饭店负责接应。那时手机还叫做大哥大，董经理带去机场，不时打电话过来。他也发给季晓晓一个，通一会话，电话就烫耳朵。直到半夜，董经理从机场回到饭店，客人和他们的托运行李才算无一差错地全部妥当了。

到了傍晚，酒吧里已经挤得水泄不通，连大堂的咖啡座里都坐满了人，欢声笑语不绝于耳。服务生全部在岗位上，连总经理也在房间里坐不住，一直在各个楼面上巡查。

那天晚上，酒吧里瘦高个头的调酒师大出了一把风头，他改动了一下威廉姆森先生从香港带来的鸡尾酒配方，让那款叫"夜上海"的鸡尾酒更甜些，因为上海的口味本来就是甜腻的。这款酒实在太应景，所以客人点了又点。很快，客人中就传开了，老年爵士酒吧里，有个姓王的调酒师是"COCKTAIL KING"。那天，酒吧从下午两点就开始营业，直到第二天早上四点，客人才勉强散去，从吧台下面清出来一大堆花花绿绿的空酒瓶。

阿四欢天喜地对季晓晓说，"客人们喝了酒，酒精在身子里面发挥作用，赛过砂锅炖鸡汤，香味会慢慢散出来。那时候气氛就疯起来了。跳贴面舞的人，女人都是脱了鞋子，直接站在男人脚面上的。我哪里见过这种场面，就算在电影里也没见过呀，只好以为自己在做梦。要掐自己一下子。"

"蛮好你叫我一声的，我也好开开眼界。"季晓晓惊叹。

第三章 永不拓宽的街道

其实那天晚上她看不成热闹的,董经理和威廉姆森先生要最后敲定舞会的细节,她累到对威廉姆森先生说了一大通上海话,还以为自己说的是英文。

威廉姆森先生在摆妥全套旧家具的房间里,穿着一条白绿相间的宽条裤子,头发用发蜡梳得纹丝不乱,就好像从以前的美国电影里掉下来的人物,与房间再匹配也没有了。但是威廉姆森先生说,这是模仿尼尔·考沃德的打扮,他是曾经在华懋饭店套房住过的英国剧作家,在饭店里写过一个俏皮的轻喜剧,叫《私人生活》。

当年这个考沃德先生在北京得了流行性感冒,在华懋饭店养病。然后,他去了幽暗大陆,在曼谷的东方酒店住下。和平饭店已经不知道当年他住的七楼套房到底是哪一间了,但东方酒店里,考沃德的房间挂了牌子,想住作家庭院考沃德套房的客人,要提前好几个月预订才行。

"客人们真有趣,真会玩,真客气。叫你做一点事,就谢谢,就塞小费给你。客人塞给我小费的时候,我脸烫得要死。"

"你难为情啊?"季晓晓问。

"我高兴!高兴还来不及,觉得自己的服务价值很高。"阿四大笑。

季晓晓想到,在套房里见到威廉姆森先生时,他大笑着与自己先握了握手,后来又说:"苏珊,我真想拥抱你,但我知道中国女孩子不习惯的,我只是想说,真的太谢谢了!"

那一刻,季晓晓也觉得心里高兴极了。

董经理站在旁边调侃说,小姑娘喜滋滋的,好像拾到一个

三、南京东路：传真

金元宝。

第二天，到客人们全都在桌前坐定，季晓晓才明白那一千五百件托运行李里到底装的是什么。那里面装着的，全是盛装，黑缎子的高礼帽，缀满了闪光片的长裙子，缀满了金片的晚礼服，装扮成清朝贵妇的全套装束，粉红色的绣花长衫，天青色的绣花长裤，宝蓝色的绣花鞋，还有头上缀着宝石的银簪子，古铜色的旧手杖，各种各样的香水气味。饭店的女孩子们一边服务，一边心神不定，眼睛来不及看，脸上已笑开了花。

领班们时不时要轻声警告看花了眼的服务生们。五百副刀叉勺，一副也不能放错。每个客人至少四只不同用途的杯子，一只也不能少，一只也不能打翻。一共三道热菜，每个盘子都要保证热乎乎地放到客人面前，拿破仑蛋糕盘子边上的鲜奶油花，每只都要保证花形完整。

就是董经理也没预料到，这个晚宴真的会一点差错也没出。每张桌子都井然有序，每个服务生都没失手。最后一道甜品上完以后，只见餐饮部经理双臂举起，重重在自己大腿上拍了一把。站在他旁边的董经理，也重重在大腿上拍了一下。

最后，阿四的爹爹被威廉姆森先生特意从主厨房里请了出来，他穿着雪白的制服，裸露的双臂红红的，接受客人们鼓掌欢呼。守在边上的服务生们先是好奇而害羞地笑着看，后来董经理把总是夹在腋下的包往季晓晓手中一塞，带头向阿四爹爹鼓掌，和平饭店的员工也跟着哗啦啦地鼓起掌来。阿四笑得眼泪汪汪，一个劲地拍自己胸脯："他是我爹爹，他是我的爹爹！"

第三章 永不拓宽的街道

季晓晓以为，这就算高潮了。可是，等舞会开始入场后，季晓晓才知道箱子里的戏法才刚刚开始。

片刻，晚宴的礼服统统换成了跳舞服，小厅里花团锦簇，欢声笑语。威廉姆森先生站在小厅的电梯间里招呼客人，将自己打扮成阿拉伯的劳伦斯。易装小组的"女孩们"穿着装饰着羽毛与金线的长裙，带着巴洛克式的假发，却装饰着夸张的假睫毛，或者缀满亮片，仅供遮体的比基尼短裙，露出遍体浓黑的男人汗毛，他们来到一派欢愉的人群中，带来了荒诞与色情的气氛。当他们高举双臂，季晓晓能看到他们那男人宽大壮实的腋下，有一团刮干净汗毛后皮下呈现出来的青色。他们在原先单纯的华丽情形中融合进去一些小丑的滑稽与悲哀，就像和平厅老房子本身的陈宿气，将原先金光闪闪的炫耀中和成了一种静默的沧桑。

总经理穿着他那套灰色的培罗蒙西装，并扣着每一粒纽扣。他特意到舞会上，请女客人跳第一支舞。一支中规中矩的狐步舞。听说那女客人是从英国来的历史学家，写过上海的书，书里还特别写到了和平饭店，以及三十年代在舞厅里举办过的"那些臭名昭著的舞会"。威廉姆森先生关于和平饭店的许多故事，都是从她那里听说的。总经理的舞步殷勤而审慎，脸上有一大粒痣的历史学家扶着他的后背，好像在鼓励他做他想做的事，并感谢他已经做的事。这时，一个女服务生挤到季晓晓身边，说，"你看那个女人的珍珠耳环好看哇，世界上真有那么大的珍珠哦。"

但季晓晓的目光已经粘在一个年轻男人身上了，从正面看，那个黑发的英俊男人穿着中规中矩的白衬衣，打着一只白领结。可身

三、南京东路：传真

后的衬衣却撕开一条大口子，露出晒成古铜色的背脊。她从未看见过修饰得这么精心，却一点也不娘娘腔的干净男人。检讨自己，季晓晓觉得自己太潦草了，都不像个女孩子。

舞会伊始时，人们彬彬有礼地扮演着上个时代的人。在场的人，无论是和平饭店的职员，还是和平饭店的客人，没人见识过当年沙逊爵士的那些传奇的化装舞会。但当化装成三十年代的人们开始翩翩起舞，那金灿灿的长裙点缀着男士们白衬衫上的黑色呔，已多年未曾如此闪烁过的水晶吊灯大放光芒，好像真的到了与历史相接的某一刻，人们开始沉醉到宾至如归的融合当中。

舞会这样漫长，客人们换了一套衣服，再换一套。子夜以后，空气开始变得混浊，充满了热烘烘的肉体蒸发出来的脂粉与香水的气味，还有酒精与潮湿的丝绸的气味。有人在椅子上坐着睡着了，也有盛装的女人们，索性横陈玉体，直接睡在地板上，金发铺了满地。剩下的人们还接着跳的士高，脸上都是恍惚的笑容。

和平厅此刻光芒四射，好像刚洗了热水澡，穿上了新衣服的人那样焕然一新。季晓晓想起董经理说过的话，他说，客人好看，房子就会焕发出平日里看不到的光彩，客人靠房子来衬托，房子也得靠客人来衬托。他说，这是他师父那时告诉他的，他却一直没听懂，直到今天。

到早晨差不多七点钟的时候，按照上海舞厅的规矩，客人们跳了最后一支圆舞《友谊地久天长》。接下来，舞厅里的众多通宵舞会幸存者一起拍了一张合影，这时候，季晓晓看到了其中一个穿着橘红色中国长衫的老人，据说，他就是1939年在这里度蜜月的那个

第三章 永不拓宽的街道

人。闪光灯像闪电那样照亮了那些人疲惫而快活的脸,季晓晓想,大概这就叫狂欢了吧。好像印证她心中的猜想那样,有个合影者高声说了句:"这是多么无与伦比的舞会!"

董经理手腕上长长短短挂着各种打开着电源的照相机,他一遍遍高声叫着:"One, Two, Three, Cheese!"人们一遍遍地合着影。

Cheese, Cheese, 透过各种各样打开的镜头,能看见被汗水糊了的晚妆,闪烁着细碎光芒的1929年的水晶灯,银色的眼影,猩红的嘴唇,装饰着金色浮雕的高大的天花板,与体味混成一团,已不新鲜了的浓香气味,黄色的半圆拉力克壁灯,淡青色的三角拉力克壁灯,衬衣背后的皱褶,1929年流线型的金属吧台,紧裹着小腹的丝绸长裙,明黄色的墙壁上龟背竹的投影,口中发酸的陈宿酒气,微微肿胀的面孔,这原来就是纵情狂欢过的样子。被无数欢快的跳舞鞋踏过,那是吉特巴舞步,被无数柔软的裙裾拂过,那是维也纳圆舞曲的弹簧地板,好像从长梦中醒来的人。董经理也高声说:"Cheese!这真的是无与伦比的。"

清晨的阳光照亮了舞厅,季晓晓看到地板上到处都有闪闪发光之物,那是夜里落下的戒指,耳环,以及裙子上散落下来的各种亮片,还有舞会结束时客人们抛向空中的假钻皇冠,手链,脚链。她看到服务了一整夜,还端正地穿着红制服的服务生们,正默默面对舞厅站着,在薄雾似的晨曦中,他们似乎不能相信昨夜的一切就这样消失了,他们似乎已在缅怀,好像沉浮在水底的金鱼,一动不动。

"从前听饭店的老人说,这个饭店有多豪华,我们这些人都听过算数。房子的好,大家看见。但饭店可以有多豪华,想象不出来。

三、南京东路：传真

从前我们饭店的作风，就像个大招待所。"董经理说。不过，他们俩都知道，从今以后，和平饭店再也不会像一个招待所了，它终于会像一个真正的大饭店。虽然这个肯定要再等上两年，世界饭店组织才将"世界一百家最著名饭店"的头衔颁发给和平饭店，而且始终只颁发了中国唯一的这一家饭店。但在那天，在舞会结束后的和平厅，季晓晓和她的师父心中已经确定了这一点。

"那么，什么叫豪华呢？"季晓晓那时问。

"不计成本狂欢的客人，全心全意的服务，还有物尽其用的漂亮大房子，大家一起来造一个大头梦，这就是豪华。说到底，和平饭店到底还是有自己的运道。"董经理说。

那么，当威廉姆森先生带着那些不舍得脱下跳舞服的人们下楼去，梦也就醒了。季晓晓心里划过一种不舍。

小姑娘不要贪心不足，董经理教训季晓晓说，你想想我师父，他1948年上海乱哄哄的时候进来当学徒工，等了一辈子，一辈子都没机会参加一次饭店的大事。

董经理仍旧穿着昨晚和客人们一起跳迪斯科时的深蓝色经理制服，满面喜气洋洋。这是他职业生涯中的第一个高峰：卖空了饭店准备的三千多瓶酒水，一百桶果汁，客人们带来了一百万美金的消费。不仅是这些数字，还有亲眼目睹了因为他们的服务而心满意足的客人们。这是他第一次看到如此兴高采烈，心满意足的住店客人。

他看了看兴致勃勃跟在身边的季晓晓，这个年轻的女孩熬了一夜，脸好像变得消瘦了，或者说，成熟了。"你是很幸运的，晓得哇？你还是学徒，就看到了饭店最辉煌的时候。"董经理忍不住对

第三章 永不拓宽的街道

季晓晓说。

季晓晓微笑了一下说,"我晓得的。"

客人们离开后,整个饭店顿时空了下来,就像一件脱下来的外套,带着身体造成的皱褶与体温。

董经理从抽屉里拿出一串钥匙,在季晓晓面前晃了晃:"我说过要补偿你没能去机场的。"那是沙逊阁的钥匙,季晓晓要是不回家,就可以去那里睡一晚,享受与沙逊一样的待遇。

季晓晓叫上了阿四。阿四拎上来一只大篮子。她这次在酒吧整整三天都没回家,学会了调酒,正在兴头上。"我给你调夜上海试试。王师傅教过我了。"

她们两个推开沙逊阁的玻璃门。天色已是黄昏,那是三月寒意料峭的黄昏,沙逊阁里静悄悄的,只听得暖气发出嘶嘶的响声,面向黄浦江的拱门窗和窗前的皮沙发与长茶几,已半沉入一团昏暗之中,长茶几上的玻璃像明亮的水洼一样,泛着淡青色的暮色。季晓晓似乎刚刚感受到了寒意,她恢复了对天气正常的感受,而昨天早晨,就在昨天,她穿着单薄的制服在外滩堤岸上与威廉姆森先生跳过一支舞,却没感到过寒冷。

季晓晓引阿四去看挂在门边的沙逊照片。阿四看着看着,突然打了一个寒战,她四下看看,压低嗓门问,"你说,他会不会魂灵还在这里呀?我怎么觉得后背上汗毛凛凛的。"

整个饭店通体寂静无声,仿佛一件被挂在衣橱深处的外套一样寂静无声。

季晓晓推了阿四一下,"不要吓人呀,客人说过,这个人好像还

三、南京东路：传真

没有死呐，不会有灵魂的。"

阿四松了一口气："那就好。"

"听说他现在住在一个叫什么拿骚的地方。"

"不要紧，总是与上海远开八只脚的地方了。"

"你说，他会不会像老资本家落实政策那样，回来要房子了？"阿四又问。

季晓晓却说，这个沙逊不论如何，听上去都好像是个历史人物了，还是更像鬼魂。

她们走进屋去。这里原本是沙逊的会客室，那里原本是他的卧室，那里的窗边上有个小梳妆台，有面圆镜子的，是他留下来的梳妆台。这里有个暗门，推开来，里面就是他独自一个人用的浴室。

墙上的黑色大理石至今还能找得见人形，果然是上好的印度黑色大理石。季晓晓过去拧开淡绿色浴缸上方的热水龙头，那个脸上没有一丝笑容的男人从前就是在这里洗澡的，他也是这样拧开热水龙头的。阿四伸手到花洒下面接着，虽然她们都仰头等着，但却真的没想过那里还能用。所以，热水突然从花洒中喷洒出来，她们都惊叫起来，往后一跳，就往外逃去。

"你别吓我呀。"她们笑着推搡彼此，脸腮两边本来竖着的汗毛却渐渐倒伏下来，鸡皮疙瘩也退回到皮肤里面去了。

夜色降临在这四壁全是深褐色护壁板的顶楼套房里，下面的黄浦江水泛出灯光的细碎金色。季晓晓打开了房间里所有的灯，那些古老的铸铁吊灯在天花板上留下长长的影子。那些天花板上的白色浮雕花纹与枝蔓，让季晓晓想起董经理从前说过的话，它们曾

第三章 永不拓宽的街道

经是彩色的。

阿四从篮子里一一取出酒杯、酒瓶和调酒棒,然后,取出了两个平整的新杯垫,那上面的和平饭店图案,还是这次董经理新做的。他说过这是一个DECO的图案。阿四甚至还带来了一个亮晶晶的SHAKE,里面装着冰块。"今天想不到我也做了一张飞单。"阿四吐了吐舌尖,"我师父知道了,要骂死我。"

这几天酒吧的人到客房里为客人调酒,就会带齐这些家什。不过,做客房服务时,他们会用个茶色的小推车推着篮子,手臂上再搭上一块雪白平整的大巾。这个季晓晓知道。在走廊里有时偶尔遇见,他们恍然是从电影里直接走下来的人。

阿四宛然一笑,从篮子里抽出一块白色的大巾,烫得平平整整的。她将大巾搭在左手臂上,对季晓晓弯了弯腰。"女士,你先尝尝口味可以吗?要是不够甜,我还可以多加点我们本地产的桂花酒,很不错的味道。"

看阿四说得这么津津有味,季晓晓忍不住笑,"你可真是你爹爹的女儿。他烧菜,你调酒。你家人的一只舌头,真的有口福。那天我看见你跳起来给你爹爹鼓掌啦。我也鼓掌啦,他那天可真光彩。"

阿四自家喝了口酒,说,"你才算是有口福,这次我也忙,我爹爹也忙,都没捞到机会给他调杯酒吃。"她用手肘轻轻戳了季晓晓的肚子一下,"我爹夸你聪明啦。他说,他也是这次才知道那两条狗到底是什么意思。"

季晓晓笑得美滋滋的。她知道自己不笨。

"还夸你师父啦。他说那个小瘟生托尼,刚复员来饭店的时

三、南京东路：传真

候,蔫头搭脑的,看不出能做大事。"阿四接着说。"你师父是从越南打仗回来的复员军人呢,是新时代最可爱的人。"

说说笑笑,两个女孩空腹喝着威廉姆森先生留下的配方酒,阿四加了桂花酒,甜甜的口味,让她们忽略了里面的烈酒。喝了一杯老上海,再喝一杯,渐渐她们都有了点醉意。

"我总是觉得他们还没走,就在这间房间里开私人鸡尾酒会。"季晓晓觉得眼前似乎蒙上了一层薄泪,怎么也拭不去。朦胧之间,那被灯光照亮的房间似乎充满了华服丽影,那些空着的沙发和沙发椅上好像坐满了把酒言欢的人,那两张铺上了大红桌布的圆桌面整齐地放满了和平饭店时代的银餐具,只只银光闪亮,她似乎看得见穿着阿拉伯白袍子的威廉姆森先生和穿金色长裙的易装人,他们托着圆肚子的红葡萄酒杯,正在欢笑。她看见董经理正在嚅动嘴唇,看口型他正在说,册那。

这时,不知道是季晓晓还是阿四,将酒倒翻在地板上。

她们看着粉红色的酒被地板啜饮般地,渐渐消失在缝隙中。

这是他。

季晓晓和阿四面面相觑。她们听见玻璃门外传来清晰而轻微的脚步声,有人蹑手蹑脚走了过来。

"这是他!"阿四跳起来,尖叫着夺门而出。

季晓晓也跳起来,一边笑骂着"你瞎说什么啦",一边紧跟着阿四逃出门去。

这一夜,她们没在沙逊阁过夜,她们没想到,从此,她们再也没有机会在沙逊阁过夜了。

第三章 永不拓宽的街道

四 / 五原路：姚姚

"请告诉我一些1944年上海夏天的事好吗？最普通的事，天天都会在生活里发生的事。"我对一生都在上海度过的老人魏绍昌说。

这是距1944年五十六年以后的春天。这天下着雨，室内有着上海雨天淡灰色的天光，屋角的颜色会要深一点，像是纸烟的烟灰，带着点点斑驳。而窗框的影子在墙壁上变成了一团模糊的斑迹。过不惯多雨的上海春天的人不能体会到那样的天光里如烟云的柔和，于是也很难体会在带着潮湿雨气的柔和里有很轻的感伤。这种绵长的雨，从来不会有人真的知道什么时候会停，也不知道天气预报里预报的春雷会什么时候来，那将是今年的第一声春雷。那是一个合适问到1944年的天气。这个老人有很好的记性，他还记得1932年日本人炸闸北宝山路上上海商务印书馆那天的情形。日本炸弹炸毁了当时东亚最大的图书馆和印刷厂，大火在宝山路上熊熊燃烧，被烧毁的纸在2月的东北风中向市区漫天飘来，像黑色的雪片，而那其实是四十万册中国书，包括近六万册的善本书，以及纸库里准备印书的纸。黑色的纸灰整整落了一天。南京路上把衣服晾在外面的人家，衣服上落满了纸灰。他的脸上在说着这样的事情的时候，有着一种类似微笑的神情，他抬着白发斑斑的头。然后，你就会发现那样的神情原来不是微笑，那是对往事无边的忍耐。

他对我想要知道1944年的事有点吃惊。

"是为了写书呀。我要写的那个人出生在这一年。"我说。

四、五原路：姚姚

"想要多知道一点真实的细节，在历史书，在报纸上，在伟人的传记和回忆录里都看不到的东西，因为我要写一个普通人。"我说。在我的感觉里，她的故事就像沾在历史书上的一粒灰尘一般，但我想要做的是，让她成为一粒永不会被抹去的灰尘。

"是啊。那是需要的。"他说。

1944年，他是一个二十三岁不到的青年，已经结了婚。他在中一信托公司做职员，虽说是银行职员，但并不需要在上班时穿西装，他大多数时候穿长衫上班。

"是灰色的吗？"我问。

"有时是褐色的。"他想了想说。啊，原来那时的上海青年也穿褐色的长衫。

"1944年的夏天么，上海是在沦陷中，在沦陷中。南京西路上的大华电影院里放的全是日本电影，像轰夕起子、高峰秀子和坂东起三郎的电影，也演出中国和日本合拍的《鸦片战争》，因为当时英国是敌对国。你说滑稽吧。"他告诉我说。

虽然已经有半个多世纪历史的法国租界，已经消失在1941年太平洋战争的炮火里，可按照当年法国人的城市规划在人行道边种下的梧桐树，还在一年年地长高。春夏时，它们绿色的、宽大的树叶以毫不知情的恣肆拼命地长着，遮蔽了整条整条的街道。冬天，等树叶变黄，发脆，成批成批地落下，连在夜里被街灯烤着、最晚落下的那些树叶也全都掉了以后，能看到树枝上有一串串淡褐色的小蛋粘在那里，那是刺毛虫留下的籽，它是翠绿色的爬虫，春天时长大，住在梧桐树上，夏天的时候它把背上的小刺扎到人身上，看

第三章 永不拓宽的街道

不见，可是摸上去，那一块皮肤让人痛痒难耐。夏天，从菲律宾海面上生成的台风会影响上海，台风来的时候，大风大雨把它们从树上扫下来，大人孩子见到了，都恨得用鞋底去碾。它们的体液是黄绿色的，在人行道上小而黏稠的一汪，慢慢干在阳光里，在地上留下了黄绿的、微微泛光的颜色，像打翻的毒药。

梧桐树下热闹或者背静的街区，仍是上海很贵的地段，仍旧留着孤岛时期的浮华之气。街道两边带花园的欧洲式样的房子代表着舒适的生活，街道的下水系统很好，所以不像别处那样，总是湿漉漉的。在那些街区里，白俄经营的面包房、照相馆、西药店、芭蕾舞教室和美容沙龙，犹太人开的小珠宝店、皮鞋店和皮草行，还有饭店，法国人开的咖啡馆、电影院、教会学校和糖果店，上海人开的舞厅、专营西服的裁缝店、报馆、剧团和电影公司，日本文人开的书店，德国医生开的医院，仍旧吸引着喜欢西洋式生活的人们，尤其是那些从外面来上海的人。

"那年夏天已经有了紫雪糕卖，白雪公主牌紫雪糕，像一般雪糕一样厚薄，里面是冰激凌，外面用巧克力裹着。也有卖棒冰的，赤豆的、绿豆的、奶油的棒冰，有人喜欢在夏天吃棒冰，比较清口。卖棒冰的人把它们放在一个木头箱子里，里面用棉被包着，在沿街卖。他们常常用一个小木块在木箱子上啪啪地拍。叫卖的声音和现在一样，棒冰吃哦，雪糕，就是这种。"魏绍昌老人说。

是啊，我小时候还听到这样的声音，在夏天的五原路上，不过那是"文革"中的事了。卖棒冰的人把木箱子的盖掀开来，有一种温和而清凉的气味散出来，带着一点点桂花的甜香，因为在绿豆棒冰

四、五原路：姚姚

里常常加了一点点桂花。那种自制的冰箱没有冰箱的腥气。那个人总是很快把箱子盖上，怕凉气跑了，棒冰还没卖完就化了。

"暗杀。"老人说，"街上常常有暗杀的事发生，有时是重庆派来的人暗杀南京政府的汉奸，有时是汪精卫方面的人暗杀共产党或者重庆方面的人。日本宪兵要捉暗杀的人，就随时封锁交通。这时候气氛马上就变了，让人想到那是个乱世。马路上还有可口可乐招牌，上海已经有了自己的正广和汽水，那时候叫荷兰水。用玻璃瓶子装的。"是那种厚厚的玻璃瓶，发青的颜色。北京人的食品店里卖酸梅汤，装在玻璃杯里。白俄和山东人在从前的霞飞路一起开了一些小小的俄国西菜社，他们供应的色拉和罗宋汤很得上海人的喜欢，色拉是用煮熟以后切成小块的土豆、煮熟的青豆、切成小方块的红肠和苹果做的，拌了蛋黄酱。罗宋汤则是加了番茄、洋葱和土豆块的牛肉汤，很厚。但在俄国生活过许多年的人，却从来没有在莫斯科或者彼得堡吃到过这样的俄国菜。它们更像是从四马路的番菜馆厨房里发明出来的上海西餐。

"晚上有防空警报，汽笛一样的声音。听到警报，大家就要把自己家窗帘拉起来，怕美国飞机来轰炸。"老人说。

这我听说过的。在上海逃亡的犹太人所学到的上海方言里，就有一句："奈电灯隐脱（把电灯关掉）。"过了那么多年，早已离开上海，从美国又回到维也纳定居的杜尔纳还记得它。1944年他住在复兴西路的一条弄堂里，弄堂里的孩子管他叫大鼻子老伯伯。

张爱玲穿着浅红色的绣花鞋经过静安寺明黄色的围墙，她已经是一个很有名的作家了。连年的战争，让许多上海市民习惯了在

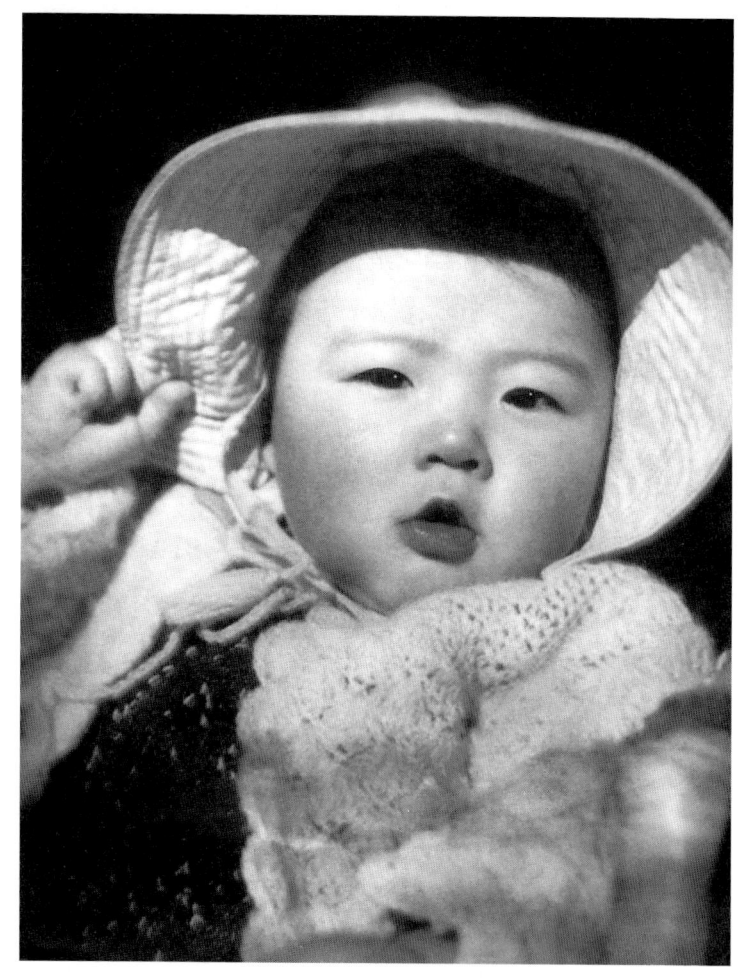

1944年7月9日，姚姚出生在上海尚贤负产科医院

战乱中继续自己的生活，在战争中出生长大的孩子，以为那样的日子，就是日常生活。

7月9日这一天，上海《申报》报道的当日的新闻有：中太平洋敌舰沉毁达五十余艘；塞班岛日军继续展开奋战；敌机再袭九州，又被从容击退，日本土防务固若铁壁；东京等都市决定疏散学童；缅甸富贡前线正展开激战，日军精锐摧毁敌企图；今日防空日训练，交通音响管制,夜间实施严厉灯火管制。

《申报》上的广告,有高尚人士非C.P.C.咖啡不呷;有惠罗公司出售夏季精美用品的广告,包括了新式电气冰箱,女士游泳衣,美丽内着衣衫,超等西装领带,儿童夏令衣着和优等香水香粉;还有南园咖啡馆夏令乐园的告示,它在南洋桥中华路,电话是70219。那一天,在兰心剧院上演《武则天》,在国际大戏院上演《王昭君》。中国旅行社剧团在美华上演《茶花女》,而苦干剧团在巴黎大戏院演出《林冲》。而上海美术专科学校,清心中学和德大助产士学校都开始招收新生。

这一天,1944年7月9日,离霞飞路不远的一条小街上,一家由外国人开的尚贤产科医院里,有一个小女孩出生。接生的西医,用一把医用消毒剪刀剪断了女孩子的脐带后,将它结扎起来,再用消毒方纱巾将它包好。

故事就从这个女婴还没有张开眼睛的那个时刻开始。一个战时的炎热夏天,小婴儿已经被洗干净了,用医院专门配置给婴儿用的淡黄色爽身粉在大腿和脖子处扑了一些,保持她身体的干爽。这是个普通的孩子,她到这个世界上,像风吹起的一粒尘,风把这粒尘吹到了一块豆腐上,所以我们碰巧就看到了她。我总是想要了解那时的日常生活,那是因为她就在那样的生活里。她安静地躺在漆成白色的小木床上,眼睛真的像桃子那样肿着,从中间裂开一道长长的小缝,长着婴孩的睫毛。那是因为在母亲的羊水里泡了九个月的缘故。那天正好是上海市政府规定的防空日,有时会有防空汽笛响,凄厉高亢的声音,拖着像青衣那样哭天抢地的长腔,透过用牛

六岁的姚姚在阳台上

皮纸贴了米字格的玻璃窗,响彻了整个房间,但她浑然不觉。

最早照顾小婴儿的,是一个护士。在遗留下来的照片中,可以看到她是一个不好看的老姑娘,牙齿有些往外龅,眼睛的表情很温顺,因为分得很开,所以像一只出生在江南的小羊的脸。动物和人一样,出生在不同的地方,也有不同的长相。她在这个风气势利而自由的城市里受过教育,能说英文,她当了单身职业妇女,得以自食其力,不必受勉强嫁人的侮辱。那个年代要成为可以靠自己独自生活

四、五原路：姚姚

下去的职业妇女，不是件简单的事。可在医院的女医生、女护士里，也不算件稀奇的事。她头上戴着产科医院的白色护士帽，那浆硬的白帽子，像是一只精白粉的馄饨。

小女婴是当时的电影明星上官云珠的第二个孩子。

有一天，姚姚到五原路的漫画家张乐平家，找张小小玩。张家有七个孩子可以玩，张家的楼下住着姚姚家的亲戚，他家有八个孩子，大家常常在一起玩，而小小是她的朋友。邻院有一棵橙子树，深秋的时候挂了一树黄黄的果子。楼上张爸爸伏在很大的桌上画画，他画旧社会的孩子有多么苦，那就是帮助了许多孩子热爱自己的童年生活、憎恨地主的漫画书《二娃子》。那天，姚姚说要告诉张小小一个秘密，所以两个人专门到楼上的房间去，坐在西窗前的小圆桌上，避开别的孩子。在那里，两个小姑娘能看到弄堂对面的大园子。对面的园子里有一个木头亭子，柱子是红色的，在用太湖石做的假山上，房子却是外国式样的。姚姚告诉小小说，姚克知道她得了肺结核，特意从香港托人带来了英国的奥丝滴灵钙针，给姚姚治病。还带来一封信，可是全被妈妈原封不动地交到电影厂保卫处去了，她只是每天逼着姚姚吃两个鸡蛋。不知道那些那么贵的钙针最后给了谁，也不知道那封信里到底写了什么。对面的大园子，静得没有一点声音。要是姚姚看到一个戴眼镜的瘦男人，在那里沉默地散步，也不会知道那就是张春桥，弄堂对面的那个大园子就是市委宣传部的办公室，这就是管她妈妈的地方。

第三章 永不拓宽的街道

"不要告诉别人啊。"姚姚说完，没有忘记这样吩咐自己的小朋友。

"晓得了。那时候我总是这样说的。"张小小说，"不过我会告诉我妈妈，因为我的妈妈不是别人。"

当我见到张小小的时候，她已经从上海无线电九厂退休了。在冬天寒冷的室内，她双手把玻璃杯握在胸前，长玻璃杯里茶水白色的热气，像绸缎一样一条一条地飘起来。她瘦瘦的手指放在玻璃杯上暖着，白皙的皮肤上布满了细细的皱纹。

得到同意以后，姚姚不声不响地离开家，轻轻地下楼，打开楼道里有铸铁栏杆的玻璃门，然后沿着红缸砖的楼梯飞一样地跑下去。露天楼梯边上的墙上，有一个用石头做的西班牙风格的小石头喷泉，它总是潺潺地喷着水，散发着清水森凉的气味。据说这个墙上的喷泉是这栋房子最美的一部分，可姚姚像箭一样掠过它，离开它。

她经过一栋棕红色的大楼，脾气古怪的熊十力就住在那里。这个新儒学大师正在上海写作他的重要著作《原儒》。他曾经寄希望于新社会的意识形态对国学的保护，会像爱护劳动人民的生活一样。不过，那时他已经意识到，他的著作会是用做批判旧学的材料，新中国的意识形态不会接受他的哲学，不会喜欢他的哲学，他已经知道他的学问无人可传了。可是他还是忍不住要写。他被人遗忘在上海的一栋公寓房子里，就像在抽屉里有一支没用完的圆珠笔被忘记了一样，它自己慢慢地从笔尖渗出了油，没有变成字，就结成了油墨的小坨。他努力写着。要是他看到窗前有个小女孩子在路

四、五原路：姚姚

上飞奔而过，并不会为她多想什么，肺不好的孩子，常常在脸上会有一种鲜艳的潮红，远远地看过去，那脸色鲜丽的孩子，给人幸福的感觉。

她越过那个小三角花园，里面的夹竹桃树上开满了桃色和白色的花，散发出令人头昏的怪异气味，孩子们中传说，那花是有毒的，闻了就会死。所以，大家在经过夹竹桃树下的时候，都屏住气。大概姚姚也会是这样的吧。满树摇摇欲坠的花朵，都是清爽的桃红色和白色，树叶子是深深的绿色，带着清晰的叶脉，像十九世纪的人用细钢笔画出来的那样精美。可是，它却是有毒的。这就是孩子对未知事物最害怕的地方，它让孩子知道了原来看上去美丽的东西里会暗藏着杀机。

她来到一个浅浅的弄堂里，那里只有三个门牌，程述尧在靠里面一幢房子的二楼，租了一间大房间住。他的窗子对着三角花园，暮春的时候，夹竹桃的香气能越过马路传过来。

过了一些日子，楼下的董竹君和妈妈商量换房子的事，董竹君想把楼上的大套间也换下来，于是，妈妈把家搬到附近的另外一栋小洋房的三层楼上。姚姚跟着妈妈，从小不知搬了多少次家，她并没有留恋这个地方。或者说，她从来没有说过留恋的话。

离开这个精美的小公寓时，上官云珠已经被解禁，她成功地在电影里扮演了一个女游击队员，得到掌管电影的官员和同行们的肯定。她的成功，让上海的旧电影明星们由衷地高兴，因为他们看到了自己也可以努力适应新电影的希望。她重新站稳了脚，成了党看

外观已经改变了的五原路137号，好多故事在这里发生

重的演员。

　　从此，姚姚差不多每天都到延庆路上的张小小家里去，张小小的家安在一栋洋房底楼的一间六平米的小房间里。花园里的树，一直得不到修剪，看上去营养不良的样子。花园的对面，是一栋高楼，有人从上面跳下来自杀，尸体很快运走了，可那个人的鞋却一直丢在人行道上，整整一天，那双鞋躺在路牌对面的人行道上，散发着死亡的奇怪气息。人们都绕着它们走，不敢碰到。靠马路的阳台上，常常有自私的人，把家里正在滴水的湿拖把搭在扶手上，亮晶晶的水滴，下雨一样落在行人的头上，泼辣的人，抬起头就骂："啥人家介勿要面孔！"

　　张小小要用煤球炉子烧饭，姚姚要是去了，也会一起帮忙。她们都是小时候没有学过多少厨务的女子，长大了，才慢慢地摸索做

四、五原路：姚姚

饭的手艺。小小的邻居是个小资本家，太太是个大学生，做家庭妇女，照顾着一个温暖的家。她教会了她们怎么生煤球炉子，怎么照顾炉子里的火，怎么把家常的小菜做得可口。

隔着一道墙，旁边是华亭饮食店，旧旧的老平房里，墙上落着油锅子黑黄色的油污，做油条和大饼的木头案板上有雪白的麦粉和切小了的青青的葱花，客人们都坐在方桌旁吃面和馄饨，面汤上浮着厚重的油花。下午的时候，饮食店里开油锅炸油条，喷香的油气在刮西北风的秋天里传过来，在越来越冷的下午，这样暖而且香的油气，让人感觉很笃定。

马路的对面，是从前的丽丽鲜花店，现在已经关门了。原来丽丽鲜花店的老板娘，把新鲜的玫瑰花拿到街上去卖。她将花放在一个竹篾编的扁篮里，有时在路边，有时到小菜场里去。夏天到来的时候，她还会卖白兰花，那像冰一样清冽的香气，混合在露天鱼摊散发出的小黄鱼咸咸的腥气里。"栀子花来白兰花——"，她在路边吆喝。

走到五原路上，就能看到一个红砖的小基督堂，教堂上的彩色嵌铁玻璃早已在"文革"开始时，就被破四旧的红卫兵打碎了。它在五原路上的梧桐树影里，是红色的废墟。教堂边上的小学教室里，常常传来风琴的声音，那是小学生们在上革命文艺课，木头的老式风琴就算是在演奏最欢快的音乐，也有一种呜咽。"金瓶似的小山，山上虽然没有寺……"小学生们用尖厉的声音唱着歌，也许那里面也有我的声音，那就是我的母校。上课的时候望出窗子去，能看到对面人家沿街的新式里弄房子，小格子的钢窗里，挂着利用蚊帐布

第三章 永不拓宽的街道

做的白色抽纱窗幔。

再往前去，就是五原路小菜场。像大圆桌似的树桩子上，摆着带皮的肥肉和宽宽的大刀，那是卖肉的大刀，像一本杂志那么大，那么厚。猪身上最大的骨头，连着冒着白气厚厚的冻肉，一刀剁下去，也就整齐地裂开了。卖肉的人都是油腻腻的胖子，而卖青菜的人都长着一双生冻疮的手，指甲缝里满是污泥。卖蛋的摊子上是一个长相斯文的女人，小心地把打碎了的蛋放在一边，每个买蛋人必须买两个碎壳蛋："大家搭了买，谁也不要吃亏，谁也不要占便宜。"她说。物资匮乏的年代里，小菜场里挤满了抢购的人，买到东西的孩子，小脸上放着光回家。

小菜场的肉摊子后面，就是程述尧和吴嫣的家。他们被人从淮海路沿线赶了出来，因为淮海路沿线是通往飞机场的道路，不让有问题的人家住。于是，他们搬到了隔一条马路的五原路上。

姚姚也开始到程述尧家走动。"爸爸！"她仍旧这样叫他，带着女孩子的娇气。

"是宝贝啊。"程述尧站在门前的暗影里这样叫。

在楼下的公共厨房里，姚姚和吴嫣一起做过上海色拉，她们把煮熟后切成小方块的土豆，剥了皮切成小块的红肠，新鲜微甜的小豌豆加上一个去皮后切成小块的苹果，拌在用蛋黄和色拉油搅成的蛋黄酱里。这是1970年代五原路的家庭里在重要的家庭聚会上要做的一道西餐。有时姚姚已经离开程述尧的家了，程述尧会追出来叫："宝贝，明天来噢，我们做色拉吃。"

这是一条充满了规规矩矩的日常生活气息的小街。即使是在

四、五原路：姚姚

1971年的夏天，在五原路上还可以看到，小孩子提着家里的热水瓶，去华亭饮食店打一瓶生啤回家给爸爸妈妈喝，只花一斤面条的钱。

不知道是不是那个街区呈现出来上海的日常生活抚慰了姚姚的心，每天每天，她走在这些还是充满了沉着的生活情调的小马路上，坐在张小小家的小房间里，闻见油炸面团的香气，听着家常的琐细的声音，渐渐，姚姚的脸上又有了笑容。我想起了从前音乐学院那弦歌声声的琴房，当爱情也使姚姚白了头发，最最家常的生活，带着那一年上海人默默的珍惜的气氛，来救姚姚了。姚姚在那时学会了烧上海家常小菜，拌色拉，炸猪排，炖香菇鸭汤，炒素。不是理想，不是欲望，也不是贺元元那种"我就是要活下去，看看最后的结果"的斗志。

程述尧和吴嫣一起住在五原路一栋小楼房二楼的房间里。他成了一个无论面对什么侮辱都不动气，只要能在门口的肉摊上买到排骨，就可自得其乐的人。为了能多买到凭人口定量供应的肉，他用电影票贿赂卖肉师傅，和大胖子成了朋友。他戴着黑框眼镜，穿着打补丁的咔叽布裤子，坐在吴嫣家留下来的柚木雕花高背椅子上，以翻译莎士比亚喜剧为消遣。只是那椅子面已经又脏又旧了，到六月黄梅天时，它们从深处散发出老椅垫子复杂的气味，维多利亚风格的雕花里藏满了纤尘。程述尧坐在那样的椅子里，并没有如人们想象的那样，会感怀伤时，而是带着温和的愉快逆来顺受。

"他不光是逆来顺受，简直是逆来而兴高采烈受，热烈欢迎受。所以他老是乐呵呵的。"他的燕京同学黄宗江说。

第三章 永不拓宽的街道

吴嫣已经老了,在五原路上被监督劳动,天天在弄堂里扫马路,通阴沟,穿的是五原路上老太太的蓝色细布的对襟罩衣。知道她底细的女孩子,有时会好奇地多看她两眼,然后很失望地嘀咕:"她的好看,怎么我一点也看不出来。"但她脸上仍旧留着强硬自尊的神情,让小孩子发贱的时候,不敢轻易欺负她。比起上官云珠来,程述尧和吴嫣几乎没吃什么苦,吴嫣几乎没有被斗过,程述尧只是在电影局系统陪斗,"我们都是死老虎了,没有什么搞头。"吴嫣这样总结说。

这一次,姚姚的出现,给蜷缩在一小栋陈旧的灰色房子里的程述尧和吴嫣,带来了生气。姚姚还像从前做小女孩那样,对程述尧撒娇。这一次,他们还是像姚姚九岁时的那样,对姚姚的经历和心情,什么也没有说,就像这些年,在生活中并没有可怕的事情发生过。

闲着无事,姚姚就唱李铁梅给吴嫣听。吴嫣在年轻时正经学过京戏,她专工老生。后来,余派老生的唯一真传张伯驹将余派的名段一一传给了吴嫣。吴嫣从前是个交际极广的人,鲍吉祥、李少春都教过她京戏,孟小冬是她要好的小姐妹,梅兰芳的小儿子梅葆玖认了她做过房娘。到上海解放时,上海各界劳军筹款演出,就是程述尧主持筹款的那一次,吴嫣与梅兰芳、周信芳同台演出,她唱的是压轴大戏。这时,她在自家唯一的一间房间里,用旧京戏的招式,教姚姚唱《红灯记》里的李铁梅,"我家的表叔——"吴嫣把古汉语里"叔"的这个入声字唱出来给姚姚听,"叔——"她唱,然后说,"你噘那么高的嘴,算是什么京戏。"姚姚就笑着学。

四、五原路：姚姚

来往于五原路和延庆路上的人，于是常常能听到姚姚的歌声。"姚姚真的很可爱的，她很大方，很高兴。只要有人邀请她唱，她就说好，就唱，从来不别扭。她只要在，我家就热闹，大家就会有很好的兴致。我家的朋友和邻居都喜欢她。"张小小说。"只是她不能停下来，四周要是没有人，只有我们两个人，她就会很难过，人也一下子就显得老了。"

"她对你哭过吗？"我问。

"常常讲讲就要哭的。她的眼睛就那样定定地看着你，然后，眼泪哦，叭嗒叭嗒，落雨一样地落下来。她很想她妈妈，也很想燕凯。她想要把她妈妈的事搞清楚，让她妈妈好安息。我问她那样对她妈妈，后悔了吧，她说是后悔，她怪自己太不懂事。"张小小伤心地说，"一提起来，她的样子就在我眼前一样。她真的伤心，就是在别人面前不肯表现出来，不肯让别人看笑话呀，她也是要强的人。所以在别人面前，她总是最高兴的一个人。"

"所以有人说她这个人十三点兮兮。"我说。

"他们不懂。"张小小说。

姚姚和张小小，一路经过了小菜场地上堆着的那些砖头和破洋铁碗，拐进安静的五原路尽头。在秋天的时候，有院墙凋败的院子里传出桂花甜蜜的香气，有落了一地的最后一批夹竹桃花锈了的白花瓣，还有窗上晒着的水红色的女用棉毛裤，裤裆上打着圆圆的补丁，窗台上有正在晒干的橘子皮，小孩子总是去摸它们到底干了没有，真正干硬了，就送到路口中药店里去卖钱。我无数次地看到路

第三章 永不拓宽的街道

上有两个女人结伴走过,抱着孩子,推着自行车,说着话。那是马路上最平常不过的情形了。她们中的哪一对是姚姚和张小小呢?我不知道。

我记得五原路上的那些女人们,常常肩并着肩,有一种家常的亲昵。

"我们也是这样的。我们从小就是这样。小时候我们玩一种并脚走路的游戏,有一半身体要贴在一起,同时迈步子。要是谁出错脚了,就嘎嘎地笑。"张小小说着,站起来,在她家客厅沙发前的空地上学给我看那种游戏的样子。她的半边身体直直地,像是仍旧靠着姚姚的身体一样,"那时候,我们都还是小姑娘,还喜欢在一起串珠子。她妈妈到海南岛拍电影时,给姚姚捡回来一些贝壳,她送了我一个,是白色的。"

"那么,你还记得1975年时的情形吗?"我不敢到医院的心脏科去打扰生病的老人,只能试着问自己,那时我是一个无所事事的少年,我希望少年时代的回忆带着像老人那样相对来说纯粹的目光。所以我问自己,"1975年是怎样的日子呢?"

学校的墙上到处都贴满了大字报,教室里充满了墨汁的臭气,早上下到操场做早操的时候,贴满了大字报的走廊里也散发着那样的臭气。那一年,全国都在批判邓小平的右倾翻案风。学生们就在教室里按照老师布置的任务写大字报,毛笔字写得好看的同学,负责抄写,开篇的那两句,常常就是:"四海翻腾云水怒,五洲震荡风雷激。"在"文化大革命"中长大的孩子,个个都会这样的套话。语文老师常常来教室里指导我们的文法。文理通顺的大字报仍旧是吃香的。

那一年，上海的商店里开始有卖国产的九吋电视机，简陋的长方盒子，黑白的。毛泽东发表了新诗词，上面说："不须放屁，试看天地翻覆。"合唱团在演出的时候气宇轩昂地唱出来。那时并没有多少电视频道可以选择，大楼里每户人家的窗子里，传出来的都是同样的声音。同样的气宇轩昂。但在建筑物的外墙上留下来的红漆，已经褪色。

上海的法国租界，已经消失在我们这一代人的历史知识里，我在从前的法国租界长大，可从来没有人明确告诉过我，到底什么地方是法国租界。我们看到的房子都是年久失修的，花园里的丁香花一年比一年开得小了，因为没有照顾好。我们看到的咖啡馆大多数是吃小馄饨和阳春面的饮食店，只不过留着让我们感到奇怪的火车座而已。犹太人开的皮草行还在原来的店面里，但早已改卖小百货。但我们能隐隐地感到，这城市里还有什么东西瞒着我们，那就是在老人们片片断断闲话里的"伊格辰光"。我们班上的同学里偷偷地在传抄《外国民歌二百首》，抄的人，一边感到很兴奋，一边又感到自己十分黄色下流。那一年，我哥哥把一些白皮书借回家来看，里面有一本小说的名字叫：《你到底要什么？》。那本小说里迷茫的情绪像毒箭一样深深地射到了我的心里，把整个心都染黑了。

街道上的梧桐树还是原来的样子，春夏时，它们仍旧是绿色的，宽大的树叶，仍旧以毫不知情的恣肆拼命地长着，遮蔽了整条整条的街道。冬天，等树叶变黄、发脆，成批成批地落下，连在夜里

第三章 永不拓宽的街道

被街灯烤着，最晚落下的那些树叶也全都掉了以后，仍旧能看到树枝上有一串串淡褐色的小蛋黏在那里，那是刺毛虫留下的籽，它们是1944年的刺毛虫的孙子的孙子的孙子辈。然而，它们仍旧是翠绿色的爬虫，还是在春天时长大，住在梧桐树上，夏天的时候它把背上的小刺扎到人身上，看不见，可是摸上去，那一块皮肤让人痛痒难耐。夏天，从菲律宾海面上生成的台风还是要会影响上海，台风来的时候，大风大雨把它们从树上扫下来，大人孩子见到了，都恨得用鞋底去碾。它们的体液是黄绿色的，在人行道上小而黏稠的一汪，慢慢干在阳光里面，在地上留下了黄绿的、微微泛光的颜色，像打翻的毒药。那是刺毛虫万劫不复的命运，从来不曾逃脱过。

梧桐树下热闹或者背静的街区，仍是上海的好地段，虽然那些带花园的房子已经陈旧不堪，屋子的主人是国家房管所，住户则换了又换，原来雕花的木头楼梯缝里，到春天会长出白蚂蚁来。但上海人还是把它们当成了上海的高级地方，住在那里的人不肯离开，没住进那里的人想要挤进去住。几户人家合用一个厕所，一家人合用一间房间是再平常不过的事。原来的客厅里，住了一家人，原来的餐室里又住了一家人，原来的卧室里，住的是第三家人。

饮食店里仍旧有卖"光明牌"紫雪糕，可是我从来都不知道它原来的名字叫"白雪公主"牌。店堂里还有卖很甜的糖，有时候甜到辣喉咙。可还是有不少人买来吃，到外地去的人更是大包小包的买了去。那一年，商店里会卖一种简装的压缩饼干，没有滋味，没有活力，但还是可以让吃它的人活下去，吃一小块，再喝一点水的话，就可以饱了。不知为什么，我的妈妈会买它来给我当每天的零食。

四、五原路：姚姚

夏天的时候，饮食店里有卖酸梅汤的，还是一杯杯地卖，像1944年的时候一样。1975年的时候，八分钱一杯酸梅汤。街上没有可口可乐的红色招牌，这与1944年的时候不同。

像姚姚出生的那时一样，1975年居民家的窗玻璃上也贴着米字，因为那时怕苏联修正主义会对我们发动战争。花园里的草地和树木大多被撬开来了，因为要挖防空洞。但挖开的地方常常马上被地下水占住了，使它变成了一个大水坑。像姚姚出生的时候一样，放普希金铜像的那个纪念碑，石座上还是空空的。姚姚出生的那一年，铜像已经被日本人撬走了，而这一年，铜像又已经被红卫兵撬走了。白色的石座子，独自站在那里等着。

谁也不知道世道会变化，就像姚姚出生的时候一样，谁也不知道新的世道已经逼近了我们。

就像我从来不知道那时的世界上有过姚姚这样一个人一样，我也不知道在那一年，她变成了城市西边的火葬场上空的一缕烟。

五 / 湖南路：戴西

五十三岁 煤炉上金黄色的Toast

这一年，由于当时的国家总理周恩来在广州发表讲话，安抚知识分子，放宽国家在政治上对地位不同的公民的待遇，中正终于被上海的同济大学录取。

戴西请了假，带中正到北京去看静姝。这是她1934年毕业离开北京以后，第一次回到自己度过大学时代的城市。宽阔的大马路上嘚嘚地走着乡下来的马车，小巷口堆着绿皮大西瓜，小贩切开一个沙瓤的西瓜招徕客人，用黄色的蒲扇一下一下赶着苍蝇。皇家花园的池塘里盛开着莲花，在午后的强烈阳光下，散发着薰香。带着一双儿女的戴西，来到一个安静的院落里，那是当年她在上燕京的时候常常来的地方，是她最要好的同学罗仪凤的家，她的母亲是中国第一个从哥伦比亚大学毕业的女留学生康同璧，是康有为的女公子。

北京的夏天是非常宜人的，要是你午后大太阳的时候坐在树下，让大树青黄色的阴影罩着你，听树上的蝉叫，看阳光下华北高远的碧空，喝北京芳香的花茶，杯子里蝉翼似的浮动着一星晒干了的茉莉花瓣，可以在这时聊天，可以在这时怀旧，也可以在这时什么都不想。

戴西已经很久没有再享受这样的夏天了，那时她很年轻，很美，很骄傲，她燕京的同学直到几十年以后，还能回忆起那个骄傲的郭

五、湖南路：戴西

家小姐："我们都知道她，她是网球队长，一个男生为她退婚要发疯，整天站在校园里等她。可她一定不知道我们，因为她总是把下巴抬得高高的，进进出出不理人。"现在，燕京的老人这么说到她。

那时，她常常在周末跟着罗仪凤回家。那时她们都是漂亮时髦的燕京女生，有着良好的家庭背景。早上她们俩在康家厨房里，用美国进口的电烤箱烘吐司片吃。她们在桌上等着，一分钟以后，烤黄了的吐司片会跟着停止的开关，从烤箱里弹起来。

那个早上，康同璧来到厨房里，她取出一个铁丝网来，叫厨子捅着了煤球炉子，教她们把吐司放在铁丝上，在煤火上烤。她灵巧地在火上翻动面包片，它变得像从烤箱里烤出来的一样黄脆。然后，她把用铁丝烤出来的吐司放在她们面前，说："要是有一天你们没有烤箱了，也要会用铁丝烤出一样脆的吐司来。这才是你们真正要学会的，而且要在现在就先学会它。"

然后，罗仪凤和戴西一起，在铁丝上学习烤面包，虽然她们那时有当时非常贵也非常时髦的吐司烤箱，她们以后用坏了一个又买了新的一个，不过，在那个早上，她们真的在康同璧的指导下，学会了怎么用铁丝烤。

戴西在此以前没有与人谈起过这件事，也许因为从前她并不真的知道那个早上对她的意义。到她二十八年以后第二次看到康同璧，她再也没有用过铁丝。然而，当她再见这个睿智的老太太时，隔着对艾尔伯德的退婚、对吴毓骧的爱情、在利西路老宅由瑞典人规划的大花园里两百桌盛大的订婚宴会的岁月；当然也隔着独自在产房里、在难产中生下自己的孩子，战争，解放，枪，丈夫的被捕与死

第三章 永不拓宽的街道

去的岁月；还有后面接踵而来无休无止的清洗女厕所：1958年她被送到资本家学习班上洗脑时，她还必须每天在大家没有到以前，先去清洗女厕所；小孩子跟着她，管教她，要她这样做，那样做，直到他们大家都满意；她在那时学会了怎么将马桶冲洗得非常干净，还学会了服从，无论是谁，他要她去做什么，就做什么，不争辩；后来，她又洗了更脏的女厕所，那是在农村劳动的时候，农村的厕所是一个在地上挖的大洞，里面放了大木桶，戴西要将装满了屎尿的木桶从大洞里拔出来，送到粪池里去倒干净，然后再将它们抬到河里去洗干净；她在那时学会了独自去做最脏的事，洗厕所在那时表示对人的惩罚和侮辱，并不是单纯的劳动，清洗厕所的人，没人帮助，没人同情，全要靠自己，而且天天如此……

隔着这许多，她想到了在自己很年轻的时候，老太太教自己学会在煤火上，用铁丝架子烤出火候正好的面包片。

她们互相贴了贴脸，平静地互相问候。

静姝由于在北京住，她也经常去康家，老太太也教过她怎么用铁丝烤面包。

那天，老太太亲自陪戴西和她的一双儿女去了颐和园，在开满了荷花的皇家湖泊边上照了相。隔着年代久远的黑白相片，我好像还是能闻到在夏天华北强烈的阳光下，荷花与大大的荷叶，绿色的湖水与岸边的青草发出的强烈气味，清爽而浓重，强劲而自在。这一天，离戴西许诺教我用铝锅在煤火上蒸出一样好吃的蛋糕，有三十四年。三十四年后，1996年的一天，戴西曾准备要教我做蛋糕。戴西那天的脸，也像照片上一样被隐藏在天光的暗影里，让人

五、湖南路：戴西

看不清楚。

她对我说："当然，蒸出来的蛋糕不会像用真正的烤箱温度被控制得很好那样，蒸出来的蛋糕不会那么香，可也不错。"

那天其实我不是真正想要学，也许像1930年代初的戴西一样，于是我说："等我再从美国买了蛋糕粉回来再说。"

戴西说："不需要蛋糕粉也可以的，我们可以有更地道的配方。"

可是她没有坚持。

我也没有坚持，我真的是愚蠢的。

五十九岁 来一碗八分钱的阳春面

这是1966年。

这时我感觉到气氛不同了。当我走到南京路上的时候，发现人们从这里冲到那里。靠近河南路的地方，我看到一家有名的绸布店老招牌被拉了下来，他们在街的当中烧了一把火，把招牌放在火上烧着了。人们兴高采烈地围在一起叫喊。这是我第一次看到他们是怎么对付"四旧"的，马上我就会学到怎么对付资本家的了。我被认为是一个资本家，虽然我在公司里从一开始就是英文秘书。

这一年，戴西的工资从一百四十八元被减为二十四元。其中十二元是戴西的生活费，另外十二元是中正的生活费，那时他还在

第三章 永不拓宽的街道

同济大学读书，学校规定每个月必须要交十五元生活费，所以，戴西从自己的十二元生活费里拿出三元给他。

我必须要付三元一个月的交通月票，用于上下班。剩下的六元钱，就是我一个月的实际生活费了。这仅仅够我吃东西。我不吃早餐，在学校食堂里吃最便宜的午餐，可我实在不能忍受再在红卫兵的叫喊声中吃食堂的晚餐，所以我去波丽家吃晚餐。可红卫兵发现以后，说我们是在地下串联，不再允许我去波丽家。我只能去找最便宜的小吃店。我找到了一家，那是在从前的中国城墙边上，一家面条店。它的墙上写着菜单，菜单上写着：

肉丝面：2角3分

咸菜面：1角3分

阳春面：8分

我想吃第一项，可太贵了。第二项也不坏，也更便宜。不过我知道我不够钱吃它，所以我要了第三项，8分钱一碗的光面条。

到1996年，戴西对我提起八分钱的阳春面时，她轻轻地吸了一下鼻子，好像在回忆一朵最香的玫瑰一样，她说："它曾那么香，那些绿色的小葱漂浮在清汤上，热乎乎的一大碗。我总是全都吃光了，再坐一会儿。店堂里在冬天很暖和。然后再回到我的小屋子里去。"

这时，戴西已经遣散了家中所有的仆人。为了付给佣人足够的遣散费，她卖掉了中正的照相机。

12月，戴西和中正被扫地出门，连冬天的衣服都未能如数带

五、湖南路：戴西

出。这时，中正告别了1945年时父亲从敌产管理局带回来的那套小兵玩具，它们被留在他的房间里没有能带出来。他们被允许带几件必须要用的家具。从实用考虑，戴西带出来了一只餐具橱，因为她想餐具总是最有用的。那里面从前放了整套的银餐具，在抄家的时候被没收。而等到中正回家来，才发现戴西在无意中做了一件对以后来说至关重要的事。她无意中带出来的餐具橱里，有两个扁扁的抽屉，原来是放刀叉的。因为银制的刀叉已经被拿走，中正就用来放自己的底片。在最后一次红卫兵来烧东西时，他们把餐具橱上的盖板翻下来，检查里面的东西。翻下的盖板正好遮住两个抽屉，那满满一抽屉底片因此得以保存。1984年中正去美国时，随身将它们带到美国，当我决定要为戴西写一本书的时候，中正从美国带回了复制的照片，它们是这本书重要的一部分。

他们的新居是一间3×2.4平方米的亭子间，朝北。学建筑的中正用一个建筑师的精确设计了这间亭子间，搭出了一个阁楼，这样可以让母子各有自己的空间，使戴西可以在房间里洗身，而不需要用公用的厕所。这是戴西有生以来第一次和自己已经长大的儿子同住一间屋，也是有生以来第一次学习怎么和人共有卫生间。在屋顶上有漏洞的房间里，戴西度过了1966年的冬天，晴天时，有阳光会从屋顶的破洞里射进来。而有北方寒流到来的早上，她醒来时，常常发现自己的脸上结着冰霜。

1967年1月，郭家在上海郊区的墓地被红卫兵捣毁，郭标夫妇的铜棺被撬开。等中正得到消息赶去时，墓碑，包括那些用大石头砌起来的墓园都被敲掉了，所有的棺木和骨殖都已经不知去向，包

第三章 永不拓宽的街道

括1963年入葬郭家墓地的吴毓骧的骨灰盒。从此，再也没有找到。1985年戴西决定向上海红十字会捐献遗体并不留骨灰时，静姝和中正马上就想到，她是不愿意自己的骨灰有一天会被人胡乱挖起来，而且，在她心里，要是不能与自己的父母亲人安息在一起，她就没有地方可以归去。

7月，戴西被派到法国公园外面外贸公司下属的小水果店里，卖西瓜、桃子和鸡蛋。

当我在卖桃子的时候，顾客总是问我，哪一种桃子最甜，可我不知道。一天，关店以后，我每样桃子买了一只，尝了它们。因为每天在水果店关门的时候，大概等不到明天开门就会坏的水果，就要很便宜地处理掉。我买了处理的桃子。第二天，我就告诉顾客什么样的桃子最甜，他们都很高兴。

到了卖蛋的时候，她请教店里的老职工，然后懂得要是把蛋放在灯光下，用手拢着照一照，就能发现这是不是一只蛋黄完整的好蛋。当时大多数鸡蛋没法冷藏，在夏天坏得很快。常常有顾客拿了打开的坏鸡蛋来店里要求换新鲜的。戴西学会了对鸡蛋的识别，总是帮顾客先选好，顾客开始信任她，认住她的摊位来买鸡蛋。

从戴西卖鸡蛋的小店一直向北走，经过淮海路到南京西路，就能看到一栋老式的大楼。在那一年，常常有人不能忍受生活中的剧变来这里跳楼自杀，因为那里自杀事件多了，人们把那栋楼叫做"自杀大楼"。我以为，在1958年就开始经历重大不幸的戴西，到

五、湖南路：戴西

十年以后的1967年，发现自己不光没有否极泰来，反而更加险恶，她没有自杀，已经很不平常。而她尽量与命运合作，调和尖锐的冲突，让自己和孩子都看到生活并没有完全失控，则是一个奇迹。1920年代出门需要防弹汽车和保镖的郭家小姐，在1967年时懂得，怎么在恶意滔天的时候，保护自己和自己的孩子了。

这一年，波丽被红卫兵打得很厉害。一次，戴西去看波丽，发现她独自坐在卧室的暗处，她的脸和手上到处都是乌青的淤血。另外一次，她发现红卫兵从开着的窗子爬进波丽的家里，他们总是随时进出波丽的家，将她大骂一顿。

戴西留下的，是一份回忆录的草稿。就是在她的最后一天，我见到她，她为我签署了同意我使用回忆录和照片的授权书，她还计划等身体恢复了以后，要修改回忆录，但她说明，她的回忆录不是为了发表，而是为了让后一代人知道她的生活。在这份文件里，她写到1966年开始的"文化大革命"，这时，她的叙述开始慢慢变得跳跃和潦草。写到"四清"时，虽然已经日渐昏暗，但她还有条理，保持着平静。可进入"文革"的阶段，她竭力保持平静，保持不用带有情感的词语，可已经不能从容。她像一个孩子，摔破了膝盖，痛得要命，但自己只敢一眼一眼地瞥着流血的地方，不敢认真去看。

在那些段落里，常常会突然加进对童年往事大段的回忆，开始，看上去觉得乱，然后，慢慢地，想起了戴西的话。戴西的确很少说起她"文革"中的经历，她说过，她要是回忆一次，就像是重新再经历一次一样，非常痛苦。即使是已经过去了二十年，远在美国，一个人对着打字机和纸，她还是做不到。她不得不像浮上水面来呼吸

第三章 永不拓宽的街道

的蛙泳者一样，埋头游一段，就不得不挣脱出来，回到她的童年往事里。在她对童年的回忆里，也没有用任何一个带有感情色彩的词语，只是她的叙述突然单纯，她的回忆突然明晰，可以看到一颗小姑娘积极的、向往的、爱父亲也爱家里的马的心在那里有力地跳动。她在回忆里，常常会不由自主地向童年逃去，而且是向在澳大利亚爽朗的蓝天下度过的童年逃过去，后来在上海经历过的那些奢华岁月，包括在"中西"时代的自如和在燕京时代的骄傲，竟都不是她想要逃去的方向。

1968年，戴西接到通知，在同济大学的中正被认定是反动学生，已经被学校隔离。戴西又一次为自己的儿子送去了变相关押需要用的衣物。然后，每隔一个月，她像从前去第一看守所一样，去同济大学为儿子送日常用品。从前，中正常常代替戴西去第一看守所，现在，没人能代替戴西了。没人知道在从她的家到同济大学的路上，她心里怎么想，会有什么体会，她从来都没有说到这些事，她只是从来没有逾期不去。

不过，她常常用的是晚上的时间。在白天，她总是尽量不回家，或者不出门，避免路过弄口，因为那里有红卫兵把守，看到了她，他们总是像看到了兔子的猛兽一样兴奋起来。在被逼到角落再无路可退以后，她也会挺起胸来。

每次戴西离开弄堂，就必须先在那里竖着的毛泽东像前站十五分钟。那时她已经没有手表了，所以不知道自己到底站了多久。总要等到红卫兵放她走，她才能走。后来戴西有了一个主意，她带着闹钟出门，那天，当红卫兵对她叫："时间已经到了，你还站在这

五、湖南路：戴西

里想干什么？"戴西摸出钟来拿给他看，然后说："你错了，还差三分钟才到时间。"

但是，在戴西的回忆录对这一年纷乱的描述中，她写下了这样一个影响了她的人。

他让我体会到了在这时想要与任何人论理都是不明智的。他是个医院里的主治医生，他乘公共汽车去上班。每天早上他妻子都给他五分钱买车票，她把钱装在他的衣袋里。公共汽车总是非常拥挤的，医生只能站着。他想要伸手到衣袋里去摸那五分钱，可因为太挤了，他不小心把手伸到了贴在他边上的乘客衣袋里。那个人立刻叫了起来，他说医生是小偷。公共汽车停了下来，医生被带到了警察局。警察局立刻通知了医院的党组织。党组织来了人，想要弄明白他们医院工资最高的医生到底怎么了。这时，医生说出了真相。"为什么你当时不对公共汽车上的人说呢？"他们问。"因为我想对他们解释，他们也不会相信我，反而会打我。我想就当我是错的，我才会安全。"

这是戴西的1968年。

这一年，在美国的兄弟姐妹为断了音讯的波丽和戴西留下了照片，那是他们的家庭聚会上的合影。沃利晒得很黑，好像是刚刚从海边度假回来，大嫂嫂没有怎么见老。安慈还有着惊人的秀丽，保留着第一届上海小姐的风范。他们的孩子都已经在美国长大，不怎么愿意多说中文了。

后来，波丽和戴西先后在上海去世，家中的八个孩子，只有她

第三章 永不拓宽的街道

们俩一直没有离开中国,也只有她们俩先后把自己的遗体捐献给了上海的红十字会,不求任何报偿,她们都在志愿书上签了自己的中文名字。志愿书上写着:"我志愿将自己的遗体无条件地奉献给医学科学事业,为祖国医学教育和提高疾病防治的水平,贡献自己最后一份力量。"

没有人真正相信她们在这份文件上签下了自己的名字,就真正认同那上面表达的意思。有人说,她们一生被别人说成是寄生的,最后想要表明自己不是寄生的,而能做到大多数人不能做出的贡献。

也有人说,她们没有了自己家的墓地,觉得没地方安息。

六十八岁,私人授课的英文老师戴西

在十年中随处可见的大字报,让街道充满不安,人心浮动的大字报和大标语,不管是当时打倒刘少奇的,还是后来打倒"四人帮"的,这时都已经在江南潮湿多雨雾的湿润空气里褪色,变旧,像破棉絮一样一丝一缕地挂在墙上。用油漆画在墙上和广告板上的毛泽东肖像,那红光四溢,下巴带有一粒痣的脸,这时也已经渐渐露出了从前被覆盖了的墙面的底色,那是一些灰色的水泥墙面,是上海城市惯常的颜色。

这一年,国家当真动用了印"毛选"的纸,印大学入学考试的试卷,全国的大学在停止了十年考试以后,又要按照入学考试的成绩,决定谁可以上大学了。

五、湖南路：戴西

整个中国立刻被席卷在一股像陈景润那样忘情学习的潮流里。而上海的鲜明特点，就是青年对英文马上表现出来了热情，不少单位也马上觉悟到英文的重要，在单位里开设英文补习班。这时的英文，不再是从前上海学生开玩笑说的"English，阴沟里去"，而成为热门学科。而且从此再也没有低潮，直到现在。

弄堂口的墙上，小街拐角的树干上，还有电线杆上，1960年代常常贴着揭露别人隐私的小字报的地方，1990年代初贴老军医包治花柳病广告的地方，在1977年时常常能看到私人老师补习英文的广告纸，那时没有人真正懂得怎么写，只是老老实实地用娟秀的小楷写着地址和老师的名字，那时也没有老师敢把自己的英文名字写在上面，常常只是写一个姓而已。当时甚至没有一本英文教材可以用，有的老师用的是自己在老式的手动打字机上打下的文章，常常是《The Little Match Girl》，那时上海的文具店里没有改正液卖，老师打错了，就把纸再卷过来，用X键一个一个复打过去，就把错的那个单词覆盖掉。

有的老师则是用"文革"以前的老课本，常常是许国璋英语，还有老师偷偷使用夹带来中国的《英语900句》。很快的，最时髦的青年嘴里腼腆而欢快地出现了简单的英文句子，像"How do you do"。

戴西在这一年被请到上海硅酸盐研究所，为所里的专业人员上英文课。这是她第一次被一个公家单位恭敬地邀请去做老师，她第一次受到了在她的出身、她的背景以外的尊敬，对一个好的英文老师的尊敬。这也是她第一次从心里喜欢她的学生们。日后她回忆起来时，总是说，他们是最好的学生，那么聪明，那么勤奋，那么恭

第三章 永不拓宽的街道

敬，对英文和用英文的世界充满了内心的渴望。

从这一年，戴西像许多她这个年龄的上海英文老师那样，开始了学校外教授英文课的生涯。她除了去研究所以外，还在家里收了一些学生，开始他们大都为了考大学，后来，他们为了出国留学。在家里靠窗的小圆桌上教英文的生活，戴西一直延续到她生命的最后一个夏天，从未停止过。她教过几十个学生，有医生，学生，职员，无业青年，包括邻居家的孩子，甚至还有从前郭家司机的后代，陆陆续续地，他们都出国去了。当戴西八十九岁的时候，她还计划过，想要找到一个传说中已经九十岁还在教英文的老先生，也是燕京毕业的，向他讨教。

在这张最初进入中国大陆市场，因为胶片和药水的不匹配而色彩失真的彩色照片上，记录了英文复兴时代的戴西，她脸上终于出现了真正的笑容。这笑容，让我依稀想到在锦霓沙龙时代，她的笑容。只是那时，她的脸上没有眼镜，她的头发没有白，她的眼睛里没有一丝狡黠的神色。四十多年过去以后，才又看到了她由衷的微笑。在戴西家里，到现在还留着一只有两个大黑喇叭的老式笨重的三洋录音机，它让我想到了老师家冬天用来暖手的玻璃茶杯，老师家陌生的烹饪气味，还有老师老式的英国口音和句型，中规中矩的"Yes"，而不是后来我们习惯的美式的一声大大咧咧的"Yeah"。

那个时代的年老的英文老师的脸上，有种表情很奇怪，不同于语文老师的举子气，也不同于数学老师的严肃，不同于政治老师的报纸头版气，也不同于音乐老师的浪漫。戴西的笑脸，就是一个最

五、湖南路：戴西

好的例子，在里面，你看到了谦恭收敛的同时，也看见古典欧洲般的精美，那是只有那个年代的老年英文老师才有的神情。

那时候，一个年老的英文老师真正受到许多青年的尊敬，英文老师向我们展开的是另一个世界。他们从来不是只教课本上的英文句子和单词。我想那时的戴西，一定也是这样的一个老师。

这样的老师，通常他们会在12月的课上，用刚刚进口的三洋大喇叭录音机，给学生听自己录的圣诞颂歌，然后做一个关于圣诞的口语对话。他们会在11月的课上谈到火鸡。也许还会带着好学的学生一起AA制去淮海路上仅存的西餐社吃一次饭，告诉学生吃西餐时，不能像吃中餐那样分享，而要自己吃自己盘子里的一份。他们就这样渐渐地、不由自主地把一个用英文的世界，尽量完整地交到了学生的心里。因此，在以后，她最好的学生会在她生日的那天，带着一个小蛋糕和一小盒蜡烛来上课，他们在一起吃她的生日蛋糕，帮她一起吹灭蜡烛。她会告诉他们，怎样可以做一只最好吃的，带着俄罗斯点心风味的蛋糕。我不知道是不是北京的英文老师也这样教学生，回想起来，在我的1978年，我在英文老师的课上，第一次看到了美国的踢踏舞到底是怎么跳的，我的英文老师，当时是七十多岁的燕京毕业生，算起来，他还是戴西的校友。

那个时代突然迷上英文的青年，除了很少的人有明确的功利目的，大多数人是同时被自己的好奇心和自己遇到的英文老师迷住了，他们突然唤醒了我们心里的什么东西，就像上海街上的那些风尘仆仆的殖民时期的老房子，会唤醒一个城市的历史一样。有一次，我的英文老师从他的字典里找出一张过去的圣诞卡来，那是我第一次看

第三章 永不拓宽的街道

到世界上的圣诞卡,告诉我"merry"这个词的解释,和圣诞节的意思。当然,他说是为了教《卖火柴的小女孩》,这是要让我们知道西方社会穷孩子的生活。当他说到圣诞歌和圣诞树上的大星星时,他的眼睛里发出了明亮的光,照亮了他的整张线条谦卑的脸。

等学完了英语语法部分以后,老师会找更复杂一些的课文来上课。会在课文里学到一些英语的俗语。我记得老师在一个下午教了《New Concept English》里的一课,在1980年,这是中国青年可以买到的第一套从外国进口的英文教科书。在戴西家我也曾看到,她用牛皮纸包了书,里面的书页已经完全黄了。一个已经忘了季节的下午,老师在课文里教到一句话,"就是乌云,也有它的金边",老师说,这是非常美丽的天象,也是一个人美丽的生活,虽然这个人的生活像乌云一样,可他还是能拥有一条太阳照耀的金边。那一天,老师握着书的样子,让我觉得他是导师,而不仅仅是英文老师。

戴西说,总有许多人来找她,只要学口语,有人是出国在即,有人是找到了急着要和外国人打交道的工作,还有人是觉得用多少就学多少。戴西从来不收这样的学生,她会马上拒绝说:"我不会教口语,我不知道只学口语应该怎么教,学英文是接受一种教育,不光是学会用一只工具。"

还有一个圣约翰大学的英文老师,到英文课结束以后,学生问到他的学校生活,圣约翰的学生,在学英文的上海青年心目中,是中国人说比英国人还要文雅的英文的神秘典范。老先生马上换了英文说:"要是你还当是在跟我学英文的话,我就用英文告诉你。

我们学英文，总是要找一些话题来说，你的问题可以作为我们的话题。要是你这算是问我问题，我是不回答的。"

在"文革"中，曾有一句著名的话，用来形容老的英文教师这样的人："屋檐下的洋葱：根焦叶烂心不死。"在我们充当清教徒的小时候，看到他们怎么看也不合适地穿着人民装，说着怎么听也拗口的革命语言，小心翼翼生活，像紧关着大门的教堂一样。而一旦可以说英文了，英文教学就像一双最有力的手，帮他们剥去了罩在外面的烂叶子。

他们在一代1970年代末学习英文的上海青年心里，有着不能代替的连接者的影响。我想，除了我们这一代经历过的人，还没人真正意识到这一点，包括那些突然在青年面前大放光芒的英文老师本人。应该说，是他们，将已经消失了的对西方世界的联系与亲切的感情，重新种回到我们心里。也许，这也是为什么在以后的十年中，上海青年出国的人大大多于其他中国城市的原因吧。这也许是为什么又过了十年，旧上海的生活方式能被新一代人逼真地模仿，上海变成了中国对自己的异种文化最念念不忘的都市的原因。

七十三岁，英文顾问戴西

上海开始慢慢恢复了和国外的贸易联系。最初是上海的工业系统发现自己需要向外国的机械制造商买新型机器，也需要输出自己生产的工业机械。于是上海地方开始出现了一些直接与外商打交

第三章 永不拓宽的街道

道的机构，很快，他们发现自己的职员看不懂英文的商务信函，也不会写，常常带来许多沟通上的麻烦。于是，他们开始寻找四十年前的熟悉这方面业务的上海老人，作为顾问来帮助他们与外国商人联系。当时，有一批老人被恭敬地请到办公室里，帮助职员们修改英文信，帮助总经理们判断和谈判。

戴西就在这时，被请到咨询公司，作为商务信函顾问。从她的手里，开始出现了标准的商务信件。后来，被她帮助的年轻职员，也开始可以写通晓的商业信函了。那时，她不再被人称为四小姐，也不被人称为少奶，当然也不是粗鲁的直呼其名，像1967年女佣的儿子来追讨遣散费的时候那样，这时所有的人都叫她"郭老师"，这是一个尊敬的称呼。

戴西当时在静安宾馆上班，当时的澳大利亚领事馆也在静安宾馆里，就这样，戴西认识了从她老家来的澳大利亚的商务领事，他们成了朋友。因为商务上的需要，他们在一起办了上海当时仅有的一份信息交流双周英文小报"English Letters"。然后，澳大利亚在上海的商务渐渐顺利发展起来。

戴西在咨询公司当了整整十年顾问。在她八十岁大寿时，公司的总经理和员工为她办了生日庆祝会，他们为她买了大蛋糕，为她唱了生日快乐。这是戴西一生中第一次，由一个公司，因为她出色的工作，为她庆祝生日。她终于得到了爱戴和承认。

1993年我去俄罗斯的圣彼得堡旅行，当时俄罗斯刚刚结束了议会与叶利钦政府的武力冲突，市场混乱，卢布贬值，老太太们在冰天雪地里用手托着几个西红柿叫卖，而百货商店里漂亮的狐皮暖

五、湖南路：戴西

袖，竟然是用一张过期的报纸来包的，然后再用小绳子捆一捆。我很喜欢俄罗斯，看到凋败而茫然的社会，心里难过。

在咖啡馆里，遇到一个能说英文的大学老师，于是就说到俄罗斯的将来。

那个大学老师，眼睛微微倾斜，就像屠格涅夫描写的女子一样，有着彼得堡女子时髦而简约精巧的美，就像上海女子一样。她说，彼得堡的情况不好，大概需要二十年左右，用整整一代人的时间才能恢复，因为俄罗斯已经有了七十三年的断裂，新一代人已经说不上是恢复，也无法连接，而要从头开始。这就是外国商人还不放心也不愿意在俄罗斯经商的原因之一，因为彼此还没有真正找到沟通的渠道。

"而你们的情况要好得多。"老师说，"你们只有四十多年的断裂，老人都还活着，你们可以很快地学习许多共同的法则。"

那时我想到我在上海常常听说，外国商人更信任上海的生意人，他们认为上海的生意人更懂行规。我不知道原来是这个原因。

是在咖啡淡得像水、甜得像糖精一样的彼得堡咖啡馆里，我明白了那些年老的英文老师和英文顾问，对今天上海特别的意义。

我已经与我的英文老师失去联系多年了，我不知道自己应该怎么才能告诉他这一点。甚至我也一直忘记要告诉戴西这件事。他们是一代曾经到"阴沟里去"的人，现在能让他们在阳光下教授他们的所长，他们一定已经觉得失而复得，不会多想了。戴西在上海工业咨询公司一直工作到1993年，她八十四岁。那一年，上海经济开始快速起飞，上海成为全球关注的爆炸式发展的都市，世界许多重

第三章 永不拓宽的街道

要的大公司纷纷进入上海，年轻一代的上海白领，已经学会用幻灯投影和准确的语言来阐述自己的计划，上海已经成为重要的国际市场，最早觉悟的青年已经有计划地准备得到MBA的教育背景。"与国际接轨"成为那些年时髦的语言。

接上了轨道，人们隆隆地向前驶去，就像岛上的居民踏上难得一去的宽阔大陆的感觉一样，突然会发现前景是那么开阔，那么纷繁美丽，简直要让人不得不很快地忘记最初逃离岛屿时使用的那些老吊桥，它们长年被吊起在半空，晒得发白，长着发黄的铁锈，像是百无一用的怪物。当踩着它们吱吱作响地往前走的时候，也并不真能确认它们就真的有用，就真的会领着人们去到开阔的地方。

六 / 武康路：永不拓宽的街道

一、伍江

1992年冬天的晚上，不少上海人在傍晚的本地电视新闻节目《新闻透视》中，惊奇地看到一个矮个子，有南京口音的黝黑青年，激烈地挡在风尘仆仆的推土机前，向记者的话筒大声疾呼不可拆除浦东陆家嘴的陈宅。拍摄的现场正是陈宅的工地现场，这栋外在格局是严格的中式，而内在结构和装饰完全西式的四进老宅院，第一进已经拆除完毕，瓦砾遍地。

那些年，上海正在大规模的旧城改造，空气中终年飘荡着建筑灰尘，马路上到处疾驶着满装建筑材料或者建筑垃圾的载重卡车。站在旧宅子的废墟上，高举榔头拆房的工人，像派拉蒙电影公司的固定片头那样，在旧城区的大街小巷处处上演。搬家公司应运而生，将许多户连根拔起的人家，运往城市边缘的新住宅小区。那些年，走在旧日熟悉的闹市街头，处处可见掀开屋顶的房子里残留着的生活细节，贴在墙上的美国篮球明星海报，带有绿色纱门的废弃碗橱，那种动荡的感觉，使人仿佛身处一个刚被空袭过的城市。出租车司机也不认识路了，地图需要每年更新了，人们在城市剧烈的变化中感受到多年沉闷的经济正在复苏，所以对此抱着好奇和欢迎。那时，住进高楼大厦，是人们的梦想。

这时候，这个南京口音的同济大学青年教师出现在晚间新闻节

第三章 永不拓宽的街道

目里,对镜头大声疾呼,不要破坏城市的集体记忆!在机声隆隆的年代,这是个奇崛的声音。他叫伍江。

"我还当学生的时候,就和老师一起去过陈宅调研。它中西混合的方式让我印象深刻。"伍江说,"后来居民找到我们,说这房子要拆了,让我们想想办法。当时我们说话没人理会。后来听到已经动工了,才急了,通过熟人找到《新闻透视》节目的记者,想出这么个办法。"

那栋剩下三进的宅子,就这样保留下来。如今,作为陆家嘴地区最有特色的建筑,成了陆家嘴开发陈列馆。

后来,伍江出任了上海市规划局的副局长,负责上海全市的历史风貌保护区的城市风貌保护工作。在他手里,开始制订规划,制订上海中心城十二片和郊区三十二片历史文化风貌保护区的详细保护规划,这个时期是上海开始意识到保护城市记忆的重要,市政府为城市风貌保护开始了地方立法,并颁布了六十四条上海永不拓宽街道的细目。伍江也从年轻时代为保护一栋老宅挡在推土机前,走到了今天能用自己的学问和权力保护二十七平方公里的老城区的历史风貌,保护这座东方的通商口岸城市在经济复兴过程中不会面目全非。

"一个城市有特殊的历史,这个历史里面可能有愉快的,有美好的,也有辛酸的,痛苦的,你都不能否认。应该说,从这个意义上来讲,我们对历史的保护也是应该从这个角度去理解它。上海是一个需要历史的城市,因为有了历史为借鉴,才有了今天发展的动力。"伍江是本着这样的历史观来做历史风貌保护区的保护规划

六、武康路：永不拓宽的街道

的。中心城十二个不同风貌的保护区，有租界的，华界的，有由不同时期的花园洋房组成的街区，也有成片的石库门房子，还有旧洋行集中的堤岸区。每个保护区，都有厚厚一套规划书，详细到每一栋房子，每一条街道上人行道的铺地和道板，行道树都有详细的规划和分类，每一个街区的历史变迁都清清楚楚。所有建筑，都分成不同等级，用了不同的识别色。红色的建筑，是1989年以来上海地方政府逐步确认的632处2138栋优秀历史建筑，总面积四百万平方米，需永久保留。黄色的建筑则是保留历史建筑，有接近一千万平方米，先冻结起来，不允许拆除。浅黄色的则是一般历史建筑，是街区历史风貌的组成部分，但建筑质量较差，所以允许改造，但必须按原面积原高度再建。街区风貌是一个整体，所以在保护建筑的同时，还必须保护住与那些建筑相连的街道，不得拓宽，甚至也不得随意修改人行道和行道树。这样，这个城市的记忆和历史就成为城市生活中可触摸的，可感受的一部分，而不再会消失得无影无踪了。

这是伍江的理想。1993年，当他还是一个研究建筑史的博士生时，他的毕业论文是《上海百年建筑史》，他试图将一个通商口岸城市奇特的建筑史固定在纸上。当他成为掌管上海城市规划的官员时，他就将这个理想固定在三十六大本的规划文本里。为了保证它的法律地位，必须得到市长签字批准。那三十六本规划文本，大约一米高，堆了满满一推车。它们吓了市长秘书一跳，从来都没有这样让市长签字的。但市长还是在三十六大本上一一签了字。

"保护城市风貌，第一要有详尽的规划，真正起作用的规划叫做控制性详细规划，有了这个规划，有了详细的控制指标，我们才可能对历史风貌区真正实施保护。然后我们要对政府管理的部门，有一个管理的机制来保证。规划是要实施的，光在学校里当教材讲是没用的，必须成为政府管理的依据，而且政府还要用管理机制来保证，所以后来我们才成立一个历史文化风貌区和优秀历史建筑保护委员会，这不是专家层面的，是政府层面的。这样就把大家的思想意识高度集中和统一。"伍江在建筑学会的年会上，向大家这么解释他做的工作。

他为此非常自豪：这样比较严密，就不怕人家来破坏了。以前做学者，充满了激情，只管呼吁不能拆。现在还要考虑可操作性，不光是"不拆"二字就能真正解决问题。所以他现在不当"禁止牌"了，更多时候要当"指路牌"。这样的心得，就是1992年的热血青年到2008年的官员，伍江的变化。

现在的伍江发胖了，成了一个面团团的中年人，非常忙碌。

"你知道，当年在陈宅，虽说是我在电视前说话，但罗先生也在现场，我们师生一起去的，她就站在旁边看着我。"伍江说。

他提到的罗先生，是他的博士导师罗小未，外国建筑史专家，也是法兰西建筑科学院院士郑时龄先生的导师，1948年圣约翰大学建筑系的毕业生。她不光是伍江的导师，在师生的关系里，还有一层特殊的联系。伍江祖父是中国第一代建筑师伍子昂，与梁思成和陈植同时代留学美国，在哥伦比亚大学建筑系学成归国后，他在上海和青岛开设建筑师事务所。上海孤岛时期，他做了八年沪江大学建筑系的系主任，在艰难时局中培养了许多后来著名的建筑师。较为年轻的罗小未，是那批建筑师的拥戴者。她对伍江的支持和爱

六、武康路：永不拓宽的街道

护里，包含着一种特殊的感情。当时，伍江祖父的好友，沪江大学时代的同事，建筑师陈植已渐入老境，不再能为上海市政府确立第一批优秀历史建筑，骑着脚踏车满城奔波。他仍旧写信给学生，说自己"行将就炉，请抓紧时间多利用之"。而伍江正是常去叨扰的青年之一。

伍江的祖父已经过世，他的一生颇多磨难，到晚年，他们这一代建筑师对中国现代化的作用，才渐渐被社会认识。但他感到自己没有完全实现年轻时代的抱负，而坚决不肯写回忆录。在他的暮年，他已经看到中国将要走向开放，所以他支持伍江学习建筑。

罗小未陪同伍江到陈宅，站在旁边看伍江慷慨陈词，就着伍江的话，想象，如今站在镜头之外的她，仿佛代表了那些1920年代始，怀着大抱负的中国建筑师们深藏在磨难中的期待。

"那么，你对上海城市建筑的研究和保护，有没有个人家族历史的影响呢？"我问伍江。

伍江说："我就记得我小时候，曾经很喜欢画画。当时我家收藏了一些名画，我父母知道我喜欢，有时会拿出来给我细看。我心里觉得，自己长大了，也会画出这样好的画。后来，'文化大革命'来了，我家的画被人家翻出来，放在后花园里烧。我还是个小孩子，和我妹妹两个人在家，我还得带着妹妹。当时吓得不得了，只觉得自己的未来被烧掉了。"

这么说，伍江就是一个将历史和未来密切相连的人。这也正是他再也不能看到毁掉历史的内在原因。一个男人，一个官员，让他说起小时候的事不容易，那时候，这个人会因此突然显得格外真实,甚至泄露出一股孩子气。这让我想起了他说的"不怕人家来破坏"。大概他从小都是怕的,但却一直不甘心。

二、朱志荣

1966年的"文化大革命",不光对伍江影响深远,对朱志荣也是一样。

1966年,朱志荣十六岁,是上海徐汇区房地局天平房管所的一名年轻维修工,又瘦又高。那一年"文化大革命"开始,房管所里的测估员因为家庭出身问题被调离,领导在办公室里放眼一望,朱志荣初中毕业,算是维修工里面有文化的,就让他做了房屋测估员。他的工作,开始是测绘天平房管所管辖范围内收归国有的房子,为这些房子造册,后来范围扩大到全区。这个工作,他做了二十五年。他可以说,一遍遍地量过每一栋辖区内的房屋,目睹了那些老房子,那些二十世纪初的法国式花园洋房和中西合璧的石库门里弄,那些1920年代装饰艺术派的现代公寓和江南的深宅大院,那些1930年代成片的西班牙式新式里弄,都铎式的英式花园洋房,和加入了中国民族特色的建筑文艺复兴时代的现代新式里弄建筑。他的少年时代、青年时代、中年时代,从淮海中路1754号,到武康路99号,到太原路的太原别墅,到中山医院和建业里,就是在一日日地丈量这些房子,记录这些房子平面图的改变,目睹这些房子如何一日日改变了容貌,好像那些住在里面的家庭,老人如何地衰老下去,孩子

六、武康路：永不拓宽的街道

如何长成了大人。也目睹了住在那些房子里的人们，命运如何随着时代跌宕起伏，在私人空间里如何挣扎着保留仅有的体面。带他入门的师傅，是旧上海地政局的老测估员，一个老单身汉。他教会他热爱那些房子，看懂这些房子的出身，同情和理解那些房子里住的人。朱志荣就是以这种细致的方式，伴随着这个街区的老房子。直到有一天，他离开这个岗位，开始做官。

我见到朱志荣时，他已是徐汇区房地局的副局长，上海市人大代表，他已鬓发斑白，站在阳光里，笑眯眯地看着大家。他要带领人大代表去徐汇区看一些老房子，让新人大代表们对自己工作的街区有更深的了解。后来我才知道，他当时带领我们去看，并为大家细细讲解的那些房子，后来在世界遗产日开放给民众免费参观，这个被称为"老房子一日游"的活动的推动者，正是朱志荣。他实在希望那些徐汇区的老房子被市民认同。

那时我还不知道他是1998年在人大领衔提出"关于抓紧立法以保护和利用本市优秀建筑和名人住宅的议案"的那个代表，他的议案2002年被上海市人大常委会以《上海市历史文化风貌区和优秀历史建筑保护条例》通过，自2003年开始施行。我不知道他是1999年向人大提出"关于建立历史风貌保护区议案"的那个代表，也不知道他主编了《梧桐树下的老房子》，那是系统介绍徐汇区范围内保留下来的老房子的图片集，他还用业余时间接着编它的续集。那时，我只想到徐汇区那些被改造坏了的房子需要政府赶快纠正，记得我一直在用质询的口气问他关于武康路那栋带阳台的房子被台湾新业主改造的问题，还有圣母大堂被改造成西餐馆的问

第三章 永不拓宽的街道

题,以及建业里的改造计划,记得我的口气不太客气,我觉得这一切都是地方政府犯的错。而他正是地方决策者的代表。但是朱志荣却一直高高兴兴地笑着看我,一直高高兴兴地点着头,最后对我说:"我看过你写的书,你为老房子留下了历史记忆,这太需要了。"因为对他的高兴感到意外,所以我记住了他的笑容。

后来,他送了我上下两册的《梧桐树下的老房子》,圣母大堂收回的时候,他马上就告诉了我。武康路的那个漂亮的小阳台终于被保留了下来,他也马上告诉了我。此时,我再回忆起他在老房子里走来走去,那种瘦高男人的轻手轻脚,那种听到居民质询时由衷的高兴,还有他一边讲解,一边用手指轻轻在护壁上擦过的样子,那种小心翼翼,是对那些垂垂老矣的房子,发自内心的爱。

"你知道,在有漂亮小阳台的武康路房子里,曾经住过我的同事。他们是一对年轻夫妇,当时带着个小孩,住在一楼。因为不满意单位加工资的方案,那女人喝了敌敌畏,死了。他们是一对恩爱夫妇,那男人渐渐就精神出了问题。他怎么也接受不了这个事实。当时我还去他们家里慰问过。所以,你小时候走过这个,看到的是一个让你想象罗密欧朱丽叶的阳台,而我走过这里,就会想起我的同事。建筑就这样,保留着人们的记忆。"朱志荣说。

"你知道,我一直怕人家说我不务正业。"朱志荣说,"我的副局长刚上任没多久,就向区领导提出,要为徐汇区的老房子做一本图片册,这样至少可以为街区留下一个历史的证据。当然这也是我的心愿。可我的本职工作当时是房地产行政管理,土地、物业和房地产市场。我的想法,就是政府应该保护这些老房子,保护街区的

六、武康路：永不拓宽的街道

集体记忆，我自己安慰自己说，从大的方面说，这也是我们房地局的工作。我没想到的是，大家都很支持，经费很快就拿到了，拍摄也很快启动。我当时对老房子的知识很少，也什么人不认识，就靠自己跑去问，可一路都得到了大家无私的帮助，没有人拒绝。比如说，我也不认识伍江，自己就跑到同济大学去找到他，他那时还在做教授，二话不说，就帮忙。"

他和伍江，就是这么认识的。与身上仍带有教授气的伍江不同，朱志荣身上带着一股来自市民温和淳朴的气息，他是一个诚恳勤勉的人，保留着一个办公室文员恪尽职守的作风。在他身上，有时我能想象他的师傅，那个老测估员从地政局时代保留下来的操守。

"我自己的体会是，我们这个城市的人真的很珍惜城市的文化。这么多年来，我接触到的人，领导，同事，说到我们要做点事情，保护城市风貌和建筑，大家都支持，都愿意帮忙。我还没被打过回票。"朱志荣笑眯眯地说。

从只敢想象做一本徐汇区老房子的摄影集，到可以主持武康路的修复，这是十二个上海历史风貌保护区中第一条试点修复的永不拓宽街道。此刻，朱志荣体会到了自己人生的令人惊喜之处。他一直觉得自己的人生是平凡的，细小的，就像普通的上海市民一样，同时，它也是有意义的，有的时刻甚至有些闪光。

有一天，我与朱志荣说起他们这些从小在徐汇区长大，后来在徐汇区工作的官员们，一个是文化局的副局长宋浩杰，兴致勃勃地做徐汇区的文化遗产保护，做了黄道婆纪念馆，就做徐光启墓地公园及纪念馆，再做土山湾孤儿院工场出品的艺术品的收集与研究。

另一个是他，房地局局长。他们两个人，说起自己手里正在干的工作，都禁不住两眼放光。与他们一起工作的年轻人，都在背后称他们"发烧友"。朱志荣笑着点头，说："也许就是因为我们从小生活在这里，对这块土地实在是有感情。"

宋副局长总是说，现在能用手里的权力做些事，就要赶紧做。朱志荣称是。他们着急要做成的，一是保护本地区的文化遗产，一是保护本地区的历史风貌。

三、武康路保护利用计划

"你知道，武康路被选出来作为永不拓宽街道修复的试点，也是一个机会。城市的修复有时也需要机会的。"朱志荣说。在2007年，朱志荣跟随代表团去美国迈阿密参加装饰艺术派建筑年会，在那里，不少外国人对上海代表团的成员说，他们知道在上海保留了许多装饰艺术式的老建筑，他们想要到上海来看房子，甚至也希望将来有一届年会能在上海举行。即使是在2007年，上海对老房子的保护还是不能与迈阿密相比。就是在那时候，朱志荣开始想，要是真的有人专门来看老房子，他有什么可以拿出来给别人看。在迈阿密，他想起了武康路。

那是一条十九世纪末辟筑的法租界马路，到1930年代后，成为法租界内花园住宅的代表性路段。不宽，幽静，行道树丰茂，两面都是花园住宅和老式的公寓，风格多样。上海各个时期的名人住

武康路,上海六十四条永不拓宽街道中,最先开始修整保护的街道。如今它在安静的老街区里散发着琥珀般的光芒与气味,成为历史风貌保护区中的贵重装饰。每年都有这个街区的志愿者们,在特定的日子带领预先报名的游客走街串巷,到预先申请开放的老房子里参观,并讲解街区和建筑的往事

它分散在公寓和洋房中,著名的电影演员孙道临住在路口的诺曼底公园大楼里,著名的民国总理唐绍仪被暗杀在路尾的西班牙式洋房中,著名的海派画家陈逸飞从美国归来的第一个落脚点在一条窄弄深处的1980年代新公寓房里,而张爱玲的小说《色戒》中,乱世中用来偷情的落满了细尘的小公寓,也在这里。它从前的名字,叫福开森路。一条以美国传教士的名字命名的马路。到现在,它已经有一百年,仍旧安静,雅致,带着一点岁月沧桑,在朱志荣心目中,它代表了上海的空间品质。在整个衡山路风貌保护区里,它如一条鱼骨,与华山路,五原路,复兴西路,湖南路,泰安路这五条永不拓宽的马路弧线相连,最为合适做建筑散步。

武康路上1927年建造的武康大楼,它的居民名单已是半部上海现代史

从迈阿密回来,他向徐汇区政府提出修整武康路,开辟一条建筑漫步小道的设想。他的想法再一次得到了支持,于是,文化局负责整理武康路的历史故事,旅游局负责制订路线和导览,规划局负责制订保护利用规划,房地局负责修整街景和房屋。伍江代表上海市规划局,将这个武康路的修复计划定为永不拓宽街道整修的试点。

2008年3月一个阴霾的下午,我在朱志荣的办公室里看到了武康路的修复规划。

如伍江解释过的规划一样,那些图纸上也密密麻麻地用各种颜色标示出不同等级的保护建筑,以及每栋建筑目前存在的问题,违章搭建,失修,设施破败,不合理使用,以及由于生活方式和文

上海这些年渐渐出台了一些地方法规，用于保护城市记忆。武康路在这些地方法规的保护下，开始寻找自己生存的方式

化背景等原因造成的对建筑内部和外观的改动。每一棵行道树都列出树冠的直径大小，位置。还有绿化的质量。以及每一栋房子的位置，花园的大小，围墙的样式。

然后，这个规划书里列出了整治的实施思路：

全路段市政设施和公共环境的整体改善，使全道段环境质量有较明显的优化（线路下地，破败线路的整治，围墙和绿化的优化）

解决涉及民生层面的问题，力图比较根本地消除造成严重破败的原因，通过相关措施适当疏解这些破败部位的居住人口（共有七处）。

通过规划和针对重点部位的主要举措奠定风貌道路今后发展的格局。

2014年，武康路小宫咖啡馆

六、武康路：永不拓宽的街道

通过具体改造整治项目为今后风貌道路整治其范例作用，重点在保护建筑的修缮改造，并结合功能置换，对风貌不利影响的其他建筑的里面改造和沿线开放空间和半开放空间的重塑。

在这个整治的规划里，可以仔细到对沿街窗户玻璃的材质与颜色的要求，对遮阳篷的要求，对沿街店招和门牌的式样及颜色的要求。

"那份规划真是细致啊。我还是第一次见到不重视实证的中国人做出如此精确细致，而且切实可行的规划书。"我对伍江夸奖武康路的规划。他也很是喜欢，那是他的一个学生做的。伍江说这份规划书符合他对永不拓宽街道整修的想象。它突出了管理和控制，它使得不论是谁来执行，都不会因为人而走样。

"好比法规一样。"我说。

"对啊，就是这个意思。人们做的，就是好好地执行和遵守。"伍江说。

朱志荣喜盈盈地笑着说："我们这不是像新天地那样，创造一个新街区。而是要整治一个老街区。我们想要让它保持原汁原味，所以要细致。以后，到这条路上来，可以在我们的游人接待处借到一个GPS自动导游仪，你走到一栋房子前，导游仪就告诉你这栋房子的历史和曾经发生过的故事。你可以买到这条道路的小故事书，也许还可以买到明信片。要是有机会，你还可以走进一户当地人的家里，看到这条街上居民的生活。那时候，我们就可以在徐汇区开一个老建筑年会，请人来看我们的街道，我们开放的老房子，我们的城市生活了。""这是在什么时候呢？"我问。"我想是2009年。"

朱志荣说，"干完这件事，我就退休了。从十六岁到六十岁，我工作了超过四十年。""你想象中修整好的武康路是什么样子呢？"我问。"是我十六岁时第一次看到它时的样子。清静，整洁，优雅。"朱志荣说。而"有现代化的设施，建筑，合理的空间，也有优秀的历史文化建筑。在那里，人们可以得到物质生活的满足，也能看到历史，看到回忆"。这是伍江对上海的理想。

四、中国历史文化名街

武康路现在已是中国的历史文化名街了。是上海永不拓宽街道更新计划中最著名的一条街道。伍江已经回到大学，接着教书去了。而朱志荣和宋浩杰也相继在房地产局局长和文化局局长的位置上退休。

经历多年，大规模的旧城改造，上海终于认识到保护家园与家园记忆的重要性，上海人终于开始保护自己的故乡感。对在城市里生活的人来说，一条从小看熟的街道，一栋日日经过的房子，一股中午烧饭散发的气味，就是故乡。

至今，人们终于认识到自己心理的强大——很少有人能经受住转眼不再认识自己家乡的考验，人们也终于认识到自己的脆弱——人们需要生活在一个有记忆的城市里，需要不在心理上迷失。

大家终于发现，那些年，激动人心的城市变化过于剧烈，以至于每年都要修订新版上海地图，这对生活在这里的人来说不是好

武康路的脚踏车节奏，这是上海老街区特有的速度

第三章 永不拓宽的街道

事。如今,上海的永不拓宽街道法令深入人心,成为上海人保护自己城市的武器。

武康路上的门牌号码牌恢复了1940年代的黑白两色,年年增多的电缆线和有线电视线一一被埋入地下,使街道上方的天空恢复了从容。黄兴故居如今成为武康路游客中心,在那里可以免费观看一部介绍武康路历史沿革的纪录片。西面人行道上方的罗密欧阳台还在原处,墙面上仍旧光秃秃的。但多年以后当很少有人还保留着早年它被茂盛的常春藤缠绕的回忆,大家对此也就习以为常了。

不远处的百年小学挂出了纪念牌,也恢复了原来的名字:世界小学。

在我还是安福路第一小学高年级学生时,曾被音乐老师带来这里排练小组唱。那时,这个学校还是一栋天光暗淡的木头房子,叫安福路第三小学。现在那座大喇叭里曾播放许多铿锵革命的儿童歌曲,操场上竖立着毛泽东巨幅画像的小学已荡然无存。

沿街走过去,看到一家小小的定制服装店,橱窗里静静吊着一条驼色羊毛旗袍,盘纽精良,腰身宽松,它终于恢复了闺秀旗袍曾有过的从容和内秀,不再标榜旗袍紧身与露大腿的旧上海式性感。它其实衬托出的,是一个上海街区的审美准则。

曾为武康路做了整修规划的年轻教授沙永杰曾表达过对武康路的规划疑问,他不知道为谁来规划武康路。这是一个尖锐的提问。我想,这个街区实在应该属于穿驼色呢旗袍的人。

接着是一家小咖啡店,一屋子1940年代武康路人家里的旧家具。长餐桌旁,八把椅子没有配套,但却有一种特别的家常,带着些刚刚

六、武康路：永不拓宽的街道

好的沧桑与劫后余生的轻松。女店员是个妆容清淡干净的少妇，白净的双手捧着一杯热气袅袅的茶水，站在落地门后望着野眼。

咖啡店斜对面就是作家巴金的故居，有几个人相约好，一起去参观故居的，也会来这里喝点什么，等等朋友，谈谈天。武康路这些年三三两两出现了好几家这样安静的咖啡馆，从不开门迎客，进去前要先敲门才好。外人有时踌躇不敢进，所以进去坐定的人彼此就自然有种亲近，轻声说话，不打扰别人，也不想让外人听清自己说什么。这武康路本色的街坊相处方式，在小小的公共空间里还是被保留下来了。

然后看到弄堂底的一家院子。院子里面有一家画廊，一家红酒坊和一家咖啡馆。这本是1940年代钢窗蜡地的新式里弄，生活方式有点现代主义的意思，如今弄堂底的院子保留了原来的安静。冬天阳光好的时候，早年武康路院落里曾有过的居家气氛便在院子里再次聚集起来，人们沐浴在阳光里，渐渐肩上散发出阳光的干燥香味，就好像晒着的棉被和褥子。如今有人在室外背风处慢慢喝一杯热咖啡，一边读着一本很厚的书：《耶路撒冷三千年》。它新近翻译成中文出版了，也算是一宗文雅的时髦小事。

在院子里，我遇到过一个初中隔壁班上的同学，我们在学校时从未交谈过一句，也不能说真正认识彼此。隔了这么多年，他突然从岁月里破土而出，走到我桌子前的阳光里。他说，"我是你小时候同年级的同学呀。"然后他淡淡微笑，端正了他的脸，让我有时间打捞记忆里他的样子。我们在操场上见过，在走廊里见过，在中午放学后，回家吃午饭学生占满了的淮海中路上见过，也许。他少

第三章 永不拓宽的街道

年时代依稀是狭长的脸,似乎俊朗。即使我们在上学时没说过一句话,各自也都拥有对武康路共同的记忆。过了四十年,在自小生活的街区偶遇,我和他才得以闲聊了一会儿,这是我和他有生以来第一次交谈。如果这里不是法定的永不拓宽街道,在这个巨变的时代,我们大概永远都无从遇见了吧。

从我的少年时代至今,我一直喜欢在这些街道上漫游。后来写作城市面貌,这种漫游就从少年时代的消磨时光,变成了经久不息的田野观察。在富有历史感的街区里,总有一些往事坠入睡美人式充满希望的沉睡,当它可以说话的时刻到来,它自然就会醒来,携带它的故事回到人们面前。

图书在版编目（CIP）数据

陈丹燕的上海 / 陈丹燕著. -- 上海：上海文艺出版社,2020 (2022.2重印)
ISBN 978-7-5321-7674-8
Ⅰ.①陈⋯ Ⅱ.①陈⋯ Ⅲ.①纪实文学－中国－当代
Ⅳ.①I25
中国版本图书馆CIP数据核字(2020)第106574号

发 行 人：毕　胜
责任编辑：陈　蕾
装帧设计：杨　军

书　　名	：陈丹燕的上海
作　　者	：陈丹燕
出　　版	：上海世纪出版集团　上海文艺出版社
地　　址	：上海市闵行区号景路159弄A座2楼　201101
发　　行	：上海文艺出版社发行中心
	上海市闵行区号景路159弄A座2楼206室　201101　www.ewen.co
印　　刷	：苏州市越洋印刷有限公司
开　　本	：889×1194　1/32
印　　张	：11.375
插　　页	：2
字　　数	：243,000
印　　次	：2020年8月第1版　2022年2月第3次印刷
Ｉ Ｓ Ｂ Ｎ	：978-7-5321-7674-8/I.6103
定　　价	：66.00元
告 读 者	：如发现本书有质量问题请与印刷厂质量科联系　T：0512-68180628

NON-FICTION WORK OF CHEN DANYAN

陈丹燕作品
外滩三部曲

The Bund Trilogy

《成为和平饭店》

成为"和平饭店",
成为上海的历史见证

《公家花园的迷宫》

一段扑朔迷离的公案
一座身世传奇的公园

《外滩:影像与传奇》

影像式表达与非虚构讲述
联袂再现
外滩前世今生的传奇

上海文艺出版社

SHANGHAI LITERATURE AND ART PUBLISHING HOUSE

陈丹燕的上海

海上国潮，沪申摩登
注释1960-1990年代的上海时尚

从1960年代开始，此后三十年，上海出产的轻工业品出现了空前绝后的繁荣，好像盛夏突然到来，那种不可阻挡的灿烂艳阳。

十年间，手表有了上海牌，轿车有了上海牌，肥皂也有了上海牌，咖啡也是上海牌的。上海出产的轻工业品畅行至整个中国，凤凰牌自行车代替了英国的蓝翎自行车，蝴蝶牌缝纫机代替了从前的Singer缝纫机，上海牌胶卷代替了欧美的爱克发和柯达，英雄牌钢笔想要赶上美国的派克钢笔。那些年，上海真的从一个口岸城市蜕变成一座工业城市，这个城市培育了一个庞大而自豪的产业工人阶级。

它以自己出产的优质日常生活用品，建立了一种上海生活风尚：全中国的球鞋是上海的回力最好看，全中国的奶糖是上海的大白兔奶味最浓，全中国的棉被被面，是上海出产的更体面结实。一个外地人，把在上海采买的所有日常用品大包大包带回家，他用的旅行袋轻便结实，袋子上印着外滩的天际线，那个包包也是上海的，名叫上海牌。

从1995年起，我开始写上海的非虚构故事，先是《上海的风花雪月》，然后是《上海的金枝玉叶》和《上海的红颜遗事》，它们共同组成非虚构的"上海三部曲"。2002年以后，我又开始写非虚构"外滩三部曲"：《外滩：影像与传奇》《公家花园的迷宫》《成为和平饭店》。到《成为和平饭店》出版，已是十多年以后的2012年。我知道自己在这些书里提到过许多诞生在上海1960年代的产品，因为它们构成了我记录的上海故事里的生活气氛，但直到我为这六本书做上海品牌注释，才发现这些书中有意无意提到的上海产品，已可以洞见上海生活在那个时代留下的面貌。它们不仅仅是物质生活的面貌，也是上海城市精神的面貌。我在准备这些注释的时候，才发现它们是我记录过的巨变的城市经历和人民生活那实实在在的注释。它们注释着上海这座城市逐渐凝固的历史，却带着这座城市脚踏实地的作风。

　　这些在1960年代以后的三十多年里光芒四射的国产货，许多都发端在1920年代到1940年代上海民族工业的黄金年代。经历战争和时代巨变，这些产品中最受欢迎的一些生存了下来，成为中国轻工业产品中的骄傲。上海出产的钢琴是中国最早生产的，上海出产的铅笔也是。上海出产的照相机是中国最早的国产照相机，上海出产的牙膏也是。这些产品在上海激烈的市场竞争中诞生，最终成为全体中国人的骄傲。

海上国潮，沪申摩登

上海是一个维护和尊重日常生活的城市，但它的精神里却一直有种世界大同、与英美比肩而行的理想。这个旧通商口岸城市从1920年代开始，总是希望通过自己的努力，跻身于世界最优质产品出产地，它一直都相信自己能做到这一点。所以，在这些点点滴滴融汇在生活之中的产品里，上海牌维护了20世纪日常生活的体面。也许我们不能将那些国产品洋溢着的气质里的一种稚气称为乌托邦的气息，但是那些国产品里，果真有着一种令人无法忽视的乐观精神，这种近乎天真的乐观，从明亮的蓝色，红色，黄色以及变化多端的绿色里呈现出来，特别是对绿色的运用，草绿色令人想到1970年代少年们的的确良长裤，而灰绿色则令人想到上海月份牌里的那种特殊的绿色。百折不挠的乐观精神，从太平洋战争时开始，就是上海精神的底色，直到1960年代的轻工业品，再到如今的上海复古。

也许正是这种天真的乐观精神，让如今的年轻人追捧它们为中国人的复古摩登，在那些希望在全球化浪潮中获得更多身份认同的年轻一代中，海上国潮成为带有精神传承的沪申摩登。在二十多年对上海的观察里，我见到过一个双耳近聋的八十岁老太太演奏年轻时代的爵士曲的样子，她衰老的身体在钢琴前突然充满1940年代上海爵士乐的喧嚣，她那已经不灵活，所以常常按错键盘的手指却本能地保有花哨的节奏。她的演奏赢得了全场喝彩，特别是穿船袜和飞跃鞋的三十多岁的观众。这发生在上海的一个寻常的下午。我觉得自己恰巧目睹了上海复古的精神传承，那是一种对自己经历过的日常生活的尊重，以及对自己所在的城市的爱意。

这是一种对上海更深的认同。

为我曾写过的《上海三部曲》和《外滩三部曲》，做一个故事中记录的上海老品牌的注释，想象起来并不困难，但实际上却不容易。许多老品牌曾建构了人们的日常生活，但是生产厂家自己却并没有保留资料。更有曾经承载着一个时代记忆的日用品，在新时代被淘汰，找不到当时的设计师，找不到当时的生产厂商，找不到当时的商标。

所以注释做完，核对成了大问题。

但我找到了一些人，这些人来帮助我了。上海的老品牌大多集中在上海传统商业中心的黄浦区。我最先找到了陈蕾女士（黄浦区政协办公室副主任），她读过《上海三部曲》，帮助我梳理了黄浦区管理的部分品牌，联系了核对。通过她，我认识了武维华先生（上海工艺美术有限公司办公室主任），完成了老凤祥资料的核对。通过他，我找到了黄明旭先生（《上海轻工业志》执行主编),他为我承担了大部分注释的逐字核对,确认商标,他是热爱上海轻工业历史的老人,是我的老品牌资料顾问。但是还是有一部分品牌的注释无法核对,最后,上海市人大的信访办主任李明女士帮助我找到了上海国资委规划发展处的副主任陈方女士,她帮助我核对了国资委拥有的资料,确定了已经停产的品牌资料。感谢他们所有人跟我和本书责任编辑陈蕾、设计师杨军一起努力。没有他们,我怎么也不敢这样注释。

我尽力了。在这个努力过程中,我感受到自己对已经逝去了的日常生活中细小物件的爱——它们曾经参加组成了"我们的上海"。

现在,我把它们呈现在我的书里,希望得到读者的帮助——告诉我更准确的描述,纠正我的错误,让我的注释成为对"我们的上海"的致敬。

陈丹燕

上海牌手表

　　上海在1960、1970年代迎来了它的另一种发展，成为中国最发达的优质工业品出产地。上海出产的细布是最漂亮结实的，钢是最纯粹并优质的，手表是最精准美观的，缝纫机是最好用的，塑料制品是最新颖耐用的，甚至奶糖和饼干也是口味最好的，因为它们大多有着配方精确的奶味。上海工业品风行全国，一直悄悄引领着全国的时尚生活。

——《上海的风花雪月》P298

注释

　　1955年7月，上海轻工业局组织上海钟表行业五十八位老师傅经过五十多天日夜奋战，用手工制作了十八只细马、防水机械手表样机，这应该算作中国手表的始祖。1958年，上海手表厂正式建厂，生产出第一批上海牌手表。1958年7月1日，上海牌手表在上海第三百货商店上市，顾客排队购买，一时成为中国时尚。1960年代后期，手表厂技术人员从毛泽东的手迹中选取了一个"上"字和一个"海"字，拼成毛体，这个"上海"商标一直沿用至今。1960年代，戴手表的中国人，每四个手腕上就有一只上海牌手表在闪烁着"自力更生"的光芒。

海上国潮，沪申摩登

上海牌包袋

在这样的寂寞中，外滩却悄悄走进中国人心里，成为上海城市的标志。外滩楼群天际线的速写第一次被印在从1960年代到1980年代上海出产的各种人造革提包上，在天际线的上方，印着"上海"两个字。这种式样简单，结实耐用，并装有拉链的大小提包以及旅行袋，因为品质良好受到大江南北中国人的欢迎。在中国纵深的腹地，它更是时髦的象征。

——《外滩：影像与传奇》P98

注释

随着1990年代箱包市场的逐渐开放，世界各地的品牌行销中国大陆，上海牌包袋逐渐停产。当我开始寻找它的商标权，发现"上海牌包袋"竟然没有，也无法注册商标专利。我开始寻找它当年的生产厂家，居然找到了当年最可能、也最应该是生产厂家的上海皮革箱包厂，但全厂上下已经没人知道生产细节，只了解到这种包袋行销全国之时，正是上海的计划经济时代，是上海的轻工业局发单给上海的各家工厂生产，产品由国家统一调配销售。

上海牌轿车

  而孩子们却在学校的组织下,离开课堂,穿上白衬衣、蓝裤子,整整齐齐排列在通向外滩或者机场的街道两边。当上海牌轿车和红旗牌轿车肃穆的长龙缓缓经过,他们便在老师的带领下大声呼喊:"欢迎欢迎,热烈欢迎。"

——《外滩:影像与传奇》P118

注释

  1958年,上海汽车装配厂试制成功了第一辆凤凰牌中高级轿车,其最高时速达105公里。到1960年底,该厂共生产"凤凰牌"中高级轿车十八辆。随后,因三年困难时期,"凤凰牌"中高级轿车停产。经济恢复后,凤凰牌小轿车改称为"上海牌SH760型"轿车。上海牌小轿车诞生于1964年,由上海汽车制造厂生产。第一台上海牌轿车为手工打造,六缸发动机,当年小批量生产了五十辆。

  在很长的一段时间里,上海牌轿车都是中国轿车工业的一个标志。当中国一汽的"红旗牌轿车"作为国家高级领导人的坐骑,"上海牌轿车"却以其规模化的产量,出众的性能,成为距离中国百姓生活最近的轿车。

海上国潮·沪申摩登

上海牌咖啡

老人的咖啡聚会从1970年代就开始了。开始是在八仙桥一个街角的点心店里,喝的是上海咖啡厂出品的磨碎咖啡,放在洋铁罐子里,香得很烈,可一点也不甜蜜。

——《上海的风花雪月》P29

注释

上海咖啡厂的前身——德胜咖啡行创立于1935年4月,位于静安寺路(今南京西路)。最初是一家德侨咖啡馆,后以批发、制作咖啡为主。1959年3月,德胜咖啡行完成公私合营,更名为地方国营上海咖啡厂,成为全国唯一以"咖啡"命名的企业。之前一年,德胜咖啡行出品的C.P.C已先期更名为"上海牌",上海牌铁罐咖啡诞生。在上海咖啡厂鼎盛时期的1960-1990年代,它生产的咖啡占领了全中国的咖啡市场。

海上国潮，沪申摩登

上海市公交公司月票

这是一张用在上海市区公共交通月票上的照片。

——《上海的金枝玉叶》P214

注释

1908年9月，英商电车公司在《字林西报》上刊登了发售月票的广告。10月正式发售334张，次月增加到363张。当时每张售价8元，价值相当于当时的大米一石(156市斤)，且只售给外国人，中国人不能购买。因当时国民的强烈抗议，次年8月，英商电车公司被迫向华人发售月票，但制有附加条件，即持月票的华人只能乘坐二等厢，且须持银圆购买月票。

1949年7月1日，新上海公共交通开始发售市区公交月票，每张售价9元。

1997年元旦，月票正式退出历史舞台。

海 上 国 潮 , 沪 申 摩 登

上海牌黑白胶卷

有一个时期,我特别喜欢自己冲洗相片,常常和同学结伴到襄阳公园去照相。那里有一个最好的背景:蓝色圆顶的东正教堂。

——《上海的风花雪月》p162

注释

上海牌黑白胶卷起步较早。1958年,上海感光胶片厂兴建后就开始试验生产黑白胶卷,1960年代大量上市,销量占全国40%～50%,还有部分出口。北京天安门前几家照相馆使用的胶卷大部分是上海牌胶卷,当时的说法是:普通老百姓到天安门前留个影不容易,胶卷不能出问题,出了问题后果有时难以弥补,使用上海牌胶卷比较放心。1985年,上海牌黑白胶卷被轻工业部评为质量第一名。

随着照相器材的更新,外国品牌对中国市场的冲击以及数码照相方式的兴起,2016年10月,上海牌胶卷停产下线。近年来为满足新潮客需求,上海的民营企业恢复了上海牌胶卷的小批量生产。

海上国潮,沪申摩登

海鸥牌照相机

人们在仍旧拥挤的堤岸上散步,看船,看房子,看别人,用国产的海鸥照相机照相。"笑呀",人们彼此提醒着,对正在开启的照相机快门隆重地微笑,不愿意辜负一张上海出产的底片。他们穿了自己最好的衣服,擦亮了皮鞋,烫得平平整整的裤子上留着一股樟脑丸气味。

——《外滩:影像与传奇》P102-104

注释

1960年代初,我国的国防、公安、新闻、医疗、科研、体育等领域急需国产的高级单反相机。在工业基础力量相当薄弱的情况下,上海照相机厂临急受命,1964年研制成功我国第一台高级单反相机——上海DF-7型。作为中国第一台高级单反相机,1960年代,海鸥照相机就已享誉海内外。在那个食品和娱乐都很短缺的年代,拥有一台海鸥牌照相机,可以使你成为上海最酷的人。

王开照相店

一个美人,要过四十岁生日了,请戴西去开生日派对。戴西按时到了她的家,可她却不在,等了好久才回来,说是去照相店照相了。那天,这个美人朋友说,过四十岁以后就不再照相了,因为真正地老了。

——《上海的金枝玉叶》P40

注释

王开照相馆是中国照相业老字号,最早开设于北京。1920年,老板王炽开把照相馆从北京开到了上海,由此有了上海滩上第一家照相馆。1949年以后,"王开"经历公私合营,扩大经营规模,与"中国""人民""爱好者"一道跻身上海四大特级照相馆之列。整个1980年代,王开照相馆的生意极其红火,"拍结婚照去王开"几成惯例,甚至有人早上5点开始就排队等在门口,倘若下午再来,根本就开不着票。王开照相馆一天拍摄260对新人的行业记录,堪称当时中国影楼业的奇迹。

上世纪二三十年代的王开照相

海上国潮，沪申摩登

老凤祥饰品

说起来，二十多年前老凤祥的那个风格老式的戒指才是她真正的婚戒。

——《成为和平饭店》P329

注释

老凤祥是19世纪中叶上海最早的银楼之一，前身为凤祥裕记银楼，于1848年（清道光28年）创建于上海大东门（今黄浦区方浜路）。它是中国珠宝首饰业传承至今，历史最悠久的世纪品牌。一百多年来，老凤祥已成为中国历史最久、规模最大、珠宝门类最全、文化底蕴最深的黄金首饰龙头企业。2009年，老凤祥金银细工工艺荣列国家非物质文化遗产名录。2010年，老凤祥被中国黄金协会授予"中国黄金首饰第一品牌"称号。

老鳳祥 SINCE 1848

百年老凤祥　经典新时尚

海上国潮·沪申摩登

英雄牌钢笔

经过了许多次的努力,我终于找到了一些姚姚写的东西,其中有一小叠发黄的红线报告纸,是她在毕业时写的自我鉴定。她用细细的钢笔,将自己的中学时代写在现在已经锈迹斑斑的1960年代出品的纸上。

——《上海的红颜遗事》P49

注释

英雄金笔厂的前身是1931年10月26日在上海开设的华孚金笔厂。1952年1月1日,公私合营的华孚金笔厂股份有限公司正式挂牌。1958年1月8日,《解放日报》头版刊登"英雄笔赶派克"报道,标题为《英雄金笔的英雄气概:2-4年要赶上美国》。1966年,华孚金笔厂改名为英雄金笔厂。

英雄钢笔几起几落,历经磨难,艰辛地为中国自来水笔制造业开辟了道路。1984年12月19日,在邓小平和撒切尔夫人等领导人的注视下,英雄笔"签署"了中英关于香港问题的联合声明,为成功实践"一国两制"思想开辟了道路。1987年4月13日,同样又是英雄笔"签署"了中葡两国关于澳门问题的联合声明。

中华牌铅笔

那些坚固的抽屉里放满了他的信件、便条和笔记,以及《文汇报》从前用的方格稿纸和红蓝铅笔。现在除了稿纸受潮后生出些细小的褐色霉斑,一切都按照生前柯灵的习惯摆放着。

——《上海的风花雪月》P448

注释

1934年,吴羹梅先生在日本留学期间,将当时世界上最有代表性的铅笔制造工艺带到了上海,成立中国标准国货铅笔厂股份有限公司,并于1936年出产中国第一支"鼎"牌铅笔。该厂1950年经历公私合营,1954年改名为中国铅笔公司一厂。同年,中华牌铅笔在上海诞生,至今已是中华著名老品牌。

海上国潮·沪申摩登

马利牌颜料

　　学画的男孩子们背着画板，骑着旧脚踏车，私下寻找类似印象派画作中的郊区风景。

——《外滩：影像与传奇》P94

注释

　　1919年，爱国画家张聿光创办民族颜料厂，注册商标"马利"牌。马利公司生产出了中国第一支水彩颜料和第一支油画颜料，受到了国内画家的欢迎，还成功打入了东南亚市场，成为我国最早出口的民族工业产品之一。当时各界著名人士都为马利颜料题词。

　　1949年以后，马利公司实行了公私合营，以优异的质量、适中的价格成为美术爱好者的首选颜料。它又陆续生产出了中国第一支蜡笔、第一支软管国画颜料和第一支丙烯颜料。特别是它生产的蜡笔，构成了几代中国人童年记忆的一部分。

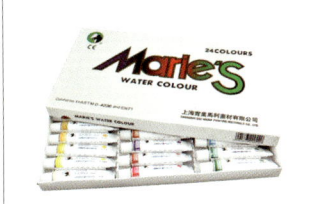

海上国潮，沪申摩登

凤凰牌自行车

　　她的未婚夫为家里买了友谊商店里全套的优质家用物品：上海牌全钢手表，蝴蝶牌缝纫机，凤凰牌脚踏车，金星牌电视机。

——《外滩：影像与传奇》P141

注释

　　凤凰自行车源于1897年中国第一家自行车车行——同昌车行，有百年历史。1958年5月，上海自行车三厂成立，品牌诞生于1950年代末。在发展过程中，它的技术以自主研发为主，追求创新。2010年进行体制改革，自建生产基地，并构建起完善的生产供应体系。自1959年1月1日"凤凰"商标注册以来，全球已有近两亿消费者选择了凤凰自行车产品。

海 上 国 潮，沪 申 摩 登

蝴蝶牌缝纫机

她的未婚夫为家里买了友谊商店里全套的优质家用物品：上海牌全钢手表，蝴蝶牌缝纫机，凤凰牌脚踏车，金星牌电视机。

——《外滩：影像与传奇》P141

注释

1927年，我国第一台国产缝纫机在协昌缝纫机厂诞生，取名"红狮牌"。1940年"红狮牌"更名为"金狮牌"。1946年，"金狮牌"又更名为"无敌牌"，取"打败天下无敌手"之意。1966年，为了避"四旧"之嫌，也为了让内外贸中英文商标名称统一，"无敌牌"改名为"蝴蝶牌"。1970、1980年代，谁家有一台蝴蝶牌或者蜜蜂牌缝纫机，那绝对是一件极有面子的事，它们也是嫁女最重要的嫁妆。

海上国潮，沪申摩登

金星牌彩电

她的未婚夫为家里买了友谊商店里全套的优质家用物品：上海牌全钢手表，蝴蝶牌缝纫机，凤凰牌脚踏车，金星牌电视机。

——《外滩：影像与传奇》P141

注释

金星牌彩电是原上海电视机厂(现上海广电集团有限公司)的名牌产品，曾有相当高的好评和知名度。1978年，国家批准上海电视机厂引进全国第一条彩电生产线。1982年10月，彩电生产线正式竣工，生产金星牌彩电。此后，金星作为上海市标志性产品，先后荣获国家各种荣誉。2000年，金星牌彩电在市场竞争中遭淘汰。2003年，金星牌彩电停产。

海上国潮·沪申摩登

红双喜牌乒乓器械

那是1972年的声音。小小的乒乓球在那一年推动了地球,美国乒乓队访问上海。然后,美国总统访问上海。

——《外滩：影像与传奇》P115

注释

1959年,容国团为中国获得第一个世界冠军——第25届世界乒乓球锦标赛(世乒赛)的男单冠军。同年,北京获得第26届世乒赛的举办权。"中国举办的国际赛事上使用中国器材",成为中国人的梦想。同年,全套符合国际标准的乒乓赛事器材,包括球台、球、裁判器械在上海设计成样,并获得国际乒乓球联合会的认证和批准。当时正值国庆十周年,同时为了纪念容国团为中国首夺世界冠军,周恩来总理亲自为之命名"红双喜"。

海上国潮，沪申摩登

回力球鞋

夏工之突然觉得自己的身体好像刹那间回到了少年时代，在上海潮湿的冬天里奔跑。黑色帆布的回力球鞋常常溅起冰凉的雨水，袜子湿了，小腿上一片冰凉。父亲骑着部蓝翎脚踏车跟在后面。

——《成为和平饭店》P3

注释

正泰橡胶厂起源于1927年，是中国民族橡胶工业创办最早的企业之一。随着其产品由名闻遐迩的"回力球鞋"进而到"回力"牌汽车轮胎，正泰橡胶厂逐渐成为中国民族橡胶工业的中坚。

1935年4月4日，上海正泰公司正式注册了中文"回力"和英文"Warrior"品牌。回力商标的创意源于英文"Warrior"，意为战士、勇士、斗士，由此将"Warrior"谐音才得来"回力"中文商标名。回力球鞋是中国厂商生产的普通球鞋，曾经在中国销路很好，它代表着热爱体育的青少年理想。但1990年代后，随着众多名牌球鞋的市场冲击，它曾逐渐淡出中国市场，其后回力旗下的飞跃球鞋，却在欧美时尚圈爆款，成为时尚潮品。

海上国潮,沪申摩登

蓝棠皮鞋

　　1948年上海最有名的蓝棠皮鞋店开张,她的鞋子就在那里定做,在蓝棠鞋店里留着自己的脚样子。

——《上海的红颜遗事》P8

注释

　　上海的静安寺路(今南京西路)是公共租界的一条越界路。1930年代开始,它成为时装店云集的高档商业中心。1948年11月25日,有四位结拜兄弟在这里创设了一家皮鞋店,取名"蓝棠"。它以定制、销售中高档皮鞋而闻名遐迩,商标是一朵"皇冠"(Crown),也因此被消费者亲切地赠予"女鞋皇冠"的美称。上个世纪不少知名女士对"蓝棠"皮鞋青睐有加。孙中山夫人宋庆龄、周恩来夫人邓颖超、邓小平夫人卓琳、刘少奇夫人王光美、陈毅夫人张茜,以及著名电影演员白杨、王丹凤,京剧演员杜近芳、赵燕侠、李慧芳,越剧演员范瑞娟、戚雅仙等等,都是"蓝棠"皮鞋的顾客。

海上国潮·沪申摩登

奇美皮鞋

她回忆着自己走在大理石楼梯上的感觉,奇美牌的白色高跟鞋一走路,就吱呀吱呀响个不停,爱丽丝牌眼线笔给眼皮带来奇怪的沉重感。

——《公家花园的迷宫》P132

注释

这是仍旧将店面保留在淮海路商业街上的唯一一家老字号皮鞋店了。1950年,奇美鞋店开张。奇美出售的皮鞋以翘、窄、扁为特色,是当时流行的尖头皮鞋的发源地,受到都市时髦人士的追捧。1960年代,作为奇装异服的奇美皮鞋销声匿迹。1980年代,时尚又起,奇美皮鞋率先推出了白色皮鞋。

海上国潮，沪申摩登

恒源祥毛线

  他是个瘦弱的书生，缺乏体育锻炼，久坐，所以单薄的背脊有些僵直。一边向外走，他一边不由自主地活动着他的腰。他穿着散漫，将毛衣掖在长裤的皮带里的样子，很像从小身体瘦弱，总穿许多过冬衣服的少先队大队长。

——《上海的风花雪月》P303

注释

  1927年，恒源祥创始人沈莱舟先生开办了一家人造丝绒线号，取名恒源祥。后沈莱州成为上海滩上赫赫有名的"绒线大王"。1956年公私合营，恒源祥从私营企业转型为国有企业，专营毛线。1996年，恒源祥成为中国、也是世界上最大的手编毛线产销企业。作为"绒线大王"，它一直保持着六项世界纪录：世界上最粗的绒线、最大的绒线球、最长的绒线直针、最昂贵的绒线、最细的羊毛（面料）、最大的手编毛衫。

海上国潮·沪申摩登

培罗蒙西服

他身上那套铁灰的西装一定还是早先在培罗蒙订做的,阿四还记得他穿着这套衣服与贝拉·维斯塔的女宾跳第一支开场舞。

——《成为和平饭店》P41

注释

上海培罗蒙西服公司创始于1928年,原名是"许达昌西服店"。1932年,该店搬到南京路营业,并更名为"培罗蒙西服店"。1956年,培罗蒙实行公私合营。1961年,该店被审定为特色商店。"文革"期间培罗蒙改名为"中国服装店",1976年易名"培艺",1980年恢复原名"培罗蒙"。1985年,《新民晚报》开展吃、住、穿、用、玩商品的民意测验,培罗蒙在20多万选票中以得票18万张而获"金牛奖"。2007年、2011年培罗蒙缝制工艺先后被列入"上海市非物质文化遗产"和"国家级非物质文化遗产"名录。

海上国潮，沪申摩登

凤凰牌纯羊毛毯

　　无数蓝制服和红花面子的棉被迎风翻飞，有时也能看见凤凰牌的纯羊毛毯，织着一大花团四边小花的图案。那是当年最出风头的毛毯，因为它是锦江饭店接待美国总统时，床上铺的毛毯。

——《外滩：影像与传奇》P92

注释

　　凤凰毛毯起源于1922年商人陆培芝创办的一家纱厂，1937年被侵华日军占有，划为海军衣量厂，专织军毯。1943年这间纱厂解除军管后被日本商人德珍正藏收购，改名为明丰纱厂。1945年由中国纺织建设公司接管，改名上海第十八棉纺织厂，以生产棉纱、线为主，兼营棉毯。1955年底转为专营棉毯、羊毛毯。1972年，美国总统尼克松首次访华，上海第十八棉纺织厂重新设计并注册了"凤凰"商标，并将新的"凤凰毛毯"作为国礼赠送尼克松，从此上海凤凰毛毯享誉海内外。1978年9月，第十八棉纺织厂改名为上海毛毯厂，专门生产腈纶毯、毛毯。1990年代末期开始走下坡路。2002年上海毛毯厂转制为上海凤凰毯业有限公司。上海凤凰毛毯先后获得了"中华老字号""上海名牌"等荣誉，传承着老字号品牌的独特魅力。

海上国潮，沪申摩登

国营上海第八丝织厂的麻葛被面

他回想起史美娟出现在后台的样子，她身上的麻葛被面上织着一条字：国营上海第八丝织厂出品。

——《公家花园的迷宫》P6

注释

1912年，上海第一家近代色织厂——荣大染织厂诞生，生产爱国布。发展至1992年末，上海色织行业共有全民企业24家，集体企业4家。其中色织厂17家，染纱厂4家，色织整理厂2家，色织茶巾厂1家，服装厂1家，机修配件厂3家。另有合资企业3家，联营企业6家。职工21093人。1992年生产色织布8640.54万米，茶巾150.64万打；总产值99952万元，税利1250万元。色织布外销量6100.56万米，占总产量70.6%。随着时代的变迁，这些厂家在近30年中先后关停并转，离开人们视线。色织厂生产的麻葛被面也随着人们生活方式的改变，不再是日常生活的必需品，成为上海古董。

暂时没找到资料图片，欢迎提供

海上国潮，沪申摩登

大白兔奶糖

甚至奶糖和饼干也是口味最好的，因为它们大多有着配方精确的奶味。

——《上海的风花雪月》P298

注释

大白兔奶糖是上海冠生园出品的奶类糖果，1959年发售以来深受各地人民的欢迎。它的商标是一只跳跃状的白兔，形象深入民心。这种白色、有嚼劲的圆柱形奶糖，长约三厘米，直径约一厘米，每颗用可食用的米纸裹着，再用包装纸包好。每颗糖果热量二十一大卡，五克重。

大白兔奶糖的前身源自1943年创办的上海"爱皮西糖果厂"。该公司借鉴英国牛奶糖的口味，经过半年时间自主研发，生产自家品牌的国产奶糖。它的包装使用红色米奇老鼠的图案，取名"ABC米老鼠糖"，售价比舶来品便宜，广受民众喜爱。1950年代，该糖果公司被收归国有，正式改名为爱民糖果厂（随后加入了冠生园）。米奇老鼠的包装改成大白兔。1959年，大白兔奶糖成为中华人民共和国国庆十周年的献礼产品。

海上国潮·沪申摩登

梅林牌罐头

这时,她才看到燕凯两个月以前寄给她的食品包裹,满满一大包麦乳精,午餐肉,凤尾鱼罐头和一小瓶蚊不叮。

——《上海的红颜遗事》P148

注释

梅林罐头是从番茄沙司起家的,从1929年的石库门小作坊,到1930年梅林罐头食品厂的创立,以及1933年金盾商标的确立和1957年午餐肉的诞生、1957年梅林罐头与捷克合作生产深受好评的梅林午餐肉罐头,梅林罐头历经八十八年的努力,一直生存至今。

海上国潮，沪申摩登

乐口福饮品

这时，她才看到燕凯两个月以前寄给她的食品包裹，满满一大包麦乳精，午餐肉，凤尾鱼罐头和一小瓶蚊不叮。

——《上海的红颜遗事》P148

注释

"福牌"为乐口福饮品的始创品牌，诞生于1930年代的上海。"福牌"商标由九只蝙蝠围绕一个"福"字组成，寓意"幸福健康"。1950年代，上海咖啡厂接管"福牌"乐口福。

海上国潮·沪申摩登

光明牌冷饮

饮食店里仍旧有卖"光明牌"紫雪糕,可是我从来都不知道它原来的名字叫"白雪公主"。店堂里还有卖很甜的糖,有时候甜到辣喉咙。可还是有不少人买来吃,到外地去的人更是大包小包地买了去。

——《上海的红颜遗事》P233

注释

1911年,英国商人在上海成立上海可的牛奶公司,它和生产美女牌冰激凌的英商海宁洋行,皆为光明乳业前身。1949年,上海市益民一厂成立,主要从事奶粉生产,该厂也是现代食品工业的发祥地。1950年,益民厂生产的冷饮新品牌诞生,取名"光明牌",寓意"中国一片光明"。商标中间是熊熊燃烧的火炬,周围是熠熠生辉的光芒;而五十六根射线,则代表了中华五十六个民族,如喷薄而出的旭日。之后,光明牌商标的使用逐步扩展到罐头、代乳粉、奶粉、糖果、巧克力、饮料等。光明牌冷饮风靡街巷,很快成为全上海以及江南一带夏天的甜蜜回忆。

海上国潮,沪申摩登

正广和汽水

还有一次,我在那里喝了盐汽水——我小时候夏天的苏打饮料,1950年代后漫长海禁时代的上海可乐,完全没有咖啡因的朴素饮料,再加上一点劫后余生的异国情调。

——《上海的风花雪月》P36

注释

1864年,有一个叫乔治·史密斯的英商在当时的英租界创建了"广和洋行",主要经营洋酒和啤酒业务。1882年,英商考尔伯克和麦克利格作为合伙人加盟"广和洋行"。翌年,创始人史密斯脱离"广和洋行",在现在的九江路另办"老广和洋行"。为了区别考、麦二氏,将原洋行更名为"正广和洋行"。如今,上海正广和汽水厂坐落在杨浦区通北路400号,不仅是国内最早、最大的专业饮料厂,也在上海饮品界拥有了旗帜地位。

海上国潮．沪申摩登

老大昌西饼屋

他们的咖啡聚会到了淮海路老大昌的楼上，四周围是棕色的火车座，当时年轻人谈恋爱最好的去处。他们坐在中间的桌子边。那时老大昌有奶茶卖，装在发黄的钢化玻璃杯里。

——《上海的风花雪月》P30

注释

老大昌是一家有着八十七年悠久历史的老字号国有企业。八十七年来，薪火传承，生产有老上海传统特色的西番尼、朗姆蛋糕，以及海派咸味西点咖喱牛肉饺等知名西点，至今仍为市民消费的热点。1940年代它曾出现在上海作家张爱玲的小说中，成为上海文化传承的一种标志。如今，老大昌仍在上海著名的高档商业街淮海中路闹市段继续营业。

海上国潮，沪申摩登

老正兴菜馆

对外滩气象塔的保护是上海的第一个旧建筑整体搬移的工程，孟建新记得，他是在老正兴饭店陪导师喝酒、吃草头圈子时听说的。

——《成为和平饭店》P187

注释

清同治元年（公元1862年），食肆经营者祝正平、蔡任兴合伙开菜馆，以姓名中各一字命名为"正兴馆"，因冒名者甚多，遂改名为"老正兴"，并冠以"同治"二字。

百余年来，老正兴菜馆以太湖地区盛产的活河鲜为原料，菜肴颇具江南风味，以烹制浓淡相宜的上海菜为特色。所谓春有春笋塘鲤鱼，夏有银鱼炒蛋、油爆虾，秋有大闸蟹，冬有下巴划水，此乃老正兴河（湖）鲜鱼类菜肴，源于太湖船菜，当场活杀活鱼的真实写照。老正兴被誉为上海本帮菜鼻祖。

海上国潮,沪申摩登

红房子西菜馆

去红房子西餐社吃焗蜗牛,去老饭店吃草头圈子,去朱家角吃蹄髈。到什么也没得吃的1970年代,抽阿尔巴尼亚香烟,喝锡兰红茶,吃伊拉克蜜枣,就是夹缝里一点点的空隙,爹爹也不愿意放过。

——《成为和平饭店》P24

注释

红房子西菜馆是上海历史最悠久的法式西餐馆之一,1935年创始于霞飞路,是上海海派西餐的代表餐厅。它做的法式西餐受到老一代留法的革命家喜爱,1949年以后一直生存至今。

海上国潮,沪申摩登

飞马牌纸烟

方凳上放过爹爹的香烟和茶杯,飞马牌的。

——《公家花园的迷宫》P121

注释

飞马香烟是上海的香烟品牌。它曾是老解放区生产的军供产品,抗日战争时期,根据地供给困难,新四军战士们常常因为没有烟抽,用树叶、麻叶来代替香烟。时任新四军参谋长兼第三支队司令员的张云逸看到开会时一些战士没有烟抽的窘状,即组织生产了飞马牌香烟,该香烟被称为"四爷的烟",即新四军的烟。1949年7月,上海国营中华烟草公司采用老解放区飞马牌卷烟商标,以"解放区名烟"为名进行宣传。公司改革了原飞马牌卷烟的配方,以许昌烟叶为主,青州烟叶为辅,使其成为"海派口味"。

海上国潮，沪申摩登

益民食品厂的沙利文小圆饼干

下午3点，在瘸了一条腿的小圆桌上慢慢喝一杯奶茶，吃用茶泡软了的沙利文小圆饼干的老人，却笑了一下说："1970年代的人，用什么来怀1930年代的旧呢？他们又知道什么？"

——《上海的风花雪月》P14

注释

沙利文饼干是1922年创建的美商沙利文糖果饼干股份有限公司出产的饼干品牌。沙利文公司主要生产经销糖果、饼干、面包等食品，在上海广受欢迎。1954年，沙利文公司更名为上海益民食品四厂。沙利文饼干大多更名为泰康饼干，继续受到市民欢迎。1997年，益民七厂等部分重组为上海冠生园益民食品有限公司，继续生产饼干糖果。

海上国潮，沪申摩登

泰康黄牌辣酱油

欧洲左翼学生小组来上海访问，到西餐厅吃饭，炸鱼排，餐厅给他们上来辣酱油。哪知那些外国人大大惊奇，争着与辣酱油合影。父亲才知道这只调味品如今在欧洲已是古董。

——《成为和平饭店》P43

注释

19世纪末、20世纪初，辣酱油的使用在上海从西餐推广到其他食品。上海西餐中的炸猪排、罗宋汤用到辣酱油。本地吃食，如生煎馒头、排骨年糕、干煎带鱼等有时也用辣酱油做蘸料。1933年，梅林罐头有限公司首先在上海生产辣酱油，使用梅林牌金盾商标;1960年，梅林罐头有限公司的辣酱油产品线移交泰康食品厂生产，更名为"上海辣酱油"，改用金鸡牌商标。泰康厂的金鸡牌1990年又改为泰康黄牌、泰康蓝牌两种。泰康辣酱油在上海仍在生产、销售。

海上国潮,沪申摩登

龙虎牌清凉油

爹爹远远伸过手来,拍了拍她的脑袋,似乎叫她不要怕。他手指上有一股龙虎清凉油的气味,用来提神的。

——《成为和平饭店》P6

注释

创建于1911年的上海中华制药厂是近代中国第一家民族制药企业。这是一家生产龙虎仁丹、龙虎清凉油等OTC药品及生化药、药妆品的综合型制药企业。其1955年开始生产的"红圆铁盒"的龙虎牌清凉油,被人们广为熟知,并风靡全国和全世界,获得"中华老字号"称号。龙虎牌清凉油以其独创性的配方和制造工艺,被列为国家秘密技术项目,成为我国拥有自主知识产权的代表性OTC药品之一。

海上国潮，沪申摩登

白玉牙膏

　　浴缸上方的木头十字衣架上还晾着一条上海产的丝光毛巾，面盆架上的刷牙杯子里还插着一副用过的牙刷和牙膏。我想这是柯灵太太被送往医院的前一晚用过的。

——《上海的风花雪月》P496

注释

　　白玉牙膏是迄今为止在市场上销售的国产牙膏中历史最悠久的，已有近九十年的历史，由上海牙膏厂出产。其前身是创办于1912年的中国化学工业社。中国第一支牙膏——三星牌牙膏就是该厂生产的。1967年改为上海牙膏厂，它是中国牙膏工业的发源地。1950年代全国各地生产的名称不一的牙膏，大多是从上海牙膏厂得到的产品配方。

PAGE（41）

海上国潮,沪申摩登

白丽美容香皂

马格南摄影师马克·吕布拍摄的上海街头香皂广告
——《上海的风花雪月》P321

注释

"今年二十,明年十八",这句1989年风靡一时的赞语是上海制皂厂生产的白丽牌美容香皂广告语。上海制皂厂创建于1923年,1994年成为由上海制皂厂控股的中外合资企业——上海制皂有限公司。公司拥有连续多年被评为"上海市名牌产品"的"白丽""扇牌""上海""蜂花"等品牌,以及"美加净""海鸥"和近百年历史的"固本"等知名品牌。2005和2006年,"扇牌""白丽"分别荣获"上海市著名商标"称号。

海上国潮·沪申摩登

双妹花露水

双妹花露水的玻璃瓶,美国的老无线电,木讷的壁挂式老电话,那是上海的1931年留下来的碎片。

——《上海的风花雪月》P12

注释

19世纪末,广东人冯福田在上海研制出具有中国特色的花露水,取名"双妹"。1903年,"月份牌王"关蕙农笔下的"双妹"系列月份牌,色彩艳丽、线条流畅,成为收藏家青睐的珍品。1937年,"双妹"雪花膏、生发油、花露水等九个品种被确认为国货。1950年代,经过公私合营等变迁,广生行上海分公司等化妆日用品公司合并为上海家化,继而生产上海牌花露水、六神花露水等国产花露水。2010年,双妹再次投入生产。

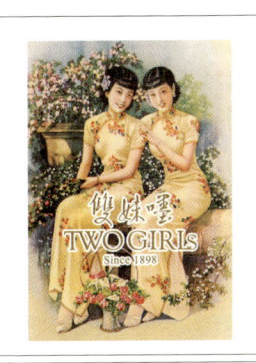

海 上 国 潮，沪 申 摩 登

三角牌印花玻璃杯

徐元章很客气，留我们喝了咖啡。盛咖啡的玻璃杯还是1980年代上海出产的印花玻璃杯，很薄，滚烫的一杯握不住。

——《上海的风花雪月》379

注释

上海玻璃器皿三厂生产的三角牌印花玻璃杯，通常六只一套，为1980年代上海市民欢迎的日常用品。1980年代是上海轻工业品生产的新高峰，标志着中国进入了一个注重日常生活的新时代。1989年，上海轻工每天要生产3.24万辆自行车、1.15万架缝纫机、5.05万只手表、1.97万只钟、180万支牙膏、36万支自来水笔、243万支铅笔、1.04万平方米感光胶片。

海上国潮，沪申摩登

施特劳斯牌钢琴

按照妈妈的意愿，她在音乐学院附中学习钢琴。

——《上海的红颜遗事》P48

注释

上海是中国乐器制造业的发源地，1895年创办的上海钢琴有限公司是中国第一家钢琴制造企业。1916年，施特劳斯钢琴在上海注册商标。1958年，中国民族工业出品的第一架钢琴——施特劳斯牌钢琴在此诞生。1963年，公司主持起草并制定了中国第一部"钢琴行业标准"。

海上国潮，沪申摩登

百灵牌小提琴

　　吉迪参加演出的节目，是小提琴合奏《云雀》。在小提琴黑色的琴托上倾斜着打量回荡着音乐声的陌生礼堂，他看到黑沉沉的高大天棚，两边带有焰式拱廊的大厅，后背高高的长条椅，地板吱吱嘎嘎直往下陷的舞台，他猜想这里原先应该是个废弃的教堂。

——《公家花园的迷宫》P6

注释

百灵牌小提琴，上海提琴厂出品的国产小提琴。

百乐牌手风琴

一只1970年代出产的中国手风琴，许多盗版CD，卡通录像带，唱机和电视……

——《上海的风花雪月》P456

注释

上海百乐手风琴厂采用的是意大利索布拉尼手风琴的设计风格和工艺，跟意大利早期生产设计的手风琴如出一辙。在1970年代为许多青年喜爱，并成为群众文艺演出时最常见的伴奏乐器。

海上国潮，沪申摩登

和平饭店老年爵士乐队和爵士酒吧

在和平饭店底楼酒吧驻唱三十年的老年爵士乐队，曾经是由1940年代深受美军电台播放的爵士乐影响的爱乐少年组成。当他们出现在1980年的和平饭店酒吧时，都已是退休老人。他们很快成为这个城市中西交融的文化历史的象征，成为这个城市文化传承的传奇。从此，他们与和平饭店唇齿相依，度过了三十多年，成为和平饭店的音乐名片。

——《成为和平饭店》P79

注释

和平饭店老年爵士乐队成立于1980年，是上海最负盛名的爵士乐队之一，全队由六名老乐手组成。老年爵士酒吧曾接待过数百万来自世界各国的嘉宾，为他们的上海之行留下了美好的回忆。美国前总统卡特、里根，法国总理若斯潘，澳大利亚总理保罗·基廷，荷兰首相维姆·科克，国际奥委会主席萨马兰奇，以及挪威国王、丹麦王子，意大利、葡萄牙、以色列、巴西、阿根廷、墨西哥、乌拉圭总统等众多国家元首、政府首脑们都到过这里。乐队还多次应邀出访美国、日本、新加坡，以及香港、台湾等地，深受海内外宾客的赞誉。1996年，老年爵士酒吧被美国《新闻周刊》评为世界最佳酒吧之一。